三民叢刊190

蝴蝶涅槃

海男著

三民書局印行

蝴蝶的意味（代序）

丁克南

一個生活在舊時代的女人，她生活在男人之中不如說是生活在戰爭之中，她生活在戰爭之中不如說是生活在蝴蝶之中。一個生活在蝴蝶之中的穿中國旗袍的女人，其靈魂終究會像蝴蝶一樣四處飛翔。——題記

這可以說是對這部小說中的女主人公——普桑子——命運的寫照。在題記中，已然涵蓋了這部小說的全部精神旨意，為的是導引我們——讀者——進入敘述的未開始就已「了然」結局的圈套。但事實上，不通過閱讀，我們卻又什麼也發現不了。但多少它給我們定了個調子，即美麗與哀愁的調子，在這樣的調子中，我們很難看出靈魂與生活本身何者更重要。但只要我們聽著這調子走下去，直至曲終人散，我們總會看到那美麗與哀愁的薄紗下面所隱現的女性肉體的欲望。那麼，這種欲望的歸宿是什麼呢？靈魂？抑或是生活本身？普桑子的生

活經歷告訴我們，生活本身是簡單的，而靈魂卻高踞生活之上。所以，當我們試著去把握小說中女主人公普桑子的生活時，我們卻從普桑子的情感圈中迷失了方向，我們找不到她生活中的實質性的事物，她就像一隻蝴蝶一樣，在某個春夏季節中忽飄忽閃，時隱時現；當我們試著理解並努力與普桑子溝通時，我們就會發現，作為一個女人，她自始至終都身處在靈魂的影子中，生活對於她不過是一個季節，僅僅是一個季節，一個允許蝴蝶出沒的季節。就生活本身而言，或許我們只能如此理會那個年代裡的普桑子。而就女人的靈魂而言，普桑子不會僅僅停留在那個年代。因為在我們這個時代裡，蝴蝶會依舊飛舞，依舊會成為標本。所以，這是一部關乎女性成長和心靈體驗的小說，甚至是純粹為著女性的一部小說。

就是這樣一部小說，它從普桑子的初戀開始，在那個動盪混亂的年代，普桑子跟隨她的同學、初戀情人耿木秋來到南方採集蝴蝶標本。在色彩艷麗、種類繁多的美麗的蝴蝶包圍下，在動盪混亂的戰爭中，刻骨銘心卻又刻骨短暫的初戀被不幸的分離封存在記憶和懷念中。帶著這種記憶和懷念，普桑子在一個新的生活環境中——她母親的家中，與另一個與她的生活息息相關的男人——郝仁醫生遭遇了。郝仁醫生是一位精神病專科醫生，他在診治普桑子的精神障礙的同時，也渴望著診治她的肉體障礙。他愛上了令人著迷的普桑子。在與郝仁醫生唯一的一次普桑子表現得極其萎頓的性愛之後，她懷上了郝仁醫生的孩子。形式上的初戀結束了（初戀能夠徹底結束嗎？），但這新的戀情卻總是因生活中不斷出現的各種因素而居無定所，普桑子做不到心有所歸，她看起來有點精神迷亂。為了確證耿木秋消失的永恆性，也為了尋得心靈的某種平靜，為了永遠不須兌現的諾言，也為了尋找一種新生活的開端，普桑子決定再一次離開故鄉，奔向南方，沿著當年伴隨耿木秋追索蝴蝶的道路，去尋找消失了的耿木秋。普桑子因之被困在了南方的那座小城，也就是在這座小城，她發現自己懷有了身孕。爾後，帶著即將分娩的孩子，普桑子回到了母親身邊。這時，普桑子的中學同學陶章出現了，這是一個不能夠從普桑子的內心解讀普桑子的男人，所以仍然不幸，在精神失望與肉體迷戀的交替中，當普桑子決定從陶章礦石般粗糙而又貧乏的生活中消失的時候，陶章在一次事故中喪生，這對普桑子的情感生活而言既是新的毀滅，又是開始。繼之而來的另一個男人王品，他能給普桑子帶來真正肉體的歡愉，但他同時也能給其他的女人帶來。這時候的普桑子已經成熟了許多，她能夠清醒地對待肉體和靈魂的不同要求。她走過了這場情感劫。慢慢地，隱藏在普桑子靈魂深處的耿木秋的蝴蝶的形象漸漸明晰了，最後蝴蝶主宰了普桑子的全部生活，主宰了她的靈魂，給她的靈魂提供了一個平靜而又充滿渴望的歸宿。而這種渴望喻示了一個女性真正的欲望（某種意義上，也是真正的成熟）——飄忽不定而又平靜，充滿激情而又堅定完美。不管這完美是否與死亡相關。「我可以體驗蝴蝶是怎樣變成標本的」——普桑子最後對自己說。

普桑子就是這樣在翩翩起舞的蝴蝶中成長著。一個女人她感受到了生命的缺陷，猶如蝴蝶之完美也存在著缺陷——生之蝴蝶直接指向美麗的事物，而蝴蝶標本則意味著死亡。蝴蝶由蛹蛻變而來，這是一個簡單的完美的意象，是成熟之美的必然過程。而蝴蝶奔向花叢中的動作，卻是對永恆完美的渴望。事實上，生命之完美是不存在的。完美就是死亡，就是追尋死亡的過程。美麗的事物總是用死亡成就永恆的，也許只有死亡可以到達純粹的完美。所以，生之缺陷是任何女人都無法迴避的，而且是永無懊悔的美麗的悲傷。普桑子對蝴蝶變成標本的體驗過程，也就是對女性完美的追求過程，當她意識到生命完美的局限時，她才開始變得真正成熟起來。

所以，在這部小說中，蝴蝶的意味其實就是一種詩化的和哲學化的女性人生的雙重注腳，它用美麗、自由和專注自我作為女性成熟和完美的象徵。一個成熟的女性，其自身的美麗就如蝴蝶，她是由蛹蛻變而來。當她變成蝴蝶的時候——開始自由飛翔，也就喻示了她的成熟。當她投入到這一自由翻飛的生活中時，也就開始了展示自己美麗的一面。所以，如同普桑子，一個成熟的女人她不是為男人而活著，她為自由活著，她只為自己而活著。這是蝴蝶的一重哲學注腳。蝴蝶的詩化意味在於，美麗是不能被束縛的，它永遠飄忽不定，但它終歸要走向對靈魂的渴望，對永恆完美的追求。所以，這不可避免地遭遇了死亡的命題。因為死亡與美麗是事物完美本質的兩極，互為存在的兩極，也是平等的兩極。飛舞的蝴蝶——在其成為標本之前，它永遠都是輕盈而美麗的，只有對靈魂的永無休止的探求，才能使它歸宿為標本。肉體的完美是不存在的，也是無法到達的，而靈魂的完美是能夠獲得的，但靈魂的降生需要以打碎肉體為代價。任何一種美麗的事物，它的內核都隱含著靈魂的跳動。當生命不為人知的時候，靈魂的意味才會出現，在本書中，也就是蝴蝶變成標本的時候。

在蝴蝶的隱喻中，事實上包含了對人的精神價值的的關照，一種仁慈的關照。表面上這種關照是一種深深的恐懼，對生活本身的恐懼（所以才渴望成為標本），其內裡，是生命自身對自由與純粹精神的渴望。我們看到，在蝴蝶的全部意象中，都突出地表達著對精神自由的追逐——這是靈魂的美麗，僅僅表明靈魂的美麗。這種美麗的終極指向一種平靜，一種安心。就像偉大的作家博爾赫斯說過的那樣，「歲月的流逝使我安心」，普桑子最終也獲得了這種安心。

可以說，海男是一位為著女性而寫作的作家。海男對小說人物的挖掘，事實上也是她心靈生活的反饋。海男的小說創作如同她的詩一樣，總是不停地關注完美與死亡這一理念和意境。也許在她看來，只有完美和死亡才是對人的精神自由最好的詮釋，才能傳達靈魂的美麗。

也因此，她總是專注於自己的內心，她只為自己的內心需要而寫作。

海男素有「語言巫女」之稱，她筆下的主人公總是充滿著引人幻想的魅力。在這部小說中依舊可以強烈地感受到這種「巫氣」和魅力。同時，海男又是一個對故事題材與敘事形式不停探索的作家。海男是獨特的，其獨特的創作源自她那種不甘雷同和平庸、力求不同凡響的強烈個性（亦是作品個性），這使她在敘事形式與題材上皆有獨特的創新。在本書中，她一方面強調敘事語言的獨特性，一方面又不放棄傳統敘事的故事性情節，為小說藝術注入了新鮮的活力。因此，她的小說藝術便有了試圖獨步古今的境界。她的堅持其獨特性的勇氣同樣也表現在題材的新穎與廣泛上，服裝模特、當代新女性角色、女醫生和病人，乃至這本書中的舊時代的穿中式旗袍的女性，都是她潛心挖掘才表現出的各類女性角色，無一不是至美。

就像作者在小說結尾說的那樣，「……這是一樁幸福的事情，一隻蝴蝶在空中飛翔總比一個人在地行走著要美麗得多……」。

目次

題記

一個生活在舊時代的女人，她生活在男人之中不如說是生活在戰爭之中，她生活在戰爭之中不如說是生活在蝴蝶之中。一個生活在蝴蝶之中的穿中國旗袍的女人，其靈魂終究會像蝴蝶一樣四處飛翔。

第一部分　現實之一

蝴蝶

虛構者說

睜開雙眼，作為虛構者的我，一九九七年深秋——是我看見蝴蝶的日子，作為虛構者的我，我會帶領你前往一個地方去，他們在追逐蝴蝶的路上碰到的那場鼠疫改變了他們生活的方向，我要講述一個帶著蝴蝶標本的女人與幾個男人的故事。而現在的我——正置身在黑色的扶手椅上，有巨大的陰影包圍著我，對於虛構者來說，只有牆上的蝴蝶標本可以說明小說中的女主人公普桑子是一個夢遊患者，作為虛構者的我最後被一種冰冷的想像力所湮沒著，我開始找到了某種佐證，惟有牆上的蝴蝶可以使普桑子的生命向前延續下去。而作為虛構者的我自己要讓時間倒流到三十年代的某一天早晨，我置身在黑色的扶手椅上，在這個陽光燦爛的早晨。

時間：一九三五年的某一天早晨

已進入三十多歲的普桑子，從早晨醒來後就一直感到口渴，她趿著木屐繞房間走了一圈又一圈，她的眼圈發黑，從來都是如此，自從十年前她與耿木秋在南方的那場巨大的鼠疫中被解散之後，她的眼眶就變成了黑色，就像是被南方那名著名的女巫師所驗證的那樣，普桑子從此以後就喪失了與耿木秋的聯繫，連一點氣息也沒有，也就是說從那以後普桑子就再也無法觸摸到耿木秋的影子，那名南方著名的女巫師說得很好，她說：你尋找的那個人已經飛往他處，你將不會與他再相遇。就是在這種聲音裡，普桑子在十年前那個漆黑的夜晚逃離了那座叫鳴城的南方，她除了逃離之外，就是背著一只透明的匣子，裡面裝滿了她與耿木秋在鳴城的山崗上捕捉到的蝴蝶標本。所以，十年時間已經過去，一九三五年的某一天早晨，普桑子的身影又出現在那間掛滿蝴蝶標本的房間裡，母親在樓下喚道：「普桑子，普桑子，郝仁醫生來了」，普桑子的腳在木屐裡面抽搐著，她伸出手去，她想觸摸牆壁上那隻顏色粉紅的蝴蝶，她記得很清楚，十年前為了追逐到這隻蝴蝶，她和耿木秋沿著向南的方向行走，他們除了步行之外，就是交換著使用不同的交通工具，騎馬或改乘小馬車，或者就是追逐著一隻蝴蝶的翅膀前行，正是在這種追逐中他們捕捉到了那隻粉紅色的蝴蝶，同時他們也陷入了一場恐怖的鼠疫之戰中，就是在那座叫鳴城的南方，普桑子看到了死亡淹沒了南方那麼多人的生命，就是在四處可以看到屍體的死亡裡，在這種逃亡中，她與耿木秋失散了。母親的聲音隔著一層層的牆壁清晰地傳來，普桑子的手沒有觸摸到那隻粉紅色的蝴蝶卻在空中停住了，十年來，她一直是這樣被牆壁上的蝴蝶包圍著，所以，普桑子的母親在她臉上看到了病症，她幾天前就對普桑子說道：你應該見見醫生，你的眼圈太黑了，這樣失眠下去，你會瘋了的。

母親的話嚇了普桑子一大跳，她輕聲拒絕道：「母親，你說得太嚴重了，我怎麼會瘋呢？」母親站在普桑子面前壓低聲音說道：「你要是每晚上睡不好覺，每晚都在失眠，那是很危險的……」現在，母親真的已經請來了醫生，普桑子來到窗口，她看到了一個男人的身影，她看到了他的黑色西裝，他叫什麼，普桑子回憶著，她必須把母親的話重新回憶一遍：普桑子，普桑子，郝仁醫生來看你來了。

會見郝仁醫生

普桑子回到臥室，從裝有蝴蝶標本的小屋中回到另一間房子，這中間，普桑子似乎又重新被十年前的那場鼠疫所籠罩著，除了恐怖之外，她似乎看見耿木秋從一種陷阱中掉了進去，她趿著木屐，聲音響動著，從木屐中發出的聲音似乎響徹著整幢房子。在臥室裡普桑子拉開了衣櫃，要到樓下去會見郝仁醫生，很顯然她得換一套衣服下樓去，她不能身穿睡衣到樓下去會見郝仁醫生。普桑子在這十年的時光中似乎一直望著房間裡那些蝴蝶標本，事實上她並不了解蝴蝶的本性，十年前她陪同研究蝴蝶的耿木秋到南方去捕捉蝴蝶純粹是出於她對耿木秋的初戀，她當時是G市女子大學的一名年輕的學生，愛上一名研究蝴蝶的人意味著你要與他浪跡天涯，普桑子很樂意這樣的生活，她與耿木秋戀愛不久，耿木秋就說他要到南方去，南方對於普桑子來說是神秘的，而且就像耿木秋所說的那樣：只有南方是生長蝴蝶的地方，所以，只有到南方去才能尋找到最為珍貴的蝴蝶標本。而南方之行卻讓普桑子與耿木秋分離了，十年來，普桑子頻繁地出入在那間房子裡，她不斷地失眠，憂鬱症和夢遊症相互穿行著，但始終是那些蝴蝶展現在眼前，它們已經不再飛翔，它們是一些標本被她收藏。

普桑子盯著櫃裡的所有衣服，她的目光停留在那件白顏色的絲綢旗袍上，普桑子喜歡白色的衣服，只有白色可以替代這個被失眠所替代的時代，普桑子從衣架上取下那件絲綢旗袍，她輕輕地、小心地觸摸旗袍中的光滑、柔軟，它就像一匹瀑布使普桑子的身體中濺起了浪花。當母親的聲音再次傳到臥室中時，普桑子感到母親的聲音是焦灼的，她在催促她越過牆壁中那些空洞的被蝴蝶所重疊而起的時光，這聲音似乎就像一隻雎鳥翅膀的拍擊聲，它使普桑子意識到母親正在焦灼中強行地拉她到樓下去會見郝仁醫生，對此，她的雙手終於放棄了再去觸摸那匹白色瀑布中的浪花，那裡面的光滑、柔軟只會加劇普桑子的病症，普桑子的病症是這樣的：每當她在遲疑之中抬起頭來時，每當她的雙手和身體被那種奔逃的時空所替代時，她就像被置身在一隻蝴蝶化成灰燼時的過程之中，在那輕柔的空氣中總是飄拂著一種令她難以忍受的顫慄，母親經常看見她的身影，她那佇立在空氣和陰影中的身體似乎每天都是顫慄的，這就是她表現出來的最為強烈的病症之一。終於讓自己的身體貼近了那件絲綢旗袍，在裡面，在最柔軟的裡面，普桑子的身體感受到了一種前所未有的愜意和快感，就像十年前耿木秋的雙手撫摸她一樣，不過除了撫摸之外，普桑子還沒有來得及接受耿木秋的身體，他們就被拆散了。普桑子決定就這樣下樓去，她要按照母親的意思去會見那名叫郝仁的醫生。她從樓梯到樓下的過程，是她超過十年時間，越過那些密集著想像和顫抖的身體回到現實中的時刻，因為有一種現實正在樓下等待著普桑子。普桑子已經下完了最後一級樓梯，她扶著螺旋形的最後一級樓梯扶手，她似乎猶豫了一下，因為十年來她好像是過著隱居似的生活，她幾乎沒有下樓去，沒有到樓下的會客室去會見任何朋友，除了母親陪伴著她，十年來她似乎一直在抗拒著任何生活狀態。她抬起頭來，拐過前面的彎道，就是會客室，她幾乎已經聽見了母親與郝仁醫生的聲音，這是一個男人的聲音，也是一個醫生的聲音，普桑子覺得母親和郝仁醫生的聲音都在包圍著自己，他們都在集中聲音和話題等待著普桑子的出現。普桑子終於從旁邊走了出去，她現在非常清醒，她對自己說，母親已經把我當作一名精神病人，既然如此，我就去會見郝仁醫生。

她看見郝仁醫生站了起來，向她點點頭，又坐了下去，普桑子坐在母親身邊，母親介紹道：「這就是我的女兒普桑子。」母親的介紹顯然是多餘的，從郝仁醫生站起來向普桑子點頭的那一瞬間，他就知道了這位身穿白色旗袍的女子就是普桑子。普桑子的目光毫無表情，十年來，她總是這樣，除了身體顫慄之外，她的眼睛中沒有任何色彩，這也許是她的病症之二，但那雙眼睛雖然沒有表情，它卻是明亮的，當她用眼睛看著你時，你會在她眼睛的裡面看到某種寂靜。母親對郝仁醫生說：「我把我的女兒交給你了。」母親的意思是說她把一個有精神病的女兒交給了郝仁醫生，因為她信賴他，她對郝仁醫生寄予著希望。郝仁醫生點點頭看了看普桑子，她雖然已經三十歲，但你根本無法看到一個已經進入三十歲的女人的三十年的痕跡，也許是她的眼睛雖然沒有語言，那目光卻是明亮的，在那明亮的目光裡，普桑子現在也盯著郝仁醫生，她除了看到郝仁醫生的年齡之外，她也對郝仁醫生寄託著希望，她希望郝仁醫生幫助她儘快地去擺脫記憶中那場惡夢，她希望郝仁醫生治癒她身體中顫慄的東西，她最後希望郝仁醫生能幫助她進入睡眠。

她剛想說話，她想表達上述願望，她聽到了槍聲，儘管槍聲是遙遠的，但她知道外面的戰爭正在慢慢地逼近這座城市。

關於戰爭

戰爭從普桑子出世之後就一直進行著，只不過普桑子居住的城市只嗅到了戰爭的煙火味。也許是普桑子已經習慣了人們談論戰爭的故事，所以，她並不懼怕戰爭。母親從她出生後就對她聲明道：普桑子，這是一個戰爭的世界，因而，無論碰到什麼事情，都要堅強。戰爭在外面進行著，而普桑子似乎從未受到過戰爭的影響，她出生長大，後來便追問母親，父親到哪裡去了，母親對她說：你的父親是一名軍人，他在你出生之後就到外面打戰去了，也就是說普桑子的父親到一個充滿戰爭的世界中去了。從普桑子追問父親的那一時刻開始，她就知道母親一直在等待一個人——那就是父親的歸來，只不過母親將那種等待藏得很深，二十多年已經過去了，母親仍然在等待，在這樣一個戰爭的世界裡，母親的時光在緩慢地向前移動著，她已經進入五十多歲，她的身體已經在慢慢地變形，但是她仍然在等待。在一個戰爭的世界裡，這座城市面臨著海，這座邊緣之城除了傾聽戰爭的炮聲之外，它仍然是寧靜的，所以，這座面臨著海的邊緣之城才會讓普桑子擁有那間屋子裡的蝴蝶標本，才會使從南方的那場鼠疫中走出來的她控制著恐怖不再懼怕戰爭，她懼怕的是記憶中那場南方著名的鼠疫，在那場鼠疫中她目睹的屍體比戰爭更使她恐怖。她趴在窗口，城裡的人早就在傳說，外面的戰爭就要進到城裡來了，她仍然保持著那種鎮靜，她覺得母親說得很對，這是一個戰爭的時代。她的肉體似乎已經完全置身在這個時代之外，她並不懼怕戰爭，她懼怕的只是南方那場鼠疫，是鼠疫使她喪失了與耿木秋的聯繫，是鼠疫使她患上了母親所說的精神病，所以，她是所有人中最不懼怕戰爭到來的女人。

郝仁醫生的診所

郝仁醫生給普桑子留下了他診所的地址，郝仁醫生將地址寫在了普桑子的本子上，那本筆記本中間有一隻蝴蝶標本，普桑子記得郝仁醫生抽出筆來往筆記本上寫字的時候，普桑子看見那支筆，流暢的鋼筆聲似乎在一張一縮，普桑子接過來便看到了南屏街五號，這就是郝仁醫生的診所，普桑子星期一、二、三都到他診所中去看病。郝仁醫生臨走時對普桑子的母親說：「我將用最快的時間治癒普桑子的病。」他對普桑子點點頭，他似乎在重複著他告訴母親的話：「我將用最快的時間治癒你的病。」郝仁醫生站了起來，他很年輕，但已經是一名精神病醫生，而且還開了自己的診所，普桑子目送著他對自己說：而我已經三十歲，我的青春已被房間裡那些蝴蝶標本耗盡。

星期一的早晨已經到來，昨晚母親已經提醒過普桑子，星期一要到郝仁醫生的診所中去。經歷了一夜的失眠之後，普桑子在早晨推開窗戶時隱隱約約又聽到了一陣槍聲，這就是一個時代的戰爭，戰爭總是在槍聲中進行的，普桑子對戰爭的理解僅限於此。她站在窗口，她已習慣在失眠後的早晨站在窗口，當她呼吸到早晨的空氣時，她從空氣中感受到了自己的身體並沒有麻木。她將頭探出窗外，郝仁醫生就在南屏街五號的診所裡等待著自己，她又穿上了另一件乳白色的旗袍，九點多鐘，普桑子乘著一輛人力車來到了南屏街五號。

虛構者說

在我看見她走進郝仁醫生診所的那一瞬間，我感到普桑子的命運將通過郝仁醫生得到改變，在這種虛構的到來中，我窗外的雨水下過不停，九月二十二號時是陽光燦爛的日子，而今天才九月二十五號，細雨卻已經下了整整兩天，小說是通過語言——後來是通過不厭其煩的敘述完成的，在小說的敘述中——虛構者是通過那些無法抵禦的神秘莫測的命運和細節來完成了一個世界本身的存在，普桑子在一九三四年的某一個星期一的早晨為什麼要走到郝仁醫生的診所去呢？我想這個原因非常簡單，她是為了避免自己痛苦地叫嚷，她是為了逃避事物、回憶，一句話，她是為了進入和諧的幻境，而進入和諧的幻境是為了證實現實的生活價值。讓普桑子找到一個醫生，走進一家診所也就是讓普桑子像別的女人那樣複述一遍她生活的往事，星期一的九點多鐘，普桑子身穿乳白色絲綢旗袍，虛構者已經講述過那是一個戰爭的年代，但戰爭不知為什麼並沒有進入普桑子生活的城市，這是一座邊緣之城，這是一座遠離戰爭的城市，但並不意味著戰爭永遠不會降臨，實際上身穿乳白色絲綢長裙的普桑子早已聽到了戰爭的槍聲。儘管如此，她還是像所有人那樣期待著活下去，所以，她遵從郝仁醫生約定的時間來到了診所，從她那失眠的雙眼中我可以感覺到她是多麼希望得到治療。她有點像一團魄的影子飄到診所裡去，她是郝仁醫生迎來的第一個需要治療的病人。

精神病患者：普桑子

她是病入膏肓的病人嗎？不對，除了失眠、顫慄和內心沉悶的叫嚷之外，她思維敏捷，當她坐在郝仁醫生對面時，郝仁醫生翻開了一本病歷冊並寫上了她的名字，郝仁醫生的鋼筆是黑色的，鋼筆雖然很纖細，但普桑子卻看到了病歷冊上自己的名字很醒目。郝仁醫生翻開潔白的病歷冊，他抬起頭來看著普桑子輕聲說：「普桑子，現在，你得接受我的問答，你要如實回答，我才能尋找到你患病的根源，這需要你慢慢地回憶，你知道，每一個精神病患者都經歷過一種記憶和身體的損傷，你別害怕，普桑子，你的病並不太嚴重。」普桑子聽著郝仁醫生的話，自從母親將她的病稱為慢性精神病以後，她就被歸納進了精神病的名單之中，這當然沒有什麼，普桑子知道百分之二十的人都患有輕微的精神病，只是感到奇怪的是普桑子不是像別的精神病人一樣在診所之外遊走，她已經進了診所，這就意味著她是，或者她已經是一名名副其實的精神病患者了。對此，她微微地點點頭，她是怯懦的，就像牆壁上那些斑斕多姿的蝴蝶那樣怯懦。

郝仁醫生說，普桑子在回答

「你別害怕。」郝仁醫生說。普桑子說：「我不能不害怕，我要是不害怕的話，我就不會到診所中來找你……」「我知道，我的意思是說，讓你別害怕我。」「我為什麼要害怕你呢？我害怕的是記憶。」「是的，是的，普桑子，你別太激動，我現在就是幫助你將你記憶中的那些東西說出來，也就是將你害怕的那些東西說出來……」「說出來，我能那麼簡單地說出來嗎？」「普桑子，我給你倒一杯水，你先喝一點水，然後再慢慢說，好嗎？」普桑子點點頭，郝仁說到水時，普桑子才感到自己的嗓子在發癢，彷彿置身在沙漠中一樣，她感到嗓子乾燥。郝仁醫生站起來給普桑子倒了一杯水，放在普桑子面前的是一只乳白色的瓷杯，普桑子伸出手去捧住那只瓷杯，她想，這只瓷杯要放在爐火中燒多少天才會變成一只乳白色的杯子呢？她捧著那只杯子，她似乎看到了那團爐火和這只瓷杯的關係，水很燙人，雖然她很渴，但是她不能馬上用嘴唇接觸杯裡的水，她掀開蓋子，看見了裡面飄浮在水中的綠茶，看到這種顏色，普桑子感到嗓子開始變得濕潤起來了。郝仁醫生說：「普桑子，現在，把你最害怕的事告訴我吧！」普桑子說：「你想看那些蝴蝶嗎？」郝仁醫生說：「你是說蝴蝶，你問我想不想看蝴蝶？哦，普桑子，難道蝴蝶與你害怕的東西有關係嗎？」普桑子說：「十年前，我與研究蝴蝶的耿木秋到南方去捕捉蝴蝶……」「你是說十年前，好，你慢慢說下去……我先問一問你，你為什麼要跟耿木秋到南方去捕捉蝴蝶呢？也就是說耿木秋是你的什麼人？」普桑子頭一次碰到對她記憶感興趣的人，而他是一個醫生，普桑子說：「耿木秋是我的初戀，我先是愛上了他，後來也喜歡上了耿木秋捕捉的那些蝴蝶，然後我就跟他到了南方……」「南方，我一直想到南方去，但由於戰爭的原因，一直沒有實現這個計畫。」普桑子聽郝仁醫生這麼一說低聲說道：「那次南方之行使我們陷入了一場鼠疫之中，我和耿木秋在逃亡中失散了……」「哦，鼠疫……現在我知道了，你害怕什麼？你是害怕那場鼠疫，對嗎？」普桑子點點頭，一霎間，她感到自己的身體在顫抖，她似乎又看到那些無以數計的死老鼠隨水漂流而下，她看到了在河流中漂浮起來的屍體鼓脹著肚皮展現在她面前，而那一年她才二十歲。郝仁醫生看著渾身顫抖的普桑子說：「別害怕，那一切已經過去了，普桑子，十年時間已經在不知不覺中過去了。」普桑子覺得這是十年來她唯一聽到的安慰她的聲音，她抬起頭來，她輕聲說：「我想忘記，但是每到晚上我就會想起鼠疫，我就會想起已經消失的耿木秋，每當想起這些事我就無法睡覺，現在我最害怕的便是失眠……」「我知道，普桑子，你母親原來就告訴過我，你的症狀就是無法睡覺，普桑子，我會幫助你，我會幫助你進入睡眠，這需要一段時間……哦，時間，普桑子……我從未碰到過你這樣的患者……你的這段經歷太殘酷……你聽到槍聲了嗎？普桑子，他們都說戰爭快要進入到這座城市了，如果戰爭到來，你會離開這座城市嗎？」普桑子告訴郝仁醫生她還沒有想過這個問題，她確定聽到了槍聲，但她的眼睛卻沒有流露出驚慌，戰爭並沒有讓她達到將失去平衡的極限。郝仁像是想起了什麼，他問道：「你剛才說我想不想看那些蝴蝶，你是不是說你手中收藏著那些蝴蝶？」普桑子告訴郝仁醫生：「是蝴蝶標本。」郝仁說如果可能的話我很想看看十年前由普桑子帶回來的那些已經形成蝴蝶標本的南方蝴蝶，普桑子沒有說話，在郝仁醫生說話時，她聽到了一陣高跟鞋的聲音，那聲音越來越近。

穿高跟鞋的女人

穿高跟鞋的女人已經來到診所門口，郝仁醫生對她打了一聲招呼，女人就走了進來。普桑子側過頭去看到了另一個三十多歲的女人，她嗅到了那個女人身上的香水味，她穿一件綠顏色的旗袍，普桑子聽到郝仁醫生說道：「我在工作，楊玫，有事我們改日再談……」那個叫楊玫的女人來到普桑子面前看了看說道：「這麼漂亮的女人難道也是你的病人嗎？」「楊玫，請你別傷害她，她確實是我的病人。」楊玫說道：「反正，你已經拋棄我了，所以，我這一生要傷害你最喜歡的東西，你喜歡什麼，我就要傷害你什麼！」普桑子站了起來，她不知道這個叫楊玫的女人是郝仁醫生的什麼人，反正，她已經聽清楚了楊玫的話，普桑子很清楚自己不能再呆下去，如果再繼續呆下去，天知道會發生什麼呢？她站起來向郝仁醫生告辭，郝仁醫生無可奈何地將她送到門外對她說：「我會到你家裡來看那些蝴蝶的。」普桑子沒有看郝仁醫生的目光，這是她十年來接觸到的第一個男人的目光，她覺得在那目光中有一種溫暖在包圍著她，那些溫暖散布在南屏街的大街上，那是一些什麼樣的溫暖呢？普桑子看到了一棵樹，這是一棵春天的樹，她才猛然意識到這個季節已經是春天了。

撐著拐杖的陶章

普桑子剛想搭一輛人力車回家去，有人在叫她的名字，她聽到了，那是一個男人的聲音，聲音很清晰地傳來了，起初普桑子還以為是一種錯覺，當聲音第二次傳來時，普桑子回過頭去，她驚訝地看到了一個撐著拐杖的男人來到她面前，他說：「普桑子，我是陶章……」「哦，陶章……」普桑子猛然回憶起來，陶章除了是她中學時的同班同學之外，他還與普桑子鬧過一場惡作劇，他知道普桑子很害怕毛毛蟲，有一次他曾經將一條綠顏色的毛毛蟲放到她的書包裡……歲月是如此地劇變著，它改變著那個喜歡運動的中學生的模樣，令普桑子感到驚訝的是，陶章竟然撐著一只拐杖，再仔細看上去，普桑子抽搐著身體，她看到陶章少了一條腿，他的右腿沒有了。他斜挎著一只包，身穿黃顏色的軍服，但沒有領章，陶章告訴普桑子：「我剛從戰爭前線回來……」「戰爭，你去參戰了？」普桑子意識到自己說戰爭兩個字時是如此地蒼白，戰爭使陶章變成了一個少了一條腿的男人，他的右腿沒有了，這就是戰爭。陶章說：「我要走了，普桑子，見到你我真高興，你仍然像中學時代一樣漂亮。」「你要到哪裡去？」陶章回過頭來輕聲說：「回家。」普桑子注視著陶章的背影，她不知道陶章是去參加什麼戰爭，她不想了解戰爭，因為在她內心戰爭就意味著骸骨，戰爭就意味著恐怖、忍耐、受辱。她記不清楚有多少年沒有見到陶章了，他已經變成一個男人，只是他已經少了一條腿。普桑子凝視著陶章的背影，他現在只有一條腿了，就是這樣他只有一條腿了，普桑子懷抱著雙臂，她感到有些寒冷，直到看不見陶章的背影，直到街道上的人群淹沒了陶章的身影，普桑子抬起頭來，她看到街對面的店鋪中央掛著一只只鳥籠，鳥籠中的那些紛散的羽毛現在變成一隻隻鳥，普桑子再仔細看下去，她竟然看到了母親，母親正面對著一隻綠顏色的鸚鵡，母親的嘴唇張開，看上去母親正在與那隻會說話的鸚鵡說話，母親取出一只錢夾子，現在普桑子知道了——母親是為了帶走那隻鸚鵡。在現代漢語典中，對一隻鸚鵡的命名是這樣的：「鳥，頭部圓，上嘴大，呈現鉤狀，下嘴短小，羽毛美麗，有白、赤、黃、綠等色。生活在熱帶樹林裡，吃果實。能模仿人說話的聲音。通稱鸚哥。」母親帶走了那隻裝在籠子裡的綠色的鸚鵡，普桑子覺得奇怪，母親從未向她透露過她喜歡鸚鵡，更沒有與她商量過家裡需要一隻鸚鵡。

母親拎著一隻鸚鵡走在前面

普桑子沒有搭人力車回家，她穿過街道走在母親身後，母親拎著一隻鸚鵡走在前面，那隻羽毛美麗的鸚鵡正發出聲音來，那是一種鳥語，未經訓練的鳥語正像人的聲音靠近，普桑子覺得納悶，母親是在什麼時候對一隻籠子裡的鸚鵡發生興趣的？母親將一隻鸚鵡帶回家去，肯定要訓練鸚鵡的嘴唇，母親要讓鸚鵡像人一樣口齒伶俐，毫無疑問，這就是母親的目的，另一個目的很明顯，在那座院子裡，只有普桑子與母親相依為命地生活著，母親帶回一隻鸚鵡到家裡去，是為了讓院子裡多一種聲音。普桑子第一次聽見鸚鵡說話是在南方，在她與耿木秋捕捉蝴蝶的日子裡，他們經常與鸚鵡見面，南方人沒有將鸚鵡囚禁在鳥籠中，而是將鸚鵡置放在一根橫木上，用一條紅褐色的細鏈拴住鸚鵡的小腿，以防止它奔逃。那些鸚鵡說起話來沒完沒了，它們確實會像人一樣說話，當然，那些語言都是由人教會它的，所以，這是一種奇怪的鳥類。

而現在，普桑子的母親正從容地拎著一隻籠子裡的鸚鵡，她將把鸚鵡帶回家裡去，從此以後，院子裡將有一隻鸚鵡模仿著人說話，普桑子加快腳步，追上了母親，母親看了她一眼，問她是不是已經從郝仁醫生的診所回來了，普桑子點點頭，母親的臉上出現了一絲微笑，她告訴普桑子，家裡太靜，有時候一點聲音也沒有，她一邊說，一邊晃了晃那只鳥籠說：「這是一隻南方的鸚鵡。」母親的這種聲音很有點像普桑子記憶中的另一種聲音：「這是一個充滿戰爭的年代。」普桑子看著母親，母親已經進入五十多歲，從出生的那天開始，就只有母親在陪伴著她，普桑子從未看到過父親，母親一生總是穿著旗袍，冬天到來時外面加一件尼大衣，母親的旗袍有粉紅、綠色、灰色、黑色，母親有時候穿上黑色旗袍時，看上去類似一個幽靈，她在院子裡穿巡，普桑子感覺到母親並沒有放棄那種等待，事實上從母親的眼裡看上去，母親一直期待著去參戰的父親歸來，雖然這種等待在普桑子看來已經變得遙遙無期了。普桑子將陶章的情況告訴了母親，母親仍然拎著那只鳥籠，緩慢地行走著，她的氣色看不出是變得黯淡了呢，還是變得冰冷了，總之，一路上，母親再沒有說一句話。普桑子覺得很後悔，自己不該將陶章的消息告訴母親，因為陶章是從戰場回來的。回到家，普桑子幫助母親將那只鳥籠掛在了院子裡的蘋果樹上，那棵蘋果樹已經很有些年代，普桑子出生以後，那棵蘋果樹就已經存在了。母親站在籠子下面仰起脖頸來，母親說：「今天天氣好。」那隻鸚鵡向母親點點頭，但鸚鵡並沒有發出聲音來。

普桑子面對著蝴蝶標本

鸚鵡是屬於母親的，普桑子回到自己的房間，她覺得很空虛，一天都過得很空虛，現在看上去，去郝仁醫生的診所自己並不愉快，也許是中途碰到了那個叫楊玫的女人，普桑子想楊玫說是郝仁醫生拋棄了她，這就是說她曾經是郝仁醫生的女人，總之，這個女人闖進診所後，普桑子就離開了，儘管如此，面對郝仁醫生，普桑子有一種想訴說的欲望，只不過開始時普桑子還有一種抑鬱，她不知道要從哪裡說起，十年來她一直隨著南方那場恐怖的鼠疫，十年來她的男友音信渺茫，留給她的只有那些牆上的蝴蝶標本。普桑子吃完晚飯後一直坐在那間掛滿蝴蝶標本的房間裡，而母親已經開始在訓練那隻有綠色羽毛的鸚鵡。

虛構者說

在九月底的濛濛細雨中寫小說，普桑子生活的年代距我是那樣遙遠，而她置身在牆壁上的蝴蝶標本之下，她坐在椅子上，偶爾又站起來，牆上的蝴蝶是她與耿木秋的南方之行中唯一留下來的東西，直到今天，作為虛構者來說，蝴蝶對於我來說是一種誘惑，儘管只要我走出去，只要我乘車到山崗上去，我的視野中就會飛滿蝴蝶，但這些視野中飛滿的蝴蝶取代不了普桑子牆壁上的那些蝴蝶標本，那些經歷了南方地區中巨大的鼠疫而倖存下來的蝴蝶標本，在我寫這部小說的時候，影響著我寫作之外的生活，然而，除了讓我從虛構中看見那些美麗的蝴蝶標本之外，我正在虛構和想像著普桑子在蝴蝶籠罩下的另一些生活。因為無論如何，普桑子的生活需要延續下去，十年來她的生活一直關閉著，直到她出門去會見郝仁醫生，世界是變幻無測的，她去見郝仁醫生時，她邂逅了從戰場上歸回的中學同學陶章，這兩件事對置身於蝴蝶之中的普桑子帶來了什麼樣的影響，我出於什麼目的這樣關注著普桑子的生活，當然，這首先是為了寫作的目的，出於偶然，這也是另一種目的，那個穿著旗袍的舊時代的女人和那些蝴蝶在一起，她是一種虛幻的影子。

星期二的上午

星期二的早晨，普桑子記起了，今天是郝仁醫生給她就診的日子，因而她起得很早，雖然那個叫楊玫的女人使她產生過畏懼，但郝仁醫生的目光在她眼前閃動，那目光是溫暖的，只有那目光可以穿透她的身體，那些被陰影和記憶燃燒的身體。她像星期一的上午一樣準時來到郝仁醫生的診所，九點多鐘，她的身影來到診所門口，她嗅到了一種中藥的味道，她剛進門，就看見郝仁醫生從裡面的房間裡走出來，他對普桑子點點頭，示意普桑子先坐下來。

一會兒，他手裡捧著一碗熬好的中藥來到普桑子面前對她說：「這是治癒失眠的中藥，你先趁熱喝下去吧！」普桑子看著郝仁醫生手中冒著熱氣的藥汁，伸出手去，郝仁醫生說：「趁熱喝下去吧。」普桑子果然按照郝仁醫生的吩咐一口氣喝完了那碗中藥，她感到嘴裡一股五味子的味道，郝仁醫生又給她倒了一杯水。郝仁醫生坐下以後說：「昨天的事請你原諒。」普桑子沒有說話，郝仁醫生說：「我已經給了她一筆生活費，她到上海謀生去了。」普桑子仍然沒有說話，她不知道郝仁醫生為什麼要告訴她這些事，實際上，她並不願意知道這些事情。郝仁醫生今天開始尋找普桑子身體中的另一種陰影，他一邊伸出手去為普桑子用中醫方法耗脈，另一方面他讓普桑子伸出舌頭，觀察她的舌苔情況。一個多小時過去了，郝仁醫生說：「普桑子，你的病完全是心病，也就是說南方的那場鼠疫給你帶來的心病，你應該慢慢地學會遺忘，用各種方式尋找遺忘，你呆在房間裡的時間太長了，你應該到外面來找些事情做，多結識些新朋友，這樣的話，你才能分散精力……」普桑子搖搖頭說：「母親早就告訴過我，這是一個戰爭的時代……」普桑子沒有繼續說下去，她的意思大概是說在一個戰爭的年代裡，工作和尋找朋友對於一個女人來說都處處充滿了危機。郝仁醫生說：「普桑子，你一定要出來工作，我的一位親戚在市三中任校長，如果你願意的話，你可以到中學去做老師……」普桑子告訴郝仁醫生，這主意倒不錯，不過她得考慮一下，因為要面對那麼多學生，畢竟不是一件容易的事情，普桑子這樣說是因為她已經習慣了閑置在家中，母親在城裡開的首飾店可以養活她們母女倆，就連母親也是這樣，她雖然開了首飾店，但她很少去首飾店露面，店鋪的店員是一個老實忠厚的鄉下人，他按月向母親交納每月的資金。郝仁醫生看著普桑子說：「假若我向你求婚，你會不會嫁給我？」普桑子嚇了一大跳，她不知道這是郝仁醫生開的玩笑話還是郝仁醫生真的有這種想法，但她搖搖頭，她坦然地告訴郝仁醫生，她一直在尋找耿木秋，他是她的初戀，郝仁醫生說：「世態動盪不安，你到哪裡去尋找耿木秋呢？」郝仁醫生已經很熟悉耿木秋這個名字，普桑子說：「如果我身體好一些的話，我想去一趟南方。」郝仁醫生搖搖頭說：「我不希望你再去南方，那是一條危險的路。普桑子，我剛才的話是認真的，你可以考慮，而且，我給你很多時間去考慮這個問題，畢竟，我們剛認識不久，對你提出這問題，有些太突然了，不過，你如果與我結婚的話，你的病肯定會減輕三分之二。」普桑子很清楚，郝仁醫生是在暗示她，如果與郝仁醫生結婚的話，她除了會逐漸地遺忘那場南方的鼠疫之外，也會慢慢地把耿木秋忘記掉。而鼠疫和耿木秋這個名字是普桑子最沉重的記憶，正是這記憶導致了她的精神病。

普桑子在星期二的上午有一種女人的幸福，三十多年來從未有男人向普桑子求過婚，她就像那些蝴蝶標本一樣隱藏在房間中，除了那場十年前的記憶損傷著她的記憶和身體之外，她自己就根本與外面的世界喪失了聯繫。三十多年來從未有男人向普桑子求過婚，這並不是說普桑子是一個相貌平常的女人，正相反，普桑子的美麗在二十多歲時就已經被那位研究蝴蝶的年輕專家耿木秋發現了，耿木秋當時每天守候在普桑子上學的校門口，他像追逐蝴蝶一樣追逐著年輕漂亮的女大學生普桑子，如今，十年已經過去，普桑子已經進入三十歲，她身上蘊藏著的美麗已經像一只蘋果一樣開始成熟。

儘管如此，普桑子仍希望去一趟南方，她忘不了耿木秋，但是，外面的世界對普桑子來說已經變得就像風箏一樣遙遠了，走在路上的普桑子突然想起了一個人，他就是陶章，因為陶章剛從外面回來，他一定知道除了這座城之外的另一個大千世界。普桑子決定去找陶章，但是陶章的家在哪裡，這又是一件困難的事情，普桑子來到了昨天邂逅陶章的地方，她回憶著自己目送陶章消失的情景，她當時自己的眼裡有一種濕潤的東西，然而那東西並沒有分泌為淚水，那東西濕潤著她的雙眼。現在，她又一次回憶起中學時代那個與她做惡作劇的少年來，她站在風口，她慢慢地感覺到春風中有一陣細雨正從天空飄落而下。普桑子迷惘地搖搖頭，她覺得自己是如此地無能，竟然連同學陶章的家也無法找到，而且這座城只是一座不大不小的座落在海邊的城。普桑子突然想到了大海，十年來她竟然一次也沒有到海邊去過，實際上，城裡離海灘是那麼近，那麼近，普桑子揮了揮手，她抬起腳來，跨進一架人力車廂，她知道半小時後她就可以到達海灘了。

柔軟的沙灘和自己的影子交疊

海灘上有一群孩子在相互追逐，還有幾個漁民在打網，這是普桑子在小時候經常看到的情景。普桑子下了人力車，她來到沙灘，多少年沒有在沙灘上行走，普桑子感到大海正包圍著自己，而潮汐正在一層層地湧上來。普桑子曾經對耿木秋說過，那是在南方，她對耿木秋許願道，從南方回去以後，她就帶耿木秋去見自己的母親，而且帶他去看大海。普桑子想到自己的允諾，她來到沙灘，她彎下腰去抓起一把柔軟的沙礫來，就在這時普桑子突然看到了一個身影，在一百米之外，走著一個人，撐著一只拐杖，他無疑是陶章，普桑子知道，只有最孤獨的人才會在這樣的時刻走到海邊，就像自己一樣，普桑子在街上感到的那種徬徨實際上是一種孤獨；也只有最迷惘的人才會在這樣的時刻走到海邊來，在這樣的時刻想貼近大海和沙灘的人從本質上講是想被大海湮沒的人。那些迷惘升起在遠方，對於普桑子來說她想重新穿越南方，她想找到耿木秋，而她卻看不到去南方的路。

普桑子抬起頭來，她突然驚愕地叫出了陶章的名字，然後不顧一切地穿越著那一百米的距離。她這樣奔跑，是因為她看到了陶章正撐著那只拐杖向大海深處走去。

普桑子在海水中抱住了陶章的腰

一百米距離已經被普桑子衝過，她越過海水抱住了陶章的腰，她將陶章從海水拉回到沙灘，也就是說普桑子將陶章從死亡的路上重新拽了回來。她全身顫抖，兩個人面面相覷，說不出一句話來。在他們身後大海正翻滾著浪花，陶章側過身去，他顯然不敢再面對普桑子，因為他害怕這件事實，普桑子走過去對陶章說道：「你不該這樣，你雖然少了條腿，但不應該去死。」陶章沒有說話，普桑子將陶章的拐杖遞給他說：「我送你回去吧。」陶章點點頭。

虛構者說

普桑子將陷入絕望之中的陶章拽上了岸，這完全是我原來的虛構中從未想到過的事情，當我寫到這裡時，突然下起了一陣驟雨，我喜歡傾聽窗外的雨聲進入某種睡眠或進入某種語言狀態之中去，將某種絕望付諸於虛構的情節中，正像我七月初寫的詩一樣：「我的身體已沒有明快的節奏/一塊烏黑的布幔/也許是我的帳篷，也許是我的披風/也許是我的裹屍布/所以，在彎曲中，我的身體忌諱被人看見。」現在，普桑子竟然從海水中將一個被戰爭傷害的人救上了岸，虛構著這樣的情節，驟雨中的雷鳴使我坐立不安。普桑子意外地看到了一百米之外的那個撐著拐杖的男人，這就是說陶章還不到死的時刻，我看見他撐著拐杖走在沙灘的前面，普桑子則走在後面。

普桑子送陶章回家

一個撐著拐杖想走到海裡去的男人，這個人除了飽受戰爭的摧殘之外，他的心靈一定集聚著戰爭中的很多碎片。普桑子變成了同情者，她的同情之心事實上從站在街頭與陶章邂逅時就已經產生了，看著一個失去右腿的男人撐著拐杖，木拐杖呼哧呼哧地擊在堅硬的地面上，這是一切，是一個陰影像黑點和斑塊般移動的結果。普桑子陪同陶章走了許多路，唯一的目的就是把他送回家去，至於陶章的未來，普桑子不敢再往前繼續想，正像自己的未來一樣完全被一個戰爭彌漫的時代所籠罩著，她走得很輕，穿著被海水濡濕的旗袍，濕著頭髮，絲綢旗袍一會兒就被風吹乾了，吹乾的過程是那樣快，普桑子感到風像一種細流激盪著身體，過一會兒，她就感到那件緊貼身子的濕漉漉的旗袍已經又像水一樣柔軟光滑了，而此時，她們已經進了城。從海邊進入城的路上，陶章沈默著，他一句話也沒有說過，保持著沒有意識的那種距離，他似乎想與大海保持著距離，想跟普桑子保持著距離，但是普桑子卻把他從海邊帶進了城。

進城的路上似乎浮動著許多氣味，那種難以忍耐的氣味似乎是從某座舊房子角隅的後面散發出來的，似乎是從那些逃亡者的物品中，從一堆堆模糊、齷齪或者說一些死人和牲畜屍體中傳播而來的，這使普桑子想到那場鼠疫，她緊靠著陶章的那根拐杖，似乎那根拐杖可以幫助陷入絕望的忿慨中的她獲得解脫。陶章看了她一眼說：「你是不是嗅到了一種氣味？」普桑子點點頭，陶章說這種氣味他過去經常嗅到，他說他每天就在這氣味中生活，直到喪失了右腿，他再也無法與這氣味抗爭了，才回到家。普桑子點點頭，陶章的聲音無非是把某種情景展現了出來，但普桑子已經感覺到了陶章在這種氣味中掙扎不息的那種漫長的過程，她看了陶章一眼，但她看到的卻是他的拐杖，除此之外——他就像在另一個地方躲藏著，在那些充滿物品、死人的、最模糊的齷齪的氣味中微微地顫動。但無論如何，普桑子已經把陶章送回了家，陶章的家在城市的中央，在一條石板路的前方，陶章指著那幢油漆斑駁的老房子說：「那就是母親留給我的房子，我參戰時，母親就去天堂了，母親是基督教徒，在這之前母親一直嚮往著天堂。」普桑子點點頭，她站在房子的外面，她準備告辭了，她出門的時間已經太長了，普桑子想到了母親，想到母親一定在焦急不安地等待自己回去，雖然陶章對她說：「進去坐坐吧！」但她還是告辭了。

普桑子打開門，她在路上時早已想好了託辭，如果母親問她到哪裡去了，她就哄母親她到雯蘭家去了，雯蘭是普桑子唯一的好友，但她早已嫁人，她嫁給了一個茶葉商人，她的丈夫經常外出，外出時，雯蘭總是希望普桑子去陪陪她。雖然她已經有好長時間沒有去雯蘭家了，但母親知道雯蘭的情況。現在，母親並沒有在家裡，只有籠子裡的鸚鵡掛在蘋果樹上，那隻鸚鵡看見普桑子回來後就歡鳴著，但它並沒有發出人語，它的聲音仍然是比鳥語更加清脆的叫喊聲。普桑子在籠子下面的那張木椅上仰起頭來，母親就是坐在椅子上，這把椅子是屬於母親的，但母親並沒有坐在上面，普桑子想也許母親到店裡去了呢。她剛想張開嘴與籠子裡的鸚鵡說說話，她聽到了敲門聲，普桑子從椅子上站起來，現在已經是下午四點鐘了，普桑子站起來時聽到了客堂裡的那架老式掛鐘發出的聲音，她來到門口打開了門，看到郝仁醫生時普桑子半晌說不出話來，她扶著門框說：「是郝仁醫生。」「我是來看那些蝴蝶標本的。」普桑子哦了一聲，郝仁醫生曾說過要來看那些蝴蝶標本，沒有想到的是他真的來了，普桑子嗅到了他身上的乙醚味道，郝仁醫生將手中的一只包交給普桑子說：「我給你開了幾副中藥，你每天一副，必須用炭火煨藥。」普桑子看著郝仁醫生，他鏡面下的那雙眼睛很溫和，普桑子想，既然郝仁醫生是來看蝴蝶標本的，那麼，我只好把他帶到樓上去了，但儘管如此，普桑子對自己說：「除了母親之外，還從未把另外一個人帶到那間房子裡去。」她對自己說：「郝仁醫生是我的主治醫生，他看那些蝴蝶是為了更好地治癒我的病。」她一邊走在前面，一邊尋找到這些理由，也許只有找到一個理由，普桑子才能使自己得到解脫。

在蝴蝶標本的房子裡

他們剛一進屋就聽到了一陣槍聲，這是槍聲而不是潮汐聲，更不是籠子裡的那隻鸚鵡的叫喊聲，槍聲比較密集，不像往日那樣是一顆子彈的聲響，而是幾百顆子彈發出的轟鳴聲。普桑子的身體暈眩了一下，她屏住呼吸扶住牆壁，她感到郝仁醫生此時此刻正站在自己身後，他的呼吸聲是那樣急促，他伸出手來扶住她的手臂，普桑子的頭上面是那些蝴蝶，牆壁上的蝴蝶雖然已經死亡卻張開著翅膀，那是一種飛翔的姿勢，她將面頰貼近牆壁，多少年來牆壁一直是冰冷的，但是每當她的頭和面頰與牆壁親近時，她就似乎感受到了那個已經消失了十年時間的耿木秋，十年前，他們在一起時用初戀般的火焰相互溫暖著對方的心靈，那種方式就像一對蝴蝶相互飛越著。普桑子回過頭來，郝仁醫生的手也在這一刻離開了她剛才暈眩的手臂。郝仁醫生開始觀察牆上的蝴蝶標本，他沒有說話，面對這些蝴蝶，他似乎在回想和想像普桑子在他診所時告訴過他的那些在南方發生的故事。而普桑子卻在想著耿木秋，現在，她從窗口掉過頭來，她突然對郝仁醫生說：「我想去南方尋找耿木秋，只是我一聽到外面的槍聲就感到害怕。」郝仁醫生對普桑子說：「十年了，如果他活著他會出現在你身邊的。」「你是說耿木秋死了？」「普桑子，你必須從南方那場鼠疫中解脫出來，而最關鍵的是你必須忘記耿木秋……我是你的醫生，所以我必須對你這樣說話……」普桑子看著窗外的天氣已經慢慢暗下去，她想把郝仁醫生帶到客堂裡去，她不習慣自己單獨一人與郝仁醫生留在這間掛滿蝴蝶標本的房間裡，也許母親快要回來了。

他們剛下樓就看見母親從院子裡進屋來了，母親看到普桑子與郝仁醫生呆在一起感到很意外，但她卻顯得很高興。她對郝仁醫生說：「今晚就在家裡一塊吃晚飯吧？」郝仁醫生沒有拒絕。普桑子憑著一種女人的本能，感受到郝仁醫生眼裡的那種溫暖是很明確的，他白天曾向她求過婚，所以，他眼裡的那種溫暖不是沒有目的地，但此時此刻的普桑子已經喪失了初戀的耿木秋，儘管她不相信耿木秋已經死了這樣的事實，但她的心確實已變得一片冰涼，當然重溫南方之行的記憶時，帶給她的只是一種暈頭轉向，啞口無言時的症狀，猶如一個失語者站在語言之外再也無法觸摸到語言所帶來的事實，所以，她並不拒絕郝仁醫生眼裡的那種溫暖，因為這是普桑子十年來唯一看到的溫暖。

母親對普桑子說

那天晚上母親對普桑子說：「桑子，母親不能相伴你一生，我已經五十多歲了，進了這個年齡階段的女人隨時隨地都可能被魔鬼帶走，我看郝仁醫生對你很好，這是一個可以讓你依託一生的男人。」母親的話說得再清楚不過了，普桑子已經是一個三十多歲的女人，她懂得母親的意思，母親的話是在講醒這樣一種箴語：每一個女人的一生都需要抓住一種可靠的東西，而男人正是這種東西。普桑子不想把男人比喻成一種東西，但母親的意思就是那樣。三十歲的普桑子回到了自己的房間，那天晚上她再次失眠了。

星期三的上午

普桑子的身體沒有一點力量，失眠了一夜的她坐在郝仁醫生的診所裡，那天上午她希望郝仁醫生再次向她求婚，一路上她來時她就在想，如果郝仁醫生今天上午向我求婚的話，我就答應嫁給他。她感覺到自己的身體再也無法抗拒那種黑沉沉的在濃密的黑暗中使她恐怖的東西，她希望將自己的身體交給一個人，那個人完全覆蓋著她，把她升起的那一限猶如墓地上發出的一線微弱的藍色的磷光全部熄滅。她仰起脖頸，她的脖頸纖細而細膩，而她仰起頭來時，她感到自己的乳房也在挺立著，她看著郝仁醫生，她希望他對她說：「我想娶你，普桑子。」那樣的話，什麼問題都會解決，而在這一天，在這個上午，郝仁醫生說：「普桑子，你今天氣色不好，是不是昨晚又失眠了？」普桑子沒有回答他，門口一位賣貨郎搖著手裡的鈴鐺嘶喊道：「賣貨嘍，賣貨嘍。」普桑子的心被這聲音覆蓋著，因為這聲音淹沒了郝仁醫生低沉的說話聲。

虛構者說

今天已經是九月二十九日，我又坐在書桌前，這些文字假如說延續著小說的生命，不如說延續著我所敘述的那個女人的生命，普桑子生活在一片廢墟式的年代，在那片廢墟中記載著或者說堅實地保存著她的蝴蝶，她熱愛那些蝴蝶，儘管那些蝴蝶標本帶給了她令人辛酸和迷亂的往事，在那片廢墟中普桑子為了活下去，或者說為了活得簡單一些、寧靜一些——她開始尋找到了一個醫生，並接受這個醫生的治療，在這同時，她又是一個同情者，她對失去腿的陶章的同情驅使她不顧一切地走到他身邊去，因為她害怕陶章會再一次從海水中絕望地走進去。所以，普桑子從此以後便來回行走在兩條道路和兩個男人之間，似乎她的生命以這兩條不同的路線與兩個不同身分的男人有直接的聯繫。

秋天到了，秋天

秋天來臨了，從春天到秋天的這段時間生活似乎一直在平靜之中進行著，直到撐著拐杖的陶章告訴普桑子，他實在無法在家裡呆下去了，他父親早年在外有一座礦山，他曾經在那座礦山呆過一段時間，後來父親在礦山猝死之後，那座礦山就閑置著，他的意思很清楚，他想去重操父親的舊業。普桑子坐在陶章的對面，從春天到秋天——她幾乎每天都來陪伴著陶章，她要讓他放棄那些最絕望的念頭，她的同情心果然發生了作用，陶章的眼裡開始慢慢誕生了希望的念頭，人一旦有了希望，眼睛裡面放出的光芒是明亮的，當陶章告訴她那座礦山時，普桑子驚訝地發現陶章終於重新活過來了，前一段時間，陶章曾經像死去一樣活著，可以這樣說他像一個正在垂死的人一樣眼神發呆地坐在普桑子對面，普桑子想與他說話，她想找到陶章絕望的根源，但她又害怕揭開他的傷疤，有一點普桑子很清楚，陶章的絕望來源於戰爭。每當這時，普桑子就想起自己的父親從自己出生以後就去參戰了，母親等待著，用各種方法打發光陰的流逝，但父親連一封信也沒有捎回來過。所以，普桑子不敢具體地面對戰爭，她更不敢張開口問從戰場歸來的陶章，戰爭到底是什麼，為什麼要發生戰爭。

從春天到秋天，陶章終於撐著那只拐杖；尋找到了一個充滿希望的地方——到一座礦山去。普桑子想來想去覺得這是陶章唯一的出路，她沒有反對，但當陶章對她說出想普桑子一塊到礦山去時，普桑子拒絕了。她拒絕陶章有三個原因，第一，普桑子仍然等待耿木秋，她知道跟陶章出去意味著什麼，陶章雖然沒有向普桑子表達過情感，但普桑子已經感覺到陶章經常在眼神中流露出對普桑子的那種愛慕和期待，所以，當普桑子拒絕跟他到礦山去時，他感到了一種失落；第二，普桑子已經開始慢慢對郝仁醫生充滿了信賴，他不但是普桑子不能在短期內離開的治療精神病症的醫生，也是使普桑子感受到溫暖的男人；第三，普桑子已經不能離開與她相依為命的母親。

陶章雖然有一種失落，但他已經堅定了到礦山去的決心，他告訴普桑子，他先到礦山去，事情好起來後他會來接普桑子。普桑子沒有再次拒絕他，因為她已經感覺到陶章望著她的目光，在那目光中普桑子是他的另一種希望，如果他徹底喪失了這種希望，那麼，陶章的模樣和心靈將像那些南方的候鳥一樣，也許會飛、會叫、或者垂死。普桑子對陶章的那種巨大的同情心使她點了點頭，但她自己卻是迷惑的，她因此而陷入了一種更強烈的迷惑之中。

迷惑

陶章到礦山去了，他撐著那只木枴杖搭上了一輛貨車，當普桑子看見他消失之後，她問自己：如果有一天陶章真的從礦山回來接我去礦山，我會跟他去礦山嗎？

那隻或飛、或叫、或垂死的鳥如果飛回來了怎麼辦？普桑子對陶章的那種同情心並沒有因為陶章的離去而變得淡薄，那是一種使她無法忍受的同情心。她站在貨車後面目送著滾滾塵煙，當她回過頭來時，她看見了郝仁醫生，她很奇怪郝仁醫生怎麼會出現在她身後，但郝仁醫生向她撒了一個謊，他說他去看望一個病人，恰好路過這裡，很顯然，這是一個謊言，郝仁醫生已經開始窺視她的行動，但普桑子並沒有發現這些細節，也許如果陶章不去礦山的話，郝仁醫生仍然會繼續跟蹤普桑子，但陶章的離去使郝仁醫生中斷了這種好奇而嫉妒的行動，所以，普桑子永遠也不會發現郝仁醫生曾經在她身後跟蹤過她。如果她知道，她除了會感到發怵之外，她會喪失對郝仁醫生的好感和信賴。

陶章走了，在滾滾塵埃中，郝仁醫生卻出現在普桑子面前，他沒有問普桑子到這裡來幹什麼，這使普桑子很感動，在這個黃昏，普桑子終於第一次挽起了郝仁醫生的手臂，這意味著她已經承認郝仁醫生是她的男朋友。郝仁醫生那天晚上帶上普桑子走了很遠很遠，他把普桑子第一次帶到了他的住處，郝仁醫生沒有與父母同住，他自己買了一套房子，他說他從開診所後就單獨一個人住了，因為他的繼母不能嗅他從診所帶回去的那些乙醚味道。

郝仁醫生抓住她手的時候，她的身體一陣顫慄，儘管郝仁醫生不斷地說：「普桑子，我是真的喜歡你，你別害怕。」但是，普桑子並不是害怕，郝仁醫生把她的雙手抓住時，她感受到的不是害怕而是迷惑。

母親和鸚鵡的關係

春去秋來，母親和鸚鵡的關係已經發生了巨大的變化，這種變化首先來源於鸚鵡發出的聲音，普桑子記得母親將那隻鸚鵡帶回來時，那隻鸚鵡並不會發出人語，也就是還不會模仿人的聲音說話，轉眼之間，普桑子已經聽到了那隻鸚鵡發出的聲音，當普桑子早起時，鸚鵡會說：「今天天氣很好。」鸚鵡的聲音有點像母親的聲音，這使普桑子很難區分到底是那隻鸚鵡在說話呢，還是母親在說話。可以想像，母親為了訓練那隻鸚鵡說話一定付出了許多時間，母親和那隻會說話的鸚鵡的關係就像自己跟那些蝴蝶的關係一樣密切。母親把自己想要說的話一遍遍地重複給籠子裡的鸚鵡，比如：「我想讓戰爭快點結束，老天保佑快讓戰爭結束吧！」等等，從鸚鵡發出的許多不同的聲音裡，普桑子也感受到了母親所承受的那些陰影。不管怎麼樣，那隻籠子裡的鸚鵡終於被母親訓練得開始說話了。自從那隻鸚鵡開始說話以後，母親臉上就有了一種喜悅，這隻來自南方的鸚鵡每當看到母親的身影時就會蹦跳起來。

約會

郝仁醫生自從抓住普桑子的雙手以後他就開始與普桑子約會，而在這之前，除了在他的診所和普桑子的家裡之外，他們從未正二八經地約會過。也就是說他已經感到普桑子不會拒絕自己，所以，他深信普桑子會來赴約。他們的第一次約會在一家舞廳，普桑子並不會跳舞，當郝仁醫生告訴她幾點鐘在秋月醉舞廳等她時，她並沒有拒絕，因為她雖然不會跳舞，她卻羨慕那些在舞廳中跳著華爾滋和探戈的那些女人。普桑子對舞廳的幻想源於郝仁醫生的約會，這種幻想對於普桑子來說應該在十年前發生，而恰恰相反的是，十年前普桑子並沒有與耿木秋出入過一次舞廳，而且十年前普桑子也從未對舞廳產生過幻想，如今，她已經三十多歲了，當郝仁醫生說：「我們到舞廳去，你願意嗎？」三十多歲的普桑子的眼睛裡湧現出含糊而明亮的期冀：「去舞廳……你是說去舞廳？」普桑子的心裡湧動著一陣漣漪，她迅速地幻想著自己的腳尖在華爾滋和探戈的節奏中向前移動，在晚上愜意的時刻，向前不停地移動著……普桑子從未跳過舞，但是她知道什麼叫華爾滋和探戈，她也曾經在家裡用放唱機放過這兩種舞曲的音樂，她喜歡這兩種舞曲，一種是旋轉似的，旋轉著普桑子幻想中的裙襬和歡快的時刻，另一種則是堅定不移地向前移動，一個男人的手和一個女人的手相握在一起向前移動。

普桑子喜歡這兩支舞曲，也許是因為這兩支舞曲能幫助她遺忘掉現實，現實就是一種埋在沙器之中的粗糙的樂器，這種樂器發不出一種悅耳的聲音，相反，從它偶爾發出的聲音裡，普桑子感到了在周圍的世界裡愈來愈清晰地讓她接受的正是這種聲音：頹廢而痛苦的聲音消散在普桑子的周圍，消散在她的一隻耳朵裡，雖然這種聲音會從一隻耳朵裡進去又從一隻耳朵裡出來，但她面臨的世界就是一個自始至終用那把埋在沙器中的粗糙的樂器彈奏音樂的世界，而那個彈奏者，在普桑子看去是一個瞎子，是一個無法看見世界的真實面目的瞎子。

約會的時刻將到，普桑子看上去很重視這次約會，她悄悄地把衣櫃裡的衣服試穿了一遍，除了旗袍仍然是旗袍，就在她試穿旗袍時，她的母親上樓給她送來一只包裝精美的盒子，母親告訴她這是郝仁醫生給她帶來的禮物。普桑子捧起那只盒子，上面的彩色綢帶是藍色和黃色的，它們交替在一起形成了一朵玫瑰形狀的花朵，普桑子慢慢地打開了粉紅色的包裝紙，裡面是一只白色的盒子，打開一看裝著一件晚禮裙裝，顏色是紅色的。普桑子驚喜地將那條晚禮裙裝打開，母親嘖嘖稱讚道：「好美的裙子哦，這是我一生中看到的最為漂亮的裙子。」這裙子實在是讓母親為之激動，她的眼裡蕩起一陣潮濕而喜悅的色彩，她要讓普桑子穿上這件裙裝，普桑子當著母親的面穿上後，母親一邊讚美著裙裝，一邊還讚美郝仁醫生。普桑子站在鏡子前面，她從二十多歲開始穿旗袍，一直到三十多歲，她似乎一直在中國旗袍中做女人，現在，一件紅色的晚禮裙裝使普桑子從旗袍中解脫出來，她看著鏡子中那個女人，她在紅色中婷婷玉立，普桑子從未看到過自己會變成另外一個女人，以往穿旗袍的那個女人是憂鬱的，而這個女人，她的眼裡有一種嚮往，她嚮往著與郝仁醫生在舞廳中的約會。

現在，三十多歲的普桑子已經接受了郝仁醫生送給她的禮物，這件禮物對於普桑子來說是意外的，而且這件禮物給生活在陰影之中的普桑子帶去了一種從未有過的快樂。在她的衣櫃裡從未有過紅顏色，那些白色、灰色的中國絲綢旗袍使普桑子的生活就像絲袍中的紋路一樣暗藏著膝蓋與膝蓋之間的顫慄。

到舞廳去的路上

夜色中普桑子在母親的目送中出了門，母親非常支持她去赴約，因為母親一開始就對郝仁醫生的出現充滿好感和信賴，她原來只有一個最簡單的願望，就是希望赫赫有名的精神病醫生能將普桑子的病治癒好，現在，事情的發展正向著她從未料到的那樣朝著另一個方向發展，這當然是她期盼的事情，普桑子已經三十多歲了，這個年齡意味著一個女人應該成為人母，應該成為人妻，所以，她的支持是合理的。夜色中，普桑子搭上一輛人力車，人力車師傅奔跑起來時普桑子知道郝仁醫生已經在舞廳等待著自己，三十多年來她第一次去舞廳，十年來她第一次去赴約，除了耿木秋之外，普桑子還沒有在世界上接受過任何男人的約會。

秋天，城裡的人仍然喜歡出現在夜深人靜的街頭，那些身穿旗袍的女人，她們更多的是緊挽著男人們的手臂，她們更多的是與她緊挽住手臂的這個男人在夜色中消磨她們的時光。……普桑子知道另一個男人也在等待著自己，他的衣服永遠熨得平整，他繫著領帶，無論在什麼樣的氣候中總把領帶繫得緊緊的，雖然他身上總是散發出一股乙醚的味道，但看上去他是那樣乾淨整齊，於是從這個時刻開始，普桑子接受了赴約的時間，他送給她的紅色裙子使普桑子對這場約會充滿著精疲力竭的陰影和記憶之後的對生活的幻想，風吹起裙邊的一角，她任隨風吹，從以往的生活中跳出來的普桑子並沒有忘記那些牆上的蝴蝶，更不能說她已經拋棄了那些從南方帶回來的蝴蝶標本，她怎麼會敢拋棄那些蝴蝶呢？普桑子坐在人力車上，有一瞬間她看見了那些蝴蝶，她的心裡受到一擊，但她並沒有感到有什麼東西在召喚她回去，也許是十年來她總是精疲力竭地等待著這種召喚，但實際上她偶爾感受到的召喚只是一種幻覺而已，她感到一切都不存在，都在消失，在挫敗著記憶，身體中的血液、骨骼，挫敗著耳朵、嘴和雙手，所以，她更多的時候是想哭，更多的時候是一句話也說不出來，而此刻在那舞廳卻有人在真實地召喚著她，就像她的肌膚已經感受到這件紅色裙裝一樣，她身上終於有了一種火焰，那火焰逐漸地上升，普桑子就帶著這種已經上升在她臆念和身體中的火焰來到了那個身上充滿乙醚味的郝仁醫生的身邊。

火焰和華爾滋

這是一座大型舞廳，郝仁醫生坐在一個角落，普桑子剛進到舞廳時他就看到了她，他走上前去，他伸出手，因為舞廳的光線有些黯淡，他伸出手去是想牽住普桑子的手，他害怕普桑子被裙子絆住，或者無意中滑倒，所以，普桑子的右手就遞給了他，他把她帶到那個角落。舞廳中的一位歌手正用沙啞的嗓子在唱歌，她的嗓子確實是沙啞的，就像是從沙的輪盤中彌漫出來一樣，那聲音憂傷地在普桑子的血管中激起一種金屬的迴盪，她喜歡這聲音，覺得聲音很熟悉，而當她將目光集中在那歌手的面龐上時，普桑子吃了一驚，因為這歌手是普桑子中學時的同學，她叫燕飛瓊，她在中學時就喜歡唱歌，中學畢業以後她突然陷入了一場早戀，據別人傳播她跟著一個年長她二十多歲的中年男人私奔了。普桑子在歌聲中看著燕飛瓊，她的身上有一層亮晶的東西在閃爍，一頭蓬亂的長髮使她的面龐顯得有些疲倦，第一眼看上去她似乎是年輕的，如果再仔細看上去就會發現她的憔悴，普桑子想她到歌廳來唱歌，說明她的生活過得並不愉快，也許她已經和那個跟隨她私奔的男人分手了。郝仁醫生望著普桑子說：「你好像不太愉快，普桑子？」普桑子回過神來說：「我不會跳舞，所以我感到緊張。」她沒有告訴郝仁醫生她剛才在想什麼，郝仁醫生輕聲說：「我會教你，你放心，現在可以開始了嗎？」「開始什麼？」「跳舞呀！」

郝仁醫生做了一個邀請的姿勢，普桑子站了起來，她除了緊張之外，身體中有一種火焰，她現在才發現郝仁醫生今天穿著一套白色的西裝，他看上去不像是過去的郝仁醫生，倒像是一個電影演員。郝仁醫生拉住她的手，摟住了她的腰，他的手是慢慢地放在她腰上的，就像一種節拍般使普桑子有充分的時間去接受他，因為她首先得接受他的手，接受他的呼吸，才能接受他的目光，再以後才能接受音樂中的節拍，她對這種節拍並不十分陌生，她畏懼的是郝仁醫生的目光，那目光使她有些不知所措，郝仁醫生貼近她輕聲說：「你看上去很漂亮，你不知道自己有多漂亮嗎？」普桑子覺得這種語言聽上去讓人非常愉快，這是一種溢美之詞，可以使她的心靈和身體產生質的跳躍，而且這語言使普桑子的眼裡產生一種夢幻的色彩，她終於用腳貼近了那節拍，那節拍就是華爾滋，是美麗的華爾滋。她的裙襬起初只是輕輕地旋轉，就像她在南方看到的那些孔雀的開屏，而後來當郝仁醫生帶著她在華爾滋歡快的節拍中旋轉在舞廳的中央時，連她自己也是那樣驚訝：自己竟然能跳華爾滋。郝仁醫生把她從華爾滋的樂曲中帶回到那個角落坐下來，郝仁醫生說：「你已經會跳華爾滋了，而且這舞廳還沒有一個人像你那樣跳得好。」普桑子就這樣開始了她與郝仁醫生的這一次約會，這次約會使普桑子十年來第一次感受到戰爭年代的快樂。當郝仁醫生的手摟住她的腰時，她有一種墮落和升騰之感，也許，在今後的生活中，郝仁醫生正是那個肩負著帶領她去墮落和升騰的男人。誰知道呢？誰也不知道明天的命運會怎麼樣，誰也不知道在這個秋風蕩漾的夜晚之後，一曲美麗的華爾滋會將普桑子帶到哪裡去。

虛構者說

昨天晚上我再次翻開托妮・莫里森的小說《所羅門之歌》，這是一部讓我長久喜歡的書，這一次我又重新讀莫里森的獲獎演說，她說道：「語言的生命力在於它具有描寫講它、讀它、寫它的人的實際的、想像的、可能的生活的能力。雖然它有時把人類的經驗轉移了，但卻並不代替經驗。它會轉移到可能存在的某種意義的地方去。」當我坐在這裡，敘述一個普通的女人的生活和命運時，在最早時我並沒有想到過要把普桑子帶到舞廳去，普桑子是這樣一個女人，她曾經像那些蝴蝶一樣孤獨，她的孤獨可以從蝴蝶標本中映現出來，而一座戰爭年代的舞廳意味著感傷和頹廢，但是那個送給她紅色裙子並攜帶她在華爾滋的樂曲中旋轉起來的郝仁醫生給了她某種快樂，人不能完全喪失掉快樂，因為人需要活下去，當普桑子將柔軟的手伸給郝仁醫生時她已經自己超過了十年來為自己設置的那道屏障。舞廳只是我虛構中的一個地點，因為裡面有華爾滋音樂，裡面有郝仁醫生，裡面還有那個用沙啞的嗓音唱歌的普桑子中學時的同學，當然，裡面也有頹喪的燈光和麻醉人神經的美酒，因為我得去考慮普桑子未來的生活，除了那些牆上的蝴蝶標本之外，我得用一種語言方式去貫穿普桑子今後的生活，在那座城裡，除了偶爾傳來的槍聲之外，除了母親和那隻懸掛在蘋果樹上的鸚鵡之外，我得讓普桑子的生活發出聲音來。語言並不是灰燼，在我這裡，語言可以幫助我去尋訪普桑子將到哪裡去。語言可以克服我內心的恐怖，因為無論如何，我已經置身在普桑子所生活的時代之中，無論如何，語言使我們擁有一種權利，我可以篡改普桑子的命運，那個女人今後將如何與郝仁醫生和周圍的世界相處，當她走在世界邊緣時，她作為一個普通女人，她得到了什麼又失去了什麼。

歌手：燕飛瓊

普桑子第二次進舞廳時，燕飛瓊認出了普桑子，在那樣的環境中，兩個女人似乎有無數話要相互傾訴。燕飛瓊便與普桑子約定了另一個時間見面。當普桑子與燕飛瓊在城裡一家茶館晤面時，普桑子發現母親也在對面的一家茶館中面窗而坐，她似乎在等待著什麼人的到來，所以她的目光一直停留在窗外。燕飛瓊現在已經一改舞廳中的裝束，她臉上施了一層淡淡的胭脂，身穿一件無袖旗袍，外面套了一件黑色的羊毛衫，兩人雖然已經十多年沒有相見，但似乎能夠感受到各自生活的許多陰影。燕飛瓊告訴普桑子她的初戀給了一個年長她二十多歲的男人，但是那個男人並沒有給予她過愛情的溫暖，無數年跟隨那個男人的私奔，她體會到的除了疲憊之外，就是厭倦。終於她無法再忍受年長她二十多歲的一個男人的身體和聲音的折磨，無法繼續忍受在私奔的光陰的流逝之中的已經喪失了初戀的熱情的生活，她重新回到了這座城市，為了生存，她開始在歌廳中用她那沙啞的嗓子掙錢養活自己。談到未來，燕飛瓊說：「我已經不再做愛情的夢，我只是想找一個善良的男人結婚。」

普桑子望著燕飛瓊的鼻梁，因為她的鼻梁挺拔著，在鼻梁的兩側是一些暗影，普桑子不知道燕飛瓊會不會失眠，從鼻梁兩側的暗影看上去，燕飛瓊是屬於那種睡不好覺的女人。普桑子還看到了燕飛瓊與一個男人私奔過的那種厭倦感，因為在燕飛瓊的身上，經過了緊張、激情的體驗，她現在已經完全不再尋找少女時代那種熱烈的戀情，從本質上講她已經厭倦那種感情，因為她付諸的一切已經失敗了，她只需要一個善良的男人，而善良的男人的標準到底是什麼呢？怎樣判斷一個男人是善良還是邪惡呢？普桑子感到茫然了。

燕飛瓊問普桑子跟郝仁醫生的關係，普桑子把雙手伸進頭髮裡面，她已經三十多歲了，但是她仍然是笨拙的，她不知道如何回答燕飛瓊，所以她的身體已經失去平衡。燕飛瓊問普桑子要找一個什麼樣的男人結婚，普桑子的身體顫抖著，她的嘴唇似乎在咀嚼著結婚這個字眼，或者在咀嚼著燕飛瓊提出的問題。但她覺得自己的手指仍然伸在自己的頭髮裡面，那裡面就像布滿一些蜘蛛網，把一個迷惘和無可奈何的狀態展現出來。

就在這時傳來了槍聲，燕飛瓊轉移了話題，問普桑子害不害怕戰爭，普桑子神經質地點點頭又搖搖頭，燕飛瓊看上去比普桑子更加神經質，她的面孔突然扭曲起來，她說在這樣的世界你根本不知道活著到底是為了什麼，是為了自己活下去呢，還是為了別人活下去。普桑子好像沒有聽見燕飛瓊的聲音，這兩個女人是那樣不相同，她們守候著一壺綠茶，拼死拼活地尋找到問題的答案，但是她們的心靈卻向著兩種方向升騰，普桑子是迷惘的，而燕飛瓊卻充滿了厭倦，但這些又都是統一的，因為她們年齡相等，生活在同一座城市，生活在一個戰爭不斷交替的年代。燕飛瓊說她曾經生過一個女孩，但生下來那女孩就死了，根本無法弄清楚她為什麼那麼快就會死，普桑子驚訝地看著燕飛瓊，她聽到這件事感到震驚。而燕飛瓊臉上的那種厭惡感仍在彌散，她似乎想用厭惡來取代她一切生活，但是令人奇怪的是燕飛瓊卻保持著那種心境，找一個善良的男人結婚。

普桑子抬起頭來，現在，她看到了自己的母親，在對面的那座茶館裡，在母親的對面——坐著一個無法看清楚面孔的男人。普桑子捧起茶杯，她身體中到處是綠茶，是芬芳四溢的綠茶。她現在開始察覺到了母親的另一種生活，母親也會坐在茶館裡與另外一個男人喝茶，普桑子不知道母親是在什麼時候開始這種生活的。她希望手裡攥緊的是一只酒杯，只有那些酒精可以麻醉她身體的抖動。她想起郝仁醫生來，她想儘快地見到郝仁醫生，因為她在郝仁醫生的家裡曾看到過精美的中國瓷器，而且看到過在郝仁醫生的酒櫃裡有許許多多林立的瓶子。她終於知道自己並不需要這些綠茶，她需要的是可以燃燒、可以控制她想叫喊的欲望的東西，那就是郝仁醫生櫃子裡的酒精。

鑰　匙

普桑子早就有了郝仁醫生家裡的鑰匙，當他把鑰匙交給她時，他說：「普桑子，你可以隨時隨地到我的家裡來。」普桑子當時並不想接過鑰匙，但郝仁醫生已經將鑰匙放在了她手裡。普桑子很感動，她知道郝仁醫生確實是認真的。但她從來沒有用這把鑰匙打開過郝仁醫生的門，因為每一次都是郝仁醫生把她帶進去，根本不需要她親自使用那把鑰匙。

現在，她知道郝仁醫生並不在家裡，郝仁醫生白天總是呆在診所，普桑子與燕飛瓊告別之後從包裡尋找到了那把鑰匙，她現在非常想把這把鑰匙伸進孔道裡去，因為她非常想從郝仁醫生的酒櫃裡取出一瓶酒來，一瓶紅色的葡萄酒。而現在，這把鑰匙變得如此重要，如果沒有這把鑰匙，普桑子就無法實現她的願望。她撫摸著那把亮晶晶地鑰匙，向著通往郝仁醫生家的那條街道走去。

她握著那把鑰匙，站在郝仁醫生家的門口猶豫了片刻，她猶豫著應不應該用鑰匙打開門，正當她猶豫時，她聽到了一陣腳步聲，她十分熟悉的那種腳步聲，她不回頭就可以知道這是誰的腳步聲。緊接著她就嗅到了那種味道，乙醚味離她已經越來越近，慢慢地她的肩膀感受到了一雙手，普桑子握著那把鑰匙，她想解釋自己，但是郝仁醫生已經用他自己的鑰匙打開了門。

紅色的葡萄酒

郝仁醫生滿足了普桑子的願望，他從酒櫃裡取出了那瓶紅色葡萄酒放在灑滿夕陽的餐桌上，白色的餐布上放著兩只酒杯，郝仁醫生到外面的副食品商店買回來一些熟食品，他在夕陽中舉起杯來對普桑子說：「如果你想醉，你就醉吧！」這是郝仁醫生對她唯一說過的話。

而她為什麼想醉呢？那些酒杯裡的酒精似乎把一種火焰般的東西穿過了她的耳環，然後再穿過了她的視線，除了夕陽之外，她什麼也無法看到，她試圖找一些理由來告訴自己：我為什麼想喝酒，我為什麼想喝醉酒，她試圖重新看到十年前看到的鼠疫，看到南方地區美麗的孔雀開屏時的情景，看到她和耿木秋捕捉過蝴蝶的山崗上的香草，但是她看到的卻是一座正在開始逐漸淪陷在槍聲和頹廢之中的城市，她母親、燕飛瓊和夕陽之下飄動的那些身著旗袍的女人們遊蕩的街道。所以，只有紅色的葡萄酒在手中的杯裡晃蕩，而郝仁醫生在看著她，他似乎一遍又一遍地安慰她，給予她勇氣：「如果你想醉就醉吧！」

她真的醉了，她從來不會喝酒，所以她想醉就醉了，她看到了夕陽已經將窗戶染成紅色，就像是一片楓葉一樣。她趴在白色的餐桌上，她喝完了杯子裡最後一滴酒。但她還意識到自己應該回家去，但郝仁醫生對她說：「今晚你就別回去了。」她含糊地點點頭，她並不清楚郝仁醫生告訴她的話，但是她點點頭，她點點頭也許是因為她意識到自己已經醉了，腳不能挪動，想移動一下都不可能。郝仁醫生走過來幫她，她想到衛生間裡去，那些酒精已經發生了強大的作用，她開始感覺到噁心，一種想嘔吐的欲望驅使著她。在她嘔吐之前，她斷斷續續地說話，她的意思郝仁醫生馬上心領神會，普桑子不願意讓郝仁醫生站在面前，因為她不願意郝仁醫生看到她嘔吐時的情景。

她覺得那是一種非常難堪的情景，郝仁醫生拉上門出去後，她開始有生以來最劇烈的嘔吐。

天已經開始變晴，電話鈴聲響過不斷，我不喜歡聽到那些從另一間房子裡傳來的電話鈴聲，有一瞬間，我幾乎想拿起剪刀把那根電話線剪斷，但我並沒有那樣做，因為在那一剎那，我看到了剪斷電話線後更為麻煩的東西，我變得理智和清醒。仍然是普桑子的故事，在承擔她故事時，我變得那樣忠實，我是一個忠實的敘述者，現在，我將放下筆，我將走到另一間屋裡去，我將看到廚房裡的土豆，一種陪伴我三十年的來自泥土的食物，而在此時此刻，憂愁就像一陣細雨，我艱難地虛構一個暗暗約定的故事，我樂於篡改早已束之高閣的神話，這是我的生活，這就是我生活的最為重要的內容。普桑子開始嘔吐，這是一件令她難堪的事情，但她還是嘔吐了。嘔吐完畢後她知道郝仁醫生就在外面等她，她必須走出去，但是，在那天傍晚，普桑子是真的醉了，即使她嘔吐了所有的酒精，仍有酒精使她醉著，在血液中流動。郝仁醫生只好將這個醉的女人扶到床上去休息，已經不再會嘔吐了。所以，普桑子的神經已經放鬆，她躺在郝仁醫生的床上。但那天晚上郝仁醫生連碰都沒有碰她一下，郝仁醫生睡在另一間房子裡。當普桑子半夜醒來時，她凝視著這間陌生的臥室，她回憶不起來自己到底睡在哪裡，酒精味和乙醚味混合在一起，使她清醒地從床上爬起來，她終於意識到自己是睡在郝仁醫生的臥室，她噓了一口氣，這是她滋生醉一次的念頭以來的一次驚訝的回顧，她回顧著自己的言行，回顧著自己站在衛生間裡嘔吐的情景，回顧著自己愚蠢的形象，現在，她清醒了一些，但體內的酒精仍然使她昏昏沉沉，她站在臥室的門口，現在，她吃驚地睜大了眼睛，張開了嘴，因為她想到了一個問題，郝仁醫生到哪裡去了，他把臥室讓了出來，那麼他一定在別的房間裡，或許根本就沒有在這幢樓裡，普桑子赤著腳從灰色的地毯上走了出去，臥室旁邊有一間房子，裡面有一盞燈亮著，除了客堂的燈亮著之外，這是第二盞亮著的燈。普桑子來到了門口，她的目光順著燈光看過去，她恍恍惚惚地看到了許多書架，在四面牆壁的書架下面，在木地板上鋪著被子、床單形成一張臨時的床，上面睡著一個人，他正是郝仁醫生。就在這一刹那，牆上那架長方形的掛鐘突然響了起來，郝仁醫生就在這時被鐘聲驚醒了，他睜開了眼睛看到了站在書房門口的普桑子。他似乎是被夢幻所推動著，他分不清是夢還是現實，就在這時，普桑子突然發出一陣輕微的叫聲，她還抱著自己的雙臂，因為她聽到了槍聲和更混亂的聲音，也許是炮聲。郝仁醫生擁抱住普桑子時，她那被酒精麻醉的身體在顫抖著，郝仁醫生一邊擁抱著她一邊對她說：「普桑子，我們結婚吧！這樣你就不會害怕了。」普桑子點點頭，她願意被郝仁醫生擁抱著，她十年前被耿木秋擁抱過，但那是一種初戀和青春的擁抱，那種擁抱有點像南方的蝴蝶，有著透明的兩翼和斑斕的顏色，而現在的擁抱卻使普桑子第一次意識到這是肉體和肉體之間的擁抱，當他擁抱她時，她想鑽進他的睡衣裡面去，她想嗅到他皮膚的味道，而不是她以往嗅到的他外衣上面的乙醚的味道，也許是紅色葡萄酒給予她的力量和幻覺，她現在已經將自己的皮膚貼在了郝仁醫生的胸前。她再也不想再聽到屋外的那些從遙遠的她看不到的戰場傳來的槍聲和炮聲，她只想將皮膚貼近郝仁醫生，她嚮往一種靜謐和溫和的世界，她想聽到枝葉和風聲在她耳邊沙沙地響動，於是郝仁醫生把她帶到了她從未去過的地方去，他開始和她呆在一間房子裡，在一所黑暗和廢棄了戰爭和槍聲的房間裡，她和他彼此擁抱、撫摸，三十多年來，她第一次知道她的雙手可以撫摸到另一個孤獨的影子和他的身體，她屏住呼吸，但是她仍然在喘氣，什麼聲音也沒有，只有她和郝仁醫生的嘴裡的呼吸聲，她感到自己的身體有點像棉花一樣已在吸收著水分和稠密的雨點。但在那天晚上，普桑子確實沒有再聽到槍聲，她平靜地睡著了，她開始做夢，她夢到母親在四處尋找自己，她夢到母親站在那隻鸚鵡的籠子下面對鸚鵡說：「你能告訴我，普桑子到哪裡去了嗎？」就在這時她醒來了，她看見自己一絲不掛地赤裸著，完完全全地赤裸著，而且令她震驚地是還有另一個人像她一樣一絲不掛地赤裸著，完完全全地赤裸著躺在她身邊。普桑子驚叫了一聲，她的聲音似乎不是從嘴裡發出來的，而是從一面裂開的牆壁中爆發出來的，她的聲音驚醒了那個躺在她身邊的人的夢鄉，她用雙手捂住臉，郝仁醫生再一次抱住她輕聲說：

「普桑子，你怎麼了？」普桑子仰起頭來，她的鼻子、下顎、顴骨、額頭、脖頸都被恐怖所包圍著，郝仁醫生說：「普桑子，你別害怕，你別害怕……」她又一次開始貼緊他的皮膚，只有她緊貼他皮膚時，她才不會感到恐怖，她緊閉著雙眼，黑暗仍然包圍著他們，過了一會她輕聲說：「我母親一定在找我。」郝仁醫生說：「普桑子，我們結婚吧！」普桑子還沒有答應郝仁醫生，她從床上爬起來，她找到了自己的那件旗袍穿上，她來到窗口，掀開窗帘的一角，第二天降臨了，現在她唯一想到的問題就是如何去向母親交代這一切，如何去面對母親的目光。她對自己說：「現在回去是最好的時刻，也許母親還沒有起來，也許母親……」，普桑子回過頭來，郝仁醫生正在看著她，他似乎已經看穿了她的怯弱，他握住她的手說：「我送你回去，我對你母親去解釋這一切……」普桑子搖搖頭，在早晨的光線中，看上去，她的目光游移不定。

會說話的鸚鵡

在籠子裡走來走去的鸚鵡對開門進來的普桑子說的第一句話就是：「普桑子，我今晚也許回不來，我也許在店裡住。」鸚鵡歡鳴著將這句母親留下來的話重複了三遍，普桑子噓了一口氣，她很清楚這就意味著自己不再面對母親的目光，向她解釋昨晚為什麼不回家的原因了。母親住在首飾店裡，這是常有的事情，謝天謝地，這件事情就這麼簡單地解決了。普桑子抬起頭來對著鸚鵡一笑，鸚鵡就開始持續不斷地叫喚她的名字：「普桑子，普桑子，普桑子。」鸚鵡的歡叫聲使普桑子的雙眼變得潮濕，她站在籠子下面把昨晚的經歷重新回憶了一遍，她意識到從此以後，自己再也不是過去的那個普桑子了，從此以後，自己的身體已經發生了變化，然而她並沒有想到要背叛他、拋棄他，他就是普桑子的初戀，他就是耿木秋，她只是一個女人而已，她只是赤裸著身體和郝仁醫生擁抱的女人，因為在那間房子裡，在那黑暗中，郝仁醫生給予了她別的東西，當他用雙手捧起她的臉，當他們的皮膚深深地互相摩擦時，三十多年來，普桑子第一次感到在世界上有一種溫暖可以使她忘記戰爭和記憶的陰影，那就是兩個肉體彼此親近的時刻。

空氣又冷又濕

普桑子回到樓上，她燒了一缸熱水洗了一個澡，空氣又冷又濕，她穿上衣服，是那種棉質的長睡衣，從水缸中出來時，她聽到了開門的聲音，她知道母親回來了。沒有任何東西說明母親到底到哪裡去了，母親經常到店裡去住，每隔一段日子就有一次，只是這一次讓普桑子感到有些疑惑，她聽到母親開門的聲音時，突然回憶起來街對面的那家茶館，坐在母親對面的那個看不清楚面孔的男人。普桑子已經穿過了那種又濕又冷的空氣，她想到那間有蝴蝶的房子裡去坐一坐。

南方和蝴蝶標本

普桑子並沒有這樣一種記憶，那就是耿木秋製作蝴蝶標本的過程，只記得那一天下午，她獨自一人去看孔雀了，因為孔雀的主人告訴她，那天下午孔雀會開屏。等到她回來時，蝴蝶已經被耿木秋製作成標本，所以，她不知道蝴蝶是怎樣變成標本的。但她把蝴蝶標本從南方帶回了這間房子裡，雖然蝴蝶僅僅是一種蝴蝶，但它卻與耿木秋聯繫在一起，每當看到蝴蝶，她就希望耿木秋能夠在這個世界上活著，在任何時間和任何地方活著。而昨天晚上，她把自己的身體突然之間給了郝仁醫生，在那樣一個時刻，在一個真實的環境裡，普桑子把自己真的交給了郝仁醫生。

普桑子不願意接受這樣一個事實，但自己確實已經把自己交給了郝仁醫生，現在，她再也不能迴避現實了，他們悄然無聲在槍聲中擁抱著，普桑子把這種現實想了一遍又一遍，她突然滋生一個強烈的念頭，她要去一趟南方，她要去尋找耿木秋，她需要證明一件事實，這種事實將超越她與郝仁醫生已經發生的現實，她想證明，用自己的尋找方式來證實耿木秋到底是活著還是已經死去。她這樣做是為了解決自己與郝仁醫生的現實問題，如果耿木秋還活著的話，她就會結束與郝仁醫生發生的故事，如果耿木秋已經死去，那麼，普桑子將面對現實。而現實在等待著自己，現實在清醒地占有著自己的生活，現實在產生種種焦慮讓她出發到遠方去。普桑子回到自己的臥室，她現在需要盡快地收拾好東西放在一只箱子裡，還有她將帶上一隻蝴蝶標本出發。

普桑子被自己的決定所震驚了，但她已經決定，任何事情也阻擋不了她的決定。

她拎上箱子出現在樓下，她抬起頭來看到了那隻鸚鵡，她張開嘴，她要讓鸚鵡轉告給母親，她要讓那隻綠色的鸚鵡重複出她的聲音，於是她說道：母親，你千萬別尋找我，我已經出發去南方，我要去尋找耿木秋，我會盡快回來的。

鸚鵡將她的話複說了一遍，她放心了，因為那隻籠子裡的鸚鵡會將她的話如實地轉述給母親，她拎著箱子開始出門。

當她關上門時，她聽見鸚鵡在焦躁地在籠子裡說話：「你要走了嗎？你要到哪裡去？你要回來嗎？」

第二部分　現實之二

旅館

看見一個女人拎著箱子出走的時候，一種對現實生活的恐怖長久地彌漫著我，彷彿我已經來到一艘遠航的船上，有人在告訴我，無法計數到底有多少瘟疫、多少旅客、多少病人、多少游離者和潛逃者在這艘船上。我承認我是在寫小說，我承認我看到的那個拎著箱子出走的女人只是帶著她的衣物和一隻蝴蝶標本在遠走。她的遠離很明確，要找回她的初戀。在極度厭倦現實的時刻，我只想抓住她的那只手中的箱子作為佐證，用來說明她是可以出走的，在無法掩飾的迷醉時刻的到來和流逝，她的臆想從屬於一只箱子，帶著這只箱子一個女人就可以到異鄉去，它引領著普桑子，這種無限的痛苦帶來了希望，沒有一種希望像普桑子所寄寓的希望一樣迷惑著她的情感世界。她面臨著海，海邊淺擱著輪船，普桑子一邊走一邊回頭往後看，她最懼怕的事情就是母親盡早地回家後聽到了鸚鵡的聲音，但看上去，母親並沒有回到家。於是，普桑子的這次出走已經成功了，她來到了一條船上，船上站滿了遊客，普桑子詫異地看那些遊客，終於，輪船開始離開了岸，普桑子開始呼吸，剛才她一直無法忍受岸上那些無法看見而又散發著腐臭味的水藻和死魚的腥味。她一直看著岸，直到岸已經變為一些逐漸被縮小的塢口，她才噓了一口氣，因為普桑子的母親並沒有回家，她還沒有發現普桑子已經出走的現實。

然而，我現在最迷惑的事情已經延續在那個拎著箱子出走的女人身上，嚴格地說，時間正被普桑子的故事延續在她的路上，她過去曾經暈眩地產生過的某種東西現在變成了一個幻象，我無法擬定這種看不清楚的幻象，正像普桑子此刻隨同船上的那些陌生的人所到過的岸一樣，普桑子並不要需要這種看不清楚的幻想存在著，但她能夠抓住的只是幻象而已。在閱讀博爾赫斯的作品的那些日子裡，我曾經不停地思忖博爾赫斯的這些語言：「……否認時間的連續，否認天文學的宇宙，是表面的絕望和暗中的安慰。我們的命運（與斯威登堡的地猴和西藏神話的地獄相對）並不因不真實而令人恐懼；它令人恐懼是因為它不能倒轉，堅強似鐵。時間是組成我的物質。時間是一條載我飛逝的大河，而我就是這條河；它是一隻毀滅的老虎，而我就是這老虎；它是一堆吞噬我的火焰，而我就是這火焰。不幸的是，世界是真實的，不幸的是，我是博爾赫斯。」

普桑子來到了岸上

經過了三天三夜的航行，普桑子現在已經來到了岸上。輪船上的遠航氣味使她感到自己的身體有一股難聞的氣味，就像她在遊船上嗅到的一種已經腐爛的水果的氣味。現在的普桑子感到自己最需要尋找到的就是一家可以洗澡的旅館，她要把記憶中那種無法忍受的散發著腐臭味的現實忘記，把她身體中的三天三夜的航行中的氣味忘記。所以，她現在最需要的就是一家旅館和一只圓形的木質澡盆，拎著箱子的普桑子抬起頭來，她現在才知道經過了三天三夜的航行所到達的這座小城叫吳港。

由於三天三夜的汗漬，她感到身上的那件加厚的絲質旗袍已經緊貼在身上，普桑子一邊拎著箱子一邊詢問已不知覺到達的街上一個叫賣著玉米棒的老頭，她想找一家旅館，哪裡有好的旅館，老頭一邊叫賣著一邊說道：「進雨兒巷吧，那裡面就是供外地人來居住的旅館。」普桑子嗅到了老頭放在一只火爐上煮熟的玉米棒的香味，這香味看樣子是她經過了三天三夜的水上漂泊嗅到的一種最為乾淨而芬芳的味道。對此，她取出包裡的錢夾子向老頭買了一只玉米棒，她把玉米棒放到鼻子下面聞了聞，老頭看了看她問她是不是很香，普桑子就點點頭，老頭笑了再一次大聲地吆喝道：「賣剛煮熟的，新鮮的，香噴噴的玉米嘍……」普桑子將那只玉米用老頭撕下的玉米葉子包好，放在那只包裡，她現在還沒有心情去吃那只香噴噴的玉米棒，這件事情只有找到旅館後再說。她拎著箱子，三十多年來，除了那次跟隨耿木秋南行之外，普桑子還從來沒有一次外出的機會，所以這次出走對普桑子來說是一次考驗。她遵從老頭告訴她的地址，終於來到了雨兒巷，果然不錯，在這條巷道裡到處都是通往旅館的大門，那些褐紅色的木樓，最高的也就是兩層，不過每一幢木樓上都伸出一面旗幟，上面寫著旅館的名字，比如：逢迎客、溫暖之棧、平安棧等等。普桑子走進一家旅館，她走進這家旅館去是因為門口站著一位面容慈善的女老闆娘，普桑子猜想她一定是這家旅館的店主，果然，當普桑子走上去時，那店主就走過來親切地問她是不是要住旅館，普桑子點點頭，女店主就將普桑子迎進了她的小樓。

女店主問普桑子是喜歡住樓下呢還是喜歡住樓上，普桑子在家裡一直住樓上已經習慣了，她就告訴女店主住樓上，女店主說住樓上好，住樓上安靜一些。女店主就帶著普桑子來到了樓上，她打開房間把一把鑰匙遞給普桑子時問了一句：「你能在這裡住多久？」普桑子搖搖頭說她不知道，女店主點點頭說：「在這個戰爭年代裡，人真不知道應該到哪裡去。」女店主談到了戰爭，普桑子本來想問問女店主關於戰爭的話題，關於戰爭有沒有侵入這座小城的情況，但女店主已經走了。

普桑子掩上門，看上去，這間房子已經有好久沒有居住了，房間裡已經散發出一股霉味。普桑子將窗戶打開，就在她打開窗戶的那一瞬間，她突然看到了一個男人。

但當那個人轉過身來時，普桑子才意識到自己是一種幻覺，實際上那個人並不是耿木秋，只不過他把背影留在普桑子面前時，普桑子覺得他的背影很像耿木秋，這種相似幾乎讓普桑子叫出了耿木秋的名字，等到他轉過身來時，普桑子才發現他手中也拎著一只箱子，他穿著一件灰色長衫。普桑子頓時明白了，他也是一個前來尋找住處的人，一個漂泊的人。普桑子拉上窗帘，現在，她已經聽到了旁邊的那間公共浴室，在那間浴室裡，就能找到木質澡盆。

在長方形的木質澡盆裡

浴室中總共有三只木質澡盆，兩只圓形的木質澡盆已經被兩個女人占據，從浴盆中噴發出來的蒸氣使普桑子無法看清楚那兩個女人的面孔。不過，她們倆人似乎也互不相識，兩只圓形木盆都分別置放在不同的角落。普桑子推開門進入浴室時聞到了一大股肥皂的味道，她開始在這樣的公共浴室脫衣服，平常在家裡都是她獨自占據著一只木形的浴缸，而此刻她必須習慣於在公共浴室，也就是說在旅店裡的女浴室脫下自己那件充滿汗漬的旗袍，她一聲不響地拎著熱水倒進那只長方形的浴缸裡，她將手伸進浴缸，感到水溫正好適合，便開始解開了旗袍的扣子，雯露叫喚她的名字時，她已經解開了最後一個扣子。

普桑子一點也沒有想到會在浴室中與中學時的同學雯露相遇。雯露坐在最裡面的那只圓形的浴缸裡，她赤身裸體地坐在裡面，蜷曲著自己的雙膝，普桑子用旗袍的一角遮住自己的私處，她站在雯露的圓形浴缸前問雯露為什麼在這裡，雯露悄聲對普桑子說：「我已經逃出來好久了。」普桑子說：「你就一直住在這旅館裡嗎？」雯露有些神秘地對普桑子說：「我在等他，他也許快來了。」普桑子不知他是誰？雯露為什麼要逃到這座旅館裡來等他，總之，普桑子知道雯露原來的婚姻並不幸福，她丈夫是一個茶葉商人，經常漂泊在外，雯露原來曾偶爾向普桑子流露過她的孤獨也猜測過她做茶葉商人的丈夫對她的不忠，但她一直守候著丈夫留給她的那個家。而現在，雯露逃走了，而且她所說是在這座旅館等一個人，那麼，她等待的人一定不是那個茶葉商人。

普桑子將旗袍掛在衣架上，把她帶來的睡衣也掛在衣架上。她在蒸氣的彌漫中躺在了那只長方形的木質浴缸裡。這只浴缸很光滑，普桑子想，一定有不少人在這只長方形的浴缸中停留過時間，對此，普桑子想，那些匆匆忙忙在此停留過又匆匆忙忙離開的人，自己也屬於他們中的一員。她赤身裸體地躺在浴缸裡，木質浴缸對身體有一種療效作用，它讓身體感受到一種平靜，一種就像隱藏在木缸中的紋路一樣散發出一種自然的氣息。那個年齡大一些的沐浴者已經從另一只圓形浴缸中站起來，她赤身裸體地站起來，就像剛剛睡醒一樣。普桑子又覺得很放鬆，這間幾十平米的女浴室似乎可以讓人忘記外面的世界，它隔離開了外面那些疲憊不堪的聲音。

那個女人走後，雯露便開始說話了，她首先問普桑子來吳港幹什麼？普桑子說她準備從這裡到南方去，雯露睜大了雙眼不敢相信地看著普桑子說：「你膽子真大，在這樣的時刻要到南方去，哦，我知道了，你是去為了尋找耿木秋，可你膽子也太大了。」普桑子問雯露是不是外面在打仗，雯露伸了伸舌頭說：「不止是打仗，外面一片混亂，你要步出吳港就知道像你這樣弱不禁風的女人很快就會被搶走或者被戰爭中的子彈射穿腦袋……」普桑子起初是睜大雙眼聽雯露說話，後來她感到吳港之外的世界有些像南方地區的那場鼠疫。於是，她閉上雙眼，拒絕再去臆想耿木秋和那些蝴蝶標本。在長方形的木質浴缸裡，她們呆了一小時又一小時，換了兩次水，後來雯露對普桑子說：「普桑子，我們躺在這水裡逃避現實也不是辦法，我們得出去。」普桑子也同意雯露的意見。

她們赤身裸體地從水裡站起來，雯露說：「你聽見槍聲沒有？」普桑子搖搖頭，雯露說：「我已經來了三天了，還沒聽到過槍聲，看來，吳港還算稍微安靜一些。」

她們都換上了乾淨的旗袍，後來，雯露又來到了普桑子的客房坐了一會兒，她主動告訴普桑子，她已經決定離開那位茶葉商人了。普桑子沒有問她為什麼。在這樣的時刻，普桑子感到很迷惘，她突然想起母親和郝仁醫生來，這是她現在唯一可以真實地面對的兩個人，還有那隻鸚鵡，它一定已經把自己說過的話轉述給了母親。普桑子掀開窗帘的一角，雯露問她是不是很害怕，普桑子看著窗外，既沒有回答，也沒有否定。雯露說她自己也感到很害怕，在這樣一個世界裡做人、活著，實在不是一件容易的事情，普桑子聽到這話後感到有了一種共同語言，她轉過身來問雯露到底害怕什麼？雯露說她現在是什麼事情都害怕。普桑子現在才告訴雯露，她終於承認自己也是什麼事情都害怕。

那個穿長衫的男人住在了隔壁

普桑子打開窗看到的那個背影酷似耿木秋的男人住到了這家旅館，而且他就住在普桑子的那間隔壁的客房裡。普桑子曾在樓上的過道裡與他擦肩而過，也許是因為他的背影使普桑子想起耿木秋來，所以普桑子對他的存在很自然地充滿著一種好感。耿木秋是在南方消失的，如果想證明他是活著還是已經消失了的話，只能到南方去，但是雯露已經在浴室中向她展現了一條不可能通往南方的道路，所以，普桑子開始動搖了，而就在這時候她在過道裡碰到了那個穿長衫的男人。他大約三十多歲，很像一個中學教師，面龐上架著一副眼鏡。

虛構者說

對於寫作者來說，每一種目的都是為了保存語言的準確性，看見語言因此而延伸，實際上虛構者自己也在延伸，虛構一種我並不了解的生活，已經遙遠而古老的生活並不是我的本意和目的，我只是以不容置疑再也無法放棄的想像力，並且把語言聚集在她身上，寫小說意味著你在敘述生活，而敘述永遠依賴於語言來完成，今天早晨醒來，哦，我應該告訴你今天是什麼日子，今天是一九九七年的十月七日，我醒來後在窗口站了幾分鐘，我在清理一種寫作的記憶，十月五日的下午四點鐘我的語言好像正延伸在一所旅館裡，旅館是一種難以言喻的詞彙，我記得瑪格麗特·杜拉也喜歡旅館，為了找到證據，我開始尋找一本書，這本書的名字叫《與實驗藝術家的談話》，在安得烈·羅蘭採訪杜拉的這一章裡，我找到了杜拉的原話：「不。我以為旅館才是一個重要的地方。我許多書中的故事都是在旅館裡發生的，而旅館裡又有大廳。這家旅館的大廳使我寫出了許多東西。這是一個富麗堂皇的場所，面對著大海。當你通過轉門走進去的時候，你會發現，整座大廳都被海水包圍著，海浪與窗戶處在同一水平線上。這是一種麻醉劑，大廳是一種麻醉劑，旅館、海洋也一樣！」杜拉的這種感受很讓人著迷，不過，我要寫的旅館與杜拉的不一樣，這是一座從大海上岸之後經過許多曲折才尋找到的旅館，它沒有寬敞的大廳，這座旅館是一座兩層樓的房子，裡面有男浴室和女浴室，一種典型東方式的沐浴方式，坐在木盆中洗沐。就在這時，我突然發現了杜拉下面的文字，她說：「每天我都會知道有人討厭我。首先，是男人們教你學會了厭惡！他們教會你自己厭惡自己，此後，又將你拿來同男人創造的我們中的另一個女人進行對比。當你為人妻十一年或十五年後，你就會依照那個男人的意願變成一個他所期望的女人。此時你會發現你是有罪的，是應該受詛咒的，而這也是女人所期待的階段，在這個階段她會從那個從身體上和本能上自然而然地厭惡她的男人身上發現這一點，這是顯而易見的！在經過了這個夫妻階段的相互厭惡的階段之後，他們也會進入更高的層次，一夜之間進入愛情階段。」我合上書，杜拉已經死了，我很想看她那本最後的書《這是全部》，我想看看一個垂死的人是怎麼撫摸到語言的。而現在，我將寫那座東方式的旅館，作為小說的女主人公普桑子就在旅館裡，我喜歡旅館這個詞彙，如果拋開小說，就旅館這個詞彙而言，它是一種漆黑一片、沉寂零落的地方，它迴盪著聲音，那些客居者衣服的窸窣聲和說話聲，鞋子的聲音包圍著一幅特大的布景，客居聲就在這布景下面打發他們無聊的時光。普桑子已經來到旅館，而且邂逅了雯露，又與那個穿灰色長衫的男人擦肩而過。

壞消息

她鑽進那間發出霉味的房間裡後就再也不想出門了，她本來想敞開窗戶透透空氣，但她身體中那種陰冷的濕氣又開始上來了。普桑子此刻完全蜷曲著身體，她沒有等待，她真的什麼等待都沒有，她已經詢問過吳港的一些老人，從吳港她到底可不可能去南方，那些老人卻搖搖頭用不同的聲音，但聲音幾乎都是沙啞的，他們說，不要說到南方去，你就是到外面去都困難。有可能吳港將變成一座孤島，一位老人透露給她消息，她渡船而來的那艘渡輪已經被戰爭的需要者們強行地劫走了。老人對她說：「你要是不相信的話，你到海邊去看看。」普桑子當然不相信老人們的話，因為她是一個客居者，她並不想在此地長久停留，她的目的並不是住在旅館裡，她的目的是通過吳港的船將她帶到另一個岸，她的最終目的是要到南方去。她來到海灘上，海灘上的輪船確實已經消失了，同她前來證實渡輪消失的還有雯露和那個穿灰色長衫的男人，還有另一些她不認識也沒有見過面的陌生人，那些人看上去就可以知道他們也是純粹的異鄉人，只想在這裡作短暫地停留，所以說，他們也是住在那條小巷裡面的旅館裡的人。

顯得絕望的是雯露，她嘴唇發紫，坐在沙灘上迷惘地對普桑子說：「這裡已經變成了一座孤島，我們已經無法出走也無法回去……」普桑子知道雯露下面還要說她的等待，她等待著那個男人的到來，所以普桑子掉轉身去，她不願意聽到雯露具體的聲音，因為她此時此刻沒有等待，她已經沒有等待，她回到了旅館，獨自一人打開門把門關上。她想睡覺，她想忘掉一切的壞消息，忘掉這些活生生的事實，她把吳港想像成一座孤島，自己就睡在孤島上面，就在這時，普桑子竟然睡著了。

旅館

吳港是一座孤島，而旅館就是普桑子置身的另一種孤島，她在渙散中開始醒來，她感到是睡在家裡，她側過身想聽到木樓下那隻已經被馴服過的鸚鵡喚醒她的起床時的聲音的交替，但是她並沒有聽到那隻鸚鵡的聲音，她聽到的是一陣槍聲，普桑子爬起來，穿著睡衣站在窗口，她聽到了敲門聲，住在樓下的雯露穿著睡衣驚慌地站在門口對普桑子說：「現在你聽到槍聲了嗎？」普桑子將雯露迎進屋以後把門關緊，她顯得倒是很從容，披在肩上的長髮遮住了她的半邊臉，雯露埋怨道，她不應該到吳港來等喬平，普桑子第一次聽到雯露說出喬平的名字，槍聲消失之後，雯露的抱怨聲仍在繼續，她說她不能忍受這座旅館裡的孤寂生活。說完她準備走了，普桑子無法安慰她，她站在門口目送著她下樓去。這時她看到了那個穿長衫的男人正上樓來，他向普桑子點點頭，問她聽到槍聲了沒有，普桑子點點頭，就把門關上了。然而，過了一會，她卻聽到了敲門聲，她以為是雯露又回來了，便毫不猶豫地去開門。

門口站著的那個人並不是雯露，而是那個穿長衫的男人。她向他點點頭，她的點頭就像她的驚訝一樣是混亂的，他說：「我可以進來坐坐嗎？」普桑子又點點頭，其實，她根本不知道如何處理這件事情，當她無法決定是拒絕呢還是同意的時候，她那柔軟的頭已經點了一下。他進屋後自我介紹道：「我叫王品，我想從這裡乘輪船出發……但沒有想到吳港的所有輪船都被戰爭劫持了，我只好停留在這裡。」住在旅館裡的所有人的命運大都是一樣的，他們都是為了出發。普桑子點點頭，她已經在不知不覺中用點頭這種最簡單的方式取替了她的語言，這種方式是剛剛開始的，是客居在這座旅館裡後的壓抑心情使她喪失了語言。她不想使用語言，她只想沉默地聽著槍聲從窗外而來又在窗外消失，也許槍聲就是語言，它替代了普桑子說話，它發出了普桑子最抑鬱的感嘆，它使這座孤島和這座旅館顯得更加孤寂，所以，普桑子不管別人說什麼和問她什麼，她都用她那柔軟的頭和頸表示出她的疑惑和迷惘。

普桑子坐在床上，把屋裡那只僅有的沙發留給進來的客人坐，她從看見他的那一時刻就對他有印象，因為他將背影呈現在窗下時，她差一點把他當作耿木秋了。她現在仍有那種感覺，所以，他要進屋她就很有禮貌地讓開身，他走了進來，穿著他的那件灰色長衫。普桑子看著這個叫王品的人，他進來了，坐在那只沙發上，對她說話，所以，她只有面對他，雖然她不想使用語言，她也不想告訴他點什麼，甚至連自己叫什麼，從哪裡來想到哪裡去這種最簡單的東西也不想告訴他。終於，他感受到了普桑子眼裡的冷漠和拒絕，他站起來說：「時候不早了，你休息吧！」他說得很對，普桑子是該休息了，她的身體很冰冷，她感到冬天到來了。

冬天到來了，普桑子已經感受到了涼意，除了她身體的冰冷之外，冬天確實已經也應該到來了。我寫的第二部分叫「旅館」，在一座孤島上有一座旅館，住著普桑子和另外的男人或女人。故事就在普桑子感受到冰冷的時刻慢慢到來。

而我現在應該去幹什麼呢？我已經三十五歲，比小說中那個叫普桑子的女人大一些。在一些詩裡我已經表達過這種時刻：我已經三十五歲，趁著黑夜之光／摸索著山上的石頭／而在白色的羽毛裡／我的住處和我的浴缸中／我已無力將一種謎語送給別人／我已經三十五歲／墨汁般的聲音從長夜發出／形成牆上的斑點／形成一隻來來去去的蜘蛛／籠罩著，像另一個人耗盡我血液的方式……而我此刻已經感受到普桑子感受到的一切，她不想使用語言是因為在旅館這樣的場景中，一切存在的人和事物已經超過她內心的經歷和語言，然而，也許是窗外的槍聲使她意識到了一種痛苦，而痛苦中的普桑子正在用數以萬倍的力量和勇氣居住在這座異鄉的旅館裡。因為槍聲並不是每時每刻都傳來，槍聲只是在某個時刻傳來，而多少天來，普桑子並沒有思忖過要在這旅館裡居留多少日子，直到她再也無法看到一艘輪船傍泊在吳港的沙灘上，直到現在，普桑子也沒有絕望，因為選擇出走是她唯一的目的，除了尋找南方和耿木秋以外，她也許是為了逃離她與郝仁醫生之間已經產生的那種隱晦的肉體關係。也許是為了證實自己對已經消失的耿木秋之間的初戀。不管怎麼樣，普桑子已經看不到那隻被母親馴服過的那隻可親可愛的鸚鵡，她的身體已經隨同戰爭時期的輪船，那只輪船幾天前存在，而現在卻已消失。輪船的消失意味著吳港真的已經成為名副其實的孤島。普桑子想到過她在吳港今後的生活嗎？當她穿著一件閃爍著黑色波紋的睡衣站在窗口聽到一聲尖厲的喊叫時，她在窗帘後面的身影的抖動可以看出她用一雙無助的目光看著下面的一切，但是，她並不知道下面發生了什麼。

第二天

很難想像陽光會照在窗帘上，也很難想像在這種陽光下面會看到一具屍體，這就是雯露等待的那個人，當普桑子聽到樓下的哭聲時，她嚇了一跳，因為這是雯露的哭聲，普桑子還來不及脫下那件充滿黑色波紋的睡衣便已經拉開門向樓下跑去了，從哭聲中她已經感知到有什麼災難已經發生了。小巷裡置放著一具屍體，他就是雯露等待的那個人，一個已經面目不清的男人的面龐，他無法乘輪船來與雯露約會，他便泅水而來，他已經到達了岸，甚至找到了通往這家旅館的小巷，但是他的力量卻被穿越海水時的漫長的過程所耗盡了，他倒下去，再沒有睜開雙眼，再也沒有讓心臟跳起來。所以，雯露聚會相約的是一具屍體。普桑子嗅著他從海邊帶來的水草和腥味，聽著女友雯露的叫喊聲，她像瘋了一樣的叫喊著，幾乎想把自己所有的聲音都喊出來，一個是已經不想使用語言的普桑子，另一個是想用聲音震撼著那個赴約的男人的屍體；一個是站在旁邊已經精疲力盡的女人，另一個是用聲音抗議著從屍體上發出的那種辛辣的，令人頭暈的味道的女人。

普桑子走過去拉住她的手臂，她真的想去安慰雯露，在這異鄉只有普桑子是雯露的朋友，只有普桑子知道雯露為什麼面對著屍體在喊叫，巷子裡湧滿了人，聽到喊聲的人幾乎都過來了，普桑子抬起頭來，她看到了王品，他們的目光交織在這種喊聲裡面。

埋葬死者

十一月底的一個上午，灰濛濛的濕氣糾纏著巷道、樹梢和旅館裡的氣氛，在這樣的氣候中，雯露得埋葬她的男友，雯露穿了一身黑色旗袍，她的髮髻又混亂又蓬鬆，很像一團已經成形的黑色泡沫。普桑子走在她身邊，雯露現在已經停止了叫喊，因為喊叫總會結束的，因為人不可能沉浸在叫喊之中。普桑子很希望那位穿著灰色長衫的王品能幫助一下她們，她經過王品的門口時下意識地抬起頭來，王品的房間沒有關門，看上去他一直站在窗口，他也參與了雯露經過叫喊之後展現為彎曲不規則的分支之中，在這座旅館裡每個人都被這叫喊聲所震撼著，他們觀看、嘆息、搖頭而成為旁觀者，而王品並不是旁觀者，他是這座旅館裡面讀過許多書籍的人，也許他認識了普桑子，他又看見了普桑子與雯露的那層關係，他等待著，出於某種東西他又不可能急切地走上前去問她們需要做什麼，所以，他看上去是焦灼不安地站在窗前。普桑子來到了門口，她清楚她和雯露都被恐怖所包圍著，她們之間需要一個男人協助她們將死者送到墓地上去，所以，她來到了門口，她矜持地咬了咬嘴唇，但王品已經走來了，他似乎已經聽見普桑子在說什麼，他走上前來輕輕地扶了扶普桑子的肩膀說：「走吧，我陪你們到墓地去。」普桑子點點頭，她的目光仍然停留在王品的臉龐上，她的雙手有些顫慄，激動時她總會這樣，這次的激動是聽見了王品的聲音，她還沒有開口，王品已經說出了她需要聽見的話，她很感激王品這種同情心，一個男人恰到好處的同情心。有王品出場，兩個女人就有了勇氣，他們先是到了棺材廠，走過了許多路才找到了在吳港城外的一家棺材廠。王品一直走在前面，普桑子和雯露走在後面，進入棺材廠後，普桑子彷彿是做夢一樣，她驚醒之中看到四處都是長方形的棺材，到處都彌漫著油漆的味道。王品問了問雯露死者的身高，雯露想了想將一個含糊不清的東西告訴了王品：「我記得他好像跟你差不多一樣高。」王品看了看自己的身高點點頭就鑽進林立的棺材之中去了。過了很久，他找到了兩名工人幫助他將選好的那具棺材抬到了外面，他又找好了兩名幫工，那兩名幫工站在棺材廠門口等待著有人召應他們。棺材抬到了旅館門口，雯露將死者的身體放在旅館的地下室裡，這多虧那名女店主滋生了同情心，否則主人是不願意收留屍體的，也許是雯露那淒涼的叫喊聲感動了她。王品和那兩名幫工將死者的屍體從地下室裡抬出來時，雯露差點昏眩過去，普桑子扶住她的手臂，她要比雯露稍好一些，也許她目睹過南方那場著名的鼠疫，當年她完全是從死人堆裡不顧一切地奔逃而出的。她將快要倒下去的雯露攙扶起來，那兩名幫工將棺材抬了起來，王品走在前面，他要帶領他們往墓地走去，普桑子和雯露則走在後面。

死者的棺材就這樣置放在吳港的一塊山坡上，那塊公眾墓地有無法計數的墓碑林立在前面。在這場埋葬死者的活動中，王品一直走在前面，後來到了墓地，他操縱著一切，從選擇方位到鬆開潮濕的泥土，普桑子看著王品，他是一個不懼怕死亡的人，他將死者的棺材放到泥土裡面去，當時，他的雙手一直放在棺材上面，普桑子一邊攙扶著已經泣不成聲的雯露，一邊看著王品置放在棺材上的那雙有力量的雙手。他的灰色長衫已經沾上了泥土，他從頭到腳都是泥，當棺材放在泥土裡面形成一個墓地時，他抬起頭看了看普桑子，他的目光來得很遠，似乎是從山坡下面的那些毫不存在的寬敞的大理石大廳中投射過來的目光，目光中有一些令普桑子感到危險的東西，她覺得如果自己在這目光中多停留幾次，那麼，那目光中包含著的潛在的危險性就會成倍地增長，因而，她迴避那目光，她將目光，自己的目光從那目光中移開，她看著那座新墓，已經形成的墓地現在已經讓雯露開始平靜，她站了起來，緩慢地走近它，她要接受這件已經到來的事實，所以，她走近墓地，伸出雙手開始撫摸地上樹木的清香。一種從死者們長眠的地方湧現出來的神秘的氣味也許是人變成羽毛和進入天堂以後蛻變給人類的氣息。

現實之一

多少天來，普桑子一直面對著她的鄰居王品那雙目光的包圍，她在這目光中控制著自己的恐怖心情。從墓地回來以後，她與雯露作了一次長談，她們必須面對現實，在既不能回去也不能離開的情況下，她們只好暫時駐留在吳港，吳港和這座旅館將成為她們的一塊棲居地。這種現實一旦被她們默認之後，她們學會的只有等待，普桑子出門時所攜帶的現金不足，她決定找一家吳港的學校去代代課，雯露手裡還有一些現金，她說她只有在旅館裡等待，再說多少年來與那名茶葉商人的婚姻生活已經使她不習慣於到外面去，她已習慣於守住一間房子。從這種現狀出發，普桑子認為找一家學校代課來維持生活，這樣既可以讓自己度過一段身在異鄉的生活，也可以讓自己遺忘掉已經存放在記憶中的很多事情。

普桑子剛下樓去，她準備出門去尋找學校，在旅館門口，她碰到了王品，王品走過來問她到哪裡去，普桑子想了想把自己的想法告訴了他。王品說：「那我陪你一起去吧，外面很亂。」普桑子當然願意王品能夠陪她前往吳港的一所所學校，她覺得王品走在身邊，自己會有一種安全感。

王品說讓普桑子等她幾分鐘，他要上樓取一封信，普桑子問王品往外地寄信還可以嗎？王品說他剛去問過郵局，郵局的人告訴他，現在的信走得很慢，說不準是什麼時候能走，如果王品不急的話可以把信放在郵局的郵筒裡面。普桑子站在旅館門口等王品的時候，想起自己的母親來，自從出門以後，自己連一封信也沒有給母親寄過，她的眼前出現那隻鸚鵡陪伴著母親的情景。王品手裡拿著一封白色的信，他就像舉著一片羽毛，他說這封信不知道要什麼時候才能投寄到他未婚妻手中。普桑子聽到未婚妻這個字眼時看了王品一眼，王品也看了她一眼，他們向著小巷外的另一條胡同走去。普桑子在路上想起了耿木秋和郝仁醫生，但這種想像就像從海風中蕩來的寒冷那樣使她的身體變得空洞。

王品走在她身邊，王品說不知道要在吳港呆多長時間，他說如果時間長，他應該寫一本書。普桑子看著王品，她覺得這是一個好主意。王品看上去就像寫書的人，而且住在一座旅館裡寫一本書就意味著將自己經歷的許多東西寫進去，她很羨慕王品能夠寫書。

吳港的街道一條連著一條，沉悶的空氣在寒冷中飄蕩著，王品問普桑子從前有沒有做過老師，普桑子搖搖頭，王品又問普桑子從前都做了些什麼事，普桑子不說話望著街兩邊的店鋪，她覺得她的過去就像空氣中的又沉悶又寒冷的氣息一樣已經像一條黑色的緞帶將她裹了起來，有時候她又覺得那些東西就像一個黑色的布娃娃，她想把那個布娃娃放到一只箱子裡面去。所以，每當這種時候，她就覺得自己正要回憶和訴說的語言統統地藏起來，她已不再想做那個坐在郝仁醫生的診所裡訴說她記憶的病人。但是，與王品穿過一條又一條街道的過程卻使普桑子很平靜，她像是已經離開了那些徹夜不眠的事件，離開了鼠疫、戰爭，她現在變得很明確，那就是找到一家學校去代課。

吳港的第一中學

一所被圍牆所包圍的中學看上去已有無數年的歷史了。當王品帶著普桑子走進校園時，他們都同時感受到了校園中那種肅穆而寂寞的氣息。正好是上課的時間，所以他們看不到一個學生，普桑子看到前方有一座古老的教學樓，他們便來到了樓下，樓下的兩棵紫薇樹只剩下了最後的幾片樹葉和花瓣。王品帶著普桑子走進教務處又走進校長辦公室，校長是一個四十多歲的男人，他看了看普桑子又看了看王品，問他們是從哪裡來的，普桑子簡單地作了回答，並拿出自己的畢業證書，校長說他們學校恰好缺教師，已有的教師走的走，留的留，但留下來的也同樣不安心，他非常歡迎普桑子能在他們學校代課，只是他們無法解決住宿問題。普桑子很高興，她只要能在學校代課就行了，她並沒有要求學校解決住宿問題。校長帶她到了校務處，校務處給她排了三天以後的課程，普桑子教語文和音樂。從吳港一中往外走時，恰好是學生課間休息的時刻，寂寞的院子裡現在人聲鼎沸。普桑子聽到這聲音感到心裡面湧動著一種言語，就像她做了一個疲憊不堪的夢醒來以後看到花瓶裡的鮮花突然開放了一樣。她側過身看著王品，很感激他陪她來找到了代課的工作。現在她才發現王品手裡仍拿著一封信，他們還沒有到郵局去將那封信扔進郵筒裡。那封白色的信，使普桑子會想起王品的未婚妻來，她想，王品的未婚妻一定也在等待著他，在這個被戰爭環繞的世界上，總有那麼一些女人在痴迷地等待著他們所愛的人回到身旁。王品說想不想去吃吳港的小吃，普桑子感到肚子有些餓了，幾天來她一直不會感到飢餓。王品帶她來到一家小吃店，吳港的小吃品類很多，他們圍著一只火爐，上面放滿了小蝦、小魚和雞翅，普桑子將手放在火爐上去，她感到手很涼。王品捉住她的手說：「你的手很柔軟。」普桑子抽回自己的手，她想起了耿木秋，還想起了郝仁醫生來，她知道回憶他們的存在會使她充滿了力量和勇氣，所以，她告訴王品說：「我的未婚夫在等待著我。」她沒想到這句話真起了作用，王品從此以後再也沒有捉住過她的手。

寫信

普桑子買來了信箋和信封，自從她看見王品將那封寫給未婚妻的信投進那只已經褪盡了綠色的郵筒中去後，她就滋生了一種強烈的願望，給母親和郝仁醫生分別寫封信。她坐在客房的窗口，靠近窗口的地方有一張書桌，那書桌顯然不是讓人寫字的，很窄很小，普桑子一生中從未給別人寫過信，因為她一生中從未與誰分離過，與耿木秋的漫長離別並沒有使普桑子滋生過寫信的念頭，也許耿木秋的消失太絕望了，他竟然無法使普桑子用別的方式去找回他。而現在，她開始鋪開信箋，她伸開修長纖細的手指，透明精巧的指甲覆蓋在白色的信箋上，她寫道：「母親，我趁你外出時離開了家，我無法面對著你把真實的情況告訴你，就像十年來我被鼠疫和耿木秋的消失所折磨著一樣，我不願意你看著我出走。我離開時，那隻鸚鵡看著我，母親，你好嗎？我現已被阻隔，既不能去尋找耿木秋，也不能去回到你身邊，我不能告訴你我在什麼地方，母親，但是，我可以告訴你，我住在一家旅館裡，我不知道要在這家旅館呆留多長時間，我也不能告訴你我今後會到哪裡去，使我感到有些欣慰的是還有那隻鸚鵡可以陪伴你，與你說話。」寫到這裡她再也無法繼續寫下去了。她將這封信疊起來放進那只信封，她開始重新伸開修長纖細的手指，用透明精巧的指甲覆蓋在白色的信箋上，她寫道：「郝仁醫生：請原諒我的不辭離別，我現在似乎剛剛經歷過一場失眠和驟然發作的重病，一切都是虛弱的，我不知道你會不會埋怨我，但我還是從你的臥室中跑出來了，我一生中從未在別的男人臥室中呆過一夜，然而，我已和你度過了那一夜。我現在一座孤島似的地方，跟外界喪失了一切聯繫，我住在一家旅館，我不知不覺地驚奇地發現我已喜歡上這座旅館並願意在這座旅館裡作短暫的停留。你好嗎？我仍然可以在回憶中感受你衣服上的那種乙醚的味道。」普桑子寫到這裡，就像上封信一樣再也無法寫下去。

虛構者說

普桑子呆在旅館裡面。透過她那迷霧般的面孔，我可以感知到在那座舊時代的旅館裡面她寫信時臉上呈現出來的表情，她活下去是因為被無數幻想所推動著，比如：她坐在旅館的窗口下面寫信，她在屏障之中掩飾著置身於旅館時的全部心情，沉默和敏銳的感受力只化作了簡短的文字，一個人不可能完全徹底地割斷與世人的聯繫，哪怕她是一個徹底絕望的人，徹底陷入了恐怖和顫抖之中的人，徹底地淪入超越時間之光中的人。羅蘭·巴特說過：「世界可能是令人悲傷的，但是人們並未拋棄它，因為世界是一個彼此協調的諸關係的整體，因為在各書與事實之間不存在重疊，因為講述故事的人有力量去拒絕組成故事中各存在物的不可穿透性與孤立性，因為他能在每一個句子中證實各行為之間的聯繫和等級關係，最後還因為，無論如何這些行為本身可以被歸結為各個記號。」我虛構這種符號式的東西，羅蘭・巴特還有一段話我較為喜歡：「時間磨損了我的距離的力量，使其腐壞，使其僵化。我不可能生存於語言之外，把它當作一個目標，也不可能生存於語言之內，把它當作一件武器。」我現在正被語言分解為下列圖像，一座旅館和人的圖像被敘述所代替著，被語言所表達的聲音所確定出來的圖像，它威脅著我寫作的意圖，就像燈光在照耀我的臉而語言在顯現我的焦慮一樣，寫作一本書的時候，它和我將時時刻刻體現著符號的行為，我現在就通向普桑子的居處，那個身穿旗袍的女人和那座旅館使我的寫作處於一種危險的狀態，無數火焰就像磷火般包圍著那個人和那座旅館，使她寫信的手開始燃燒起來，我曾幻現出這樣的意象：螺旋形的樓梯，最前面是我的母親在走，中間走著我的鄰居，最後面是我的影子——我像黑鳥一樣烏黑。

把信投進郵筒

普桑子懷著一種熱忱的幻想終於把信投進了郵筒，她獨自一人找到了那只色彩斑駁的郵筒，並在郵筒周圍走了幾圈，她發現在不遠處是一家啤酒廠，因而啤酒的味道使她會想起一種銀製的器皿，她在啤酒的氣味中發現周圍的人只要經過她身邊都要抬起目光瞥她一眼，每一瞥儘管都是短暫的，但每一瞥都在疑問，這個穿著黑色外套的女人站在郵筒的不遠處在幹什麼，她到底在幹什麼，她想到即使有一天母親和郝仁醫生收到信的那天，她也許已經離開了吳港和那家旅館；她想到如果信到達母親和郝仁醫生的手中時他們會不會驚訝地追問：普桑子你到底是活著還是已經死了。

普桑子抬起頭來，她看到一個老頭穿著很厚的棉襖，他手裡舉著一封信，信封是用牛皮紙製作的，那個老頭舉著那封信在空中猶豫了一秒鐘便將信投了進去。普桑子很羡慕那個老頭，他對那只郵筒寄予了著希望，他深信那只郵筒不久之後就會把他的那封牛皮信封和裡面的文字帶到別的地方去。普桑子開始信賴那只郵筒了，它是這條街道唯一可以存在的郵筒，她走過去，舉起那兩封信看了看，然後就投進了郵筒。啤酒廠的味道撲面而來，她想到當母親和郝仁醫生看到這封信時，他們會高興的，因為我沒有像耿木秋那樣消失，他們會知道我住在一座旅館裡面。

第三天

這是普桑子到學校去代課的日子，昨天晚上她又開始失眠，但是失眠的內容已經更換，往常，她失眠的時候總是會被南方的鼠疫所包圍，而昨天晚上的失眠卻是為了那所學校，那所給她以寂寞和人聲鼎沸的感覺的學校明天將成為她工作的地方，為了這個地方，她失眠了一個晚上。她比往常要起得更早一些，天還未亮她就已經起床了，她穿上箱子裡那件加厚的旗袍，作好了外出的準備，六點半她剛想拉開門出發時王品來了，王品說他送她到學校去。普桑子點點頭，王品的到來雖然使她感到意外，但她覺得有王品送她到學校去，這樣會使她有力量些。她穿上黑色大衣，寂靜的大街上還沒有一個人，王品告訴她，他已經開始在寫那本書，普桑子很高興，她與王品的目光相遇了，這目光使她有些心亂，就像觸著了她的一根很敏感的神經。所以，她要避開這目光到學校去，她會成為那座寂寞、鼎沸之聲湧動的學校中的一位老師，普桑子站在學校門口，王品說他要回去寫書了，晚上他再來接她，普桑子想拒絕，但她卻沒開口。

校長

四十多歲的校長已經站在教學樓下面，不知道是不是在等待普桑子，反正，當他看到普桑子已經到來時，便熱切地迎上來說：「歡迎，歡迎普小姐的到來。」普桑子被校長引領到一所教室，教室穿插在幽深的樹林之中，不過所有的樹葉都在這個季節已經凋零了。校長將普桑子帶進一間寬曠的教室說：「從今以後，由普桑子老師做你們的班主任。」普桑子聽了一驚，校長那天只讓她教語文和音樂課，並沒有讓她當班主任，不過既然已經宣布了，那就只得服從了。普桑子滿懷激情地站在教室中央，她容易激動，但今天的激動是因為有那麼多目光在注視著自己，她走上講臺，講了一些任班主任前必須講的話語，校長站在一旁不斷地給她鼓掌。從那天開始，普桑子就真的成了吳港一中的一位代課老師。她很喜歡自己找到的這份工作，每天都是早出晚歸，但她已經沒讓王品送她到學校去了，在一段時間裡，整座吳港就像一只完美的保溫瓶，聽不到槍聲和爆炸的聲音，它穩固地直立著，沒有任何聲音。

雯露

在這座旅館裡，雯露每天總是呆在那間客房裡，除了睡覺之外就是繼續睡覺，普桑子每次到她房間裡她總是蒙著被子，但看上去她並沒有進入睡眠，她的眼睛睜得很大，普桑子說你應該到外面去走走，雯露就從床上下來站在窗口說：「外面，外面是一潭死水，沒有漣漪、沒有聲音……普桑子，如果我告訴你我需要聽到一種聲音，你會理解我嗎？」雯露一邊說一邊將頭探出窗外，她的睡裙使她看上去似乎永遠也沒有睡著覺，因為她在等待，她在等待某種東西，她與普桑子的最大區別就在於普桑子可以沉浸在虛無之中，她可以用虛無的想像力等待某種永遠不會到來的東西，而雯露卻在等待一種現實，她的現實就是人，她不能夠忍受寂寞和孤獨，所以，在她的眼裡看不到一種虛無的東西，看到的只有焦灼。普桑子對雯露說：「你可以到王品房間裡去跟他聊聊天，他是一個作家，會寫書，他住在旅館裡正在寫一本書……」雯露點點頭，她的眼裡有一種焦灼的東西在移動。

將蝴蝶掛在牆上

普桑子第一次面對著那隻蝴蝶，離開家以後她一直沒有心情將那隻蝴蝶標本從箱子裡取出來，蝴蝶置放在箱子裡的另一只小匣子裡面，匣子又深又黑恰好可以裝得下那隻蝴蝶，她剛把隻蝴蝶掛在牆上，王品敲門進來了，他看到了那隻蝴蝶標本，他沉默了一會問普桑子這隻蝴蝶是從哪裡來的，普桑子說這是一隻南方的蝴蝶，王品問普桑子是不是去過南方，普桑子點點頭，王品坐在普桑子身邊，他剛抓住普桑子放在膝頭上的右手就被普桑子拒絕了，看上去，王品正在盡最大的努力克制著由普桑子引起的一陣衝動，他開始轉移話題，他說他的小說進展很快，問普桑子想不想看看他的小說，普桑子覺得這建議很好，她已經被王品重新轉移了注意力，王品拉她右手的那種緊張感消失了，她的臉上在這個星期天呈現出柔和的光澤，從開始王品告訴她他準備在旅館裡寫一本書時，她就充滿了好奇之感，於是她就期待著看到有一天能夠閱讀到王品寫的那本書，長方形的已經形成的書對於普桑子早就是一種誘惑，她在女子大學讀書時經常到圖書館去讀書，在有限的時間裡她讀過《復活》、《唐喆訶德》和喬治桑的大量小說，她對寫書的人充滿崇拜，因為他們將她想像的很多東西都在書裡的文字中表達出來了。

王品將普桑子帶到了他的房間，普桑子嗅到了一股墨水的味道，她還看到那張桌上擺滿了書籍和稿紙，王品剛把一疊寫好的稿子遞給普桑子，他們都抬起頭來，因為有敲門聲傳來，那聲音是猶豫的，但又很急促，王品打開了門，是雯露站在門口。普桑子很高興雯露在這個時候來到王品的房間裡，所以她站起來急切地將雯露讓進屋來，雯露今天顯得很漂亮。只是那目光仍然是失眠的目光，顯得有些無神，普桑子將手中的那疊稿件遞給雯露說：「你看看王品正在寫的書。」雯露驚愕地說：「能寫書的人，一定很了不起。」王品說其實看這些東西也沒有什麼意思，不如到外面去走走。這確實是個好主意，普桑子說她得去換換衣服，她來到自己的房間，從窗外照進來的一縷陽光正照在那隻牆上的蝴蝶上，那隻蝴蝶彷彿是一隻飛進窗的蝴蝶，它並沒有變成標本，普桑子伸出手去輕撫著蝴蝶標本的兩翼，就在這時她聽到了雯露的笑聲。

路上

外面的陽光很明媚，雯露走在陽光下面，她似乎已經忘記了旅館裡那間使她失眠使她焦灼不安的房間，普桑子發現王品和雯露今天都很愉快，王品說他們可以到海邊的沙灘上去散散步，然後再回來到一家茶館裡面去喝茶，雯露仰起頭來，明媚的陽光就照在她那纖長白皙的脖頸上，普桑子從來沒有發現過雯露像今天這樣漂亮迷人，她走在雯露後面，王品走在她們兩人之間，王品說話，雯露就看著他，她很注意聽他說出的每一句話。他們已經來到了海邊，一陣海風吹來，普桑子突然感到身體中有什麼東西讓她不舒服，她覺得那種感覺就像上次在郝仁家裡喝醉酒後想嘔吐的感覺，所以她對王品和雯露說她想在沙丘上坐一會兒，她不想再往前走了，王品來到她身邊，他抓住她的手說：「你看上去氣色不太好，是不是病了？」普桑子輕輕地擺脫開王品的手，她冷靜地控制著自己對王品說：「我想在這裡呆一會兒，你帶雯露到沙灘上去走走吧！」普桑子除了想嘔吐之外，她清醒地知道她確實想單獨一人在沙灘上坐一會兒，當她看到大海和沙灘時她的情緒就像潮水般變幻著，她渴望在沙灘上看到一艘輪船，她本質中有一種東西在強烈地驅逐著她，那就是到別的地方去尋找一個人或者尋找一隻蝴蝶，除了這種心中洶湧的浪花之外，普桑子確實想嘔吐，她想也許自己是受涼了，除此之外，她根本沒有去想她委身於郝仁醫生的那個夜晚會不會在她身體中留下什麼，因為她是第一次委身於一個男人，赤身裸體地與他度過了一個夜晚，她根本沒有想到那個夜晚會使她受孕。王品帶著雯露到沙灘上去了，普桑子抬起頭來可以看到他們兩人的身影，他們的身影很快就變成了沙灘上的兩個黑點。普桑子也就在這時開始趴在沙丘上劇烈地嘔吐。嘔吐完畢後她離開了那片沙丘，她想去尋找王品和雯露的身影，但那兩個黑點已經看不到了，普桑子想，也許他們已經到達最前面的那處海岸線了，她感受了一下自己的身體覺得渾身無力，她決定不去追趕他們的影子，她覺得那陣嘔吐仍然干擾著她，在散發著海藻味的沙灘上使她很懼怕再有一場這樣的嘔吐到來，如果再有一場嘔吐降臨，普桑子對自己說：那麼，我會死的，所以，她決定去看醫生。

在診所裡，醫生說

帶著沙丘上吹來的海藻味普桑子終於看見了一家診所。在看到那家診所之前，普桑子想起了郝仁醫生的診所，當她帶著精神病症坐在郝仁醫生的診所裡時她聽到的那陣高跟鞋的聲音，那個女人後來消失了，普桑子就在這時看到了前面那家掛著紅牌的私人診所。普桑子在走進那家診所之前想起了郝仁醫生鏡片後面的那雙眼睛，她想起了走在南屏街上時，當她從郝仁醫生的診所出來時感受到的那些溫暖，看到的那棵樹，那棵樹暗示著春天已經到來了。

普桑子猶豫著走進了診所，她把自己的症狀告訴給了那位診所裡的老先生，老先生將手放在她手腕上量了量脈後告訴她：「你已經有身孕了。」「什麼？」「你已經有身孕了，所以，你不必擔心……」老先生對她說的另一些話她沒有聽見，當她離開診所時老先生給她開了幾副中藥她也沒有帶走，普桑子被老先生告訴她的事實，這個散發著那個夜晚——與郝仁醫生共度的夜晚所締結的東西所包圍著，她顫抖著，想起郝仁醫生的手輕輕地撫摸她圓圓的陰阜和周圍的捲曲的陰毛時她的呻吟聲，現在她走在吳港的街上，她帶著這個不容質疑的事實一遍遍地告訴自己：我有身孕了，天啊，郝仁醫生讓我有身孕了。她驚悸地張開嘴，一陣涼風從她嘴裡吹進去，她撫摸著自己的腹部，就像讓自己的雙手停留在一架琴聲來調準音符和樂器上，她對自己的承受力感到吃驚，自己竟然順從於這個事實，竟然沒有發瘋似地問自己：天啊，這到底是怎麼一回事。

虛構者說

我在詩中寫道：這就是敘述的快樂／帶來一頭獅子和一盤中國水果／這就是我由眺望到眺望／一年又一年，使自己由此而凋零／我已三十五歲，仍然像蟻群般移動。

所以，我知道並強迫自己在敘述中使虛構作一次漫長的旅行，確確實實作一次真正的旅行——帶著詞語作一次旅行。

旅館

普桑子確實懷孕了，誰也無法將這個事實改變，誰也無法去抹掉這個事實。從走出診所的那一時刻開始，普桑子意識到她委身的那個男人給了她一個精子，一個精子和她的肉體碰撞就形成了一個孩子，她想起她在燈光下無遮無擋的時刻，想起熱血淹沒了脖頸的那一時刻——他把她委身於他的那個時刻全部占領了，因而才有了這個孩子。普桑子從診所到旅館的這條路程，行走了許久許久，這是一條充滿荊棘的路程，充滿著全部的荊棘，在伸展開去的荊棘裡包含著一個儀式，那就是她委身之前的回憶以及委身之後的奇蹟，一個懷孕的事實。她走在路上，走在越來越窄的，或明或暗的路上，她想起唯一可以掩飾自己的窘態和畏懼的就是那間房子，那間並不是屬於她自己的一間房子，座落在旅館的最上層，木樓發出各種各樣的聲音，有各種各樣的聲音發出來，那聲音之中有一間房子，歸根結蒂，那間房子可以解除她心靈中的警戒狀態，歸根結蒂，那間房子可以不顧一切地消除她那不可磨滅的記憶和不可平息下來的顫慄，歸根結蒂，她現在無路可去，她只有朝著那座旅館走去或者奔逃而去。

普桑子的鞋子裡灌滿了沙礫，這是她從海灘上帶回來的磨礪她那嬌柔腳趾的武器，連同她那受挫的身體一起，她現在將沙礫帶回了旅館。她正處在一個女人最成熟的全盛時期，她的美麗在於她年僅三十多歲，她的美麗在於她精力充沛又充滿怯懦，她的美麗在於她置身於被她幻想出來的那個世界中的某一瞬間時，她充滿了哀求和無助的目光中更重要的東西並沒有喪失，那就是她期待愛情、和平、寧靜的信仰沒有喪失。她終於回到了旅館，她的星期天就這樣度過，她已經走了許許多多路，她蹬去鞋子，她平躺在床上，想把世界上所有發生的被她感受到的旋律從頭腦中排除出去，但她聽到的卻是聲音，是王品的敲門聲，她已熟悉他的聲音，她的第一個感覺就是他帶著雯露已經從海灘回來了，她的第二個感覺就是王品和雯露一起站在門口，他們身上都有一種氣味，海風和海藻的味道，她的第三個感覺就是她想藏起來，但那是不可能的，如果她不開門，他們會一直站在門口，所以，她只好打開門，但並沒有雯露，她看到的只有王品，他獨自一個人，他的目光仍充滿那種讓普桑子已經感受到的溫暖，但這種溫暖卻讓她感到同樣的畏懼，確切點說是這種溫暖並沒有驅散開她身體中的挫折感。所以，她面對著王品的到來除了恍惚之外就是意外，王品說，原來不是說好了，從海灘回來去茶館喝茶，王品說，雯露已經到那家茶館去了，王品是回來叫普桑子的，普桑子搖搖頭說：「我今天很累，我不準備去了。」聲音淡淡的，但似乎有一種咖啡和薄荷般的氣息，王品突然抓起她垂懸在下面的手臂說：「普桑子，如果你不能一塊去，那麼，到茶館喝茶又有什麼意義呢？」普桑子沒有將手從王品的手中抽出來，她將頭抬起來，但她突然想起了診所裡那位老醫生說的話，她被那個事實，颶風般的事實籠罩著，原本她已經被王品剛才說的話所感染著，而此時此刻她突然被一種苦楚，無法言說的苦楚所折磨著，她再一次將自己的雙手從王品的手中抽了出來。

你一次次地拒絕我，是因為你並不喜歡我，你討厭我，是這樣嗎？我說對了，普桑子……是不是這樣的。她聽見王品對她說著上面的話，她搖著頭，但她並不知道如何去告訴王品，她並不討厭他，她只是陷入了另一種事實之中去，但當她抬起頭來時，王品已經拉開門走了。

她趴在窗口，看著王品從旅館外的小巷裡面消失，看著他的背影，普桑子用手捂住自己的腹部，她似乎聽到一種囈語，一種逐步地把她的生活和夢中的東西相聯繫的囈語，她知道在這樣的時刻，在這個囈語中，她就是那個孕婦，她就是那個承擔著三十多歲的一次委頓的性衝動的那個女人，沒有任何東西能夠改變這個囈語。想到這裡，普桑子拉上窗帘，她已經看不到王品的身影了，連那條巷道也無法看清，因為暮色已經到來了。

王品和雯露

普桑子慢慢地發現王品和雯露的關係自此以後發生了重要的變化。從她第一次聽見從王品的房間裡傳來雯露的笑聲那一天開始，她就經常聽見雯露的腳步聲和笑聲。這種聲音多數是她從學校回來以後聽到的，從那天傍晚，王品來邀請她去喝茶遭受到拒絕開始，她就再也沒有聽見過王品的敲門聲。普桑子自從聽到雯露的笑聲以後有一種感覺產生了，她隱隱約約地感到雯露正在向王品的客房不斷地走進去，每走進去一次他們的關係就發生了一次變化，普桑子知道雯露是一個有魅力的女人，她的最大魅力就在於她敢於面對一個她喜歡的男人，並把這個男人的心靈占據。而就在這段時間裡，普桑子一次次地面對著妊娠後的強烈反映，想嘔吐的感覺經常伴隨著她，在這種時刻，她也沒有多少力量去追究王品與雯露之間的關係，似乎她與他們逐漸地疏遠了。

與雯露在浴室相遇

普桑子推開浴室的門，她看到雯露正在脫衣服，雯露的裸體線條修長，乳房和臀部像是塗了一層油亮的色彩，豐滿而富有彈性。她與雯露已經有好長時間沒有共居浴室說話了，雯露看到普桑子進屋後很高興，她幫助普桑子將木盆裡的熱水盛滿，她赤著腳走到她的那只浴盆中躺下之後對普桑子說：「桑子，自從你到學校去以後，我就沒有機會與你一起洗澡了。」普桑子今天有一種萎靡不振的感覺，她覺得渾身沒有力氣，她想對雯露說話，但聲音始終沒有發出來，當她脫衣服時，她有一種擔心，那就是雯露會看到她已經逐漸隆起的小腹，所以她赤著腳來到木盆邊，她將赤裸的背留給了雯露，自己則對著牆壁——脫完了所有的衣服，然後她躺了下去，當她怯懦地抬起頭來時，她看見雯露根本就沒有看她，雯露正微閉著雙眼，她那線條修長的裸體懸浮在水面上，而那些留了無數年的長髮則垂在她肩下面，像一頭瀑布，普桑子感到雯露一定要告訴她什麼秘密，普桑子知道雯露的秘密與王品有聯繫，所以她已經作好了準備洗耳恭聽，就在這時雯露的嘆息聲從潮濕的浴室中傳來，普桑子說：「雯露，你嘆息什麼呢？」雯露仰起頭來，她的乳房豐滿的晃動著，她說：「桑子，我現在喜歡上了一個人，你知道嗎？」普桑子點點頭，雯露說：「我真的很喜歡他，他不像我原來碰到的男人，他會寫書、會照顧人，不過，我發現他並不像我喜歡他那樣來喜歡我……不過，我告訴你，我們倆之間已經什麼事情都已經發生了……」「哦，你是說你們倆之間什麼事都已經發生了？」普桑子隔著水蒸氣看著雯露仰起來的赤裸的上半身，雯露的聲音從水蒸氣中傳來：「是的，我已經把我交給了他，我覺得他是一個值得信賴的男人，所以我就把自己完全交給了他……」普桑子在水中的裸體在這聲音中抽搐了一下，她懷抱著自己的手臂，有一種虛空的感覺湧上來，她的身體就像在水流的波濤聲中轟鳴在滾熱的蒸氣中再次抽搐著，普桑子現在才知道由於自己拒絕王品，所以他與雯露才有了一種新的現實，普桑子覺得他們的現實使她變得孤單起來了，她一看見那個男人的時候，她就被他灰色的長衫所吸引，後來她曾經被他的身影和敲門聲所吸引，他陪她去找學校，他曾經在凌晨陪她去學校任職，一切在有秩序地發生著，他的存在就像一種朦朧籠罩了一切，他住在隔壁，普桑子曾經為此而感到有一種魔力有一種召喚在等待著自己進去，當她發現他寫書時，她就想閱讀他的文字，他正在寫的那本書在誘惑著她，而就在這時她走進了那家診所，診所裡的醫生告訴她，她懷孕了。也就在這時她開始迷惘和心煩意亂，她一邊回憶那個夜晚和自己委身的郝仁醫生，一邊在吳港拒絕著並放棄王品已經抓住她的那雙手，如果她不拒絕他，那麼王品也許不會同雯露發生那些已經發生的一切。

普桑子抬起頭來，現在雯露已經不再傾吐自己的秘密，她又躺到水中去了，也許她已經明察到了普桑子目光中有一些憂鬱的色彩，所以，她不再講自己的故事。雯露洗沐完畢後先回去了，普桑子獨自一人躺在木盆中，她問自己：難道我要將那個夜晚以及委身的那個男人留下來的精子把它變成一個孩子的身體嗎？普桑子就在這時聽到了槍聲，像以往一樣她側耳傾聽著，她想聽清楚槍聲是從哪裡傳來的，但她再也沒有聽到第二聲槍聲，她也沒有繼續想那個孩子的問題。當她從浴室走出來，她在過道上碰到了王品，他們倆似乎已經好久沒有相見，普桑子對他點了點頭，王品目送著她用鑰匙開門，當普桑子把門打開後，王品慢慢地走了進來。普桑子剛把毛巾和香皂放下來就感到自己被一雙手臂緊緊地懷抱著，她想掙扎出來，但那雙手臂抱得愈來愈緊，普桑子輕聲說：「你不能這樣，王品。」王品用臉摩擦著她的皮膚說：「我與雯露什麼也沒有發生，相信我，普桑子。」普桑子終於掙脫了他的懷抱。她退到窗前的布幔下面再一次抑制著自己灼熱的、慍怒的、混沌的心情低聲說：「請你從我的房間裡面出去，王品。」從那以後，王品再也沒有出現在普桑子的房間裡，普桑子已經被他們倆人的聲音弄得精疲力盡了，雯露說他們之間已經發生了一切，而王品說他與雯露什麼事也沒有發生過。

虛構者說

羅蘭・巴特還說：「小說是一種死亡，它把生命變成一種命運，把記憶變成一種有用的行為，把延續變成一種有向的和有意義的時間。」通向吳港的旅館中的始終是一種時間，只有時間可以解決他們已有的矛盾，只有用時間才可以使普桑子疑惑的事情逐一地展現在命運之中，這有點像鳥從殼裡出來的過程。吳港是一座碼頭，也是一座島嶼似的城市，在普桑子所居住的旅館裡，她似乎手裡執著一把用黑色、粉紅色羽毛製作而成的扇子，她用扇子遮擋自己的同時也把扇子敞開著。在我寫作的過程中，我彷彿看見普桑子就在這把用羽毛綴成的扇子中隱藏著。

蝴蝶

普桑子將那隻蝴蝶從牆上取下來，因為她聽到校長告訴她，吳港的寧靜將很快過去，戰爭快要到來。她用手指輕觸著蝴蝶的兩翼，已經成為標本的蝴蝶只是讓普桑子感受到了死亡後的東西，蝴蝶變成標本事實上也就意味著蝴蝶已經死亡了。但普桑子並沒有把蝴蝶已經死亡的現實看見，她內心深處並沒有接受這種現實，她將蝴蝶從牆上取下來放在那只小匣子深處，是因為她已經作好準備，如果戰爭一旦降臨到吳港，那麼她就帶著箱子中的那隻蝴蝶一塊逃離吳港，逃離無時無刻都在提醒著普桑子，棲居於旅館的生活總有一天會結束，她如果不能到南方去的話，那麼她就回到母親身邊去，因為在這個世界上她只有唯一的親人，那就是自己的母親。轉眼之間，她已經在吳港的中學做了兩個多月的代課老師，吳港中學的生活就像一片平靜的樹葉般沉浮於她的內心。

雯露與王品

他們的生活同樣在進行著，當普桑子日益經受著妊娠早期的現狀時，雯露與王品的交往已經公開化了。普桑子再也不用去思忖他們到底有沒發生過親密的關係，展現在普桑子眼前的情景再也不需要普桑子費盡心思地去思究他們兩人的關係，她現在已經明白了，雯露已經與王品公開同居。她第一次發現這一切時是在一個早晨，普桑子那天早晨開始了長時間的嘔吐，她看看房間裡面的那只小鬧鐘，還有半小時就要上課了，而她試圖到學校去，但她的身體已經無力地表示她今天無論如何也去不了學校，所以，她站在門口開始敲王品的門，因為她想請王品到學校去為她代課，她的手顫抖著，由於嘔吐她已經連敲門的力氣都沒有了，當她敲開門後，開門的卻是雯露，她將普桑子迎進屋去，普桑子問王品到哪裡去了，雯露告訴普桑子：「王品昨晚寫他那本書，剛睡下不久。」她一邊說一邊將身上的那件墨綠色的睡衣帶子紮緊。普桑子看到了她那頭蓬亂的頭髮，她還看到了雯露打了一個哈欠，就是在這時王品醒來了，他穿著睡衣已經來到了他們之間，他問普桑子有什麼事，普桑子剛想說話，一陣更大的噁心湧上來，她慌亂拉開門回到自己的房間，就在她關上門開始那天早晨的第二次嘔吐時，她聽到了他們兩人的叫喚，王品的聲音很急切，雯露的聲音很驚慌，他們不知道普桑子關上門在裡面發生什麼事了。不管怎麼樣，普桑子那天早晨是不能到中學上課了，嘔吐完畢之後，她把這件事告訴了他們，王品穿上長衫替普桑子到學校代課去了。王品走後，雯露留在普桑子房間裡，她問普桑子到底是怎麼一回事，普桑子就把自己懷孕的事告訴了她，雯露聽後嘆口氣說：「這是一件好事，我也想懷孕，生一個孩子，女人生一個孩子後就會安定些，我已經厭倦了沒有孩子的那種空虛之感。」然後，她把她與王品現在同居的生活狀況告訴了普桑子，她嘆息道：「王品並不愛我，他跟我在一起只是因為生活在這座旅館裡面的寂寞，而我跟他在一起除了我喜歡他外，我想有一個孩子。」

普桑子看著雯露，聽她這麼說話，她本能地用手撫摸著自己的腹部，她覺得雯露說得很對，女人生一個孩子就會生活得很安定，現在，她慢慢地開始喜歡肚子裡那個小東西了。她喜歡那個每天讓她嘔吐的小東西，但她並不願意去回憶那個委身於郝仁醫生的夜晚，有時候當她面對這種記憶時，她希望記憶完全喪失，頭腦裡一片空白。那天下午，王品回來，他為她代了整個上午的課程，因此，他顯得有些興奮，他來到普桑子的房間，那時刻雯露恰好不在旅館，她剛出去，她在外面縫了一件旗袍，她告訴過普桑子請普桑子告訴王品她去裁衣店取衣服去了。

王品除了講述他上午的代課經歷之外就是坐在普桑子身邊，他第一次鄭重地問普桑子今後的生活有些什麼打算，他說戰爭很快就要降臨到吳港來，他問普桑子是選擇走還是選擇留，普桑子告訴王品，她現在不大可能到南方去了，所以如果戰爭到來的話，她想回到母親身邊去，王品顯然是第一次聽到普桑子談到她的母親，她告訴王品，母親除了有一隻鸚鵡陪伴她之外，她什麼都沒有。王品問普桑子這是不是她要回去的重要原因，普桑子搖搖頭，王品走過來，又像過去一樣握住了普桑子的手，普桑子現在已經沒有拒絕王品的勇氣了，她低聲說：「我已經懷孕了，王品，這是我回去的最為重要的原因。」王品並不相信普桑子的話，他站起來，也許想表達得更加準確些，他似乎想抓住這次機會，他隱隱約約地感到如果他不再表達，那麼他也許就永遠沒有機會了，他說：「普桑子，我想帶你走，經過這麼多年，我想我的情感並不在過去，也不在任何人身上，所以，如果你同意的話……」普桑子低聲說：「你是不是瘋了，你可以否定你的過去，但你不可能否定你的現在，你不能否定雯露的存在……」

「可我並不愛她……普桑子，我這樣做……」門突然被推開了，門就在這一時刻也許是被一陣風吹開了，但門並不是被風吹開的，而是被一雙手推開的。推開這道門的人並不是別人，而是雯露，她抱著那件棗紅色的旗袍，她出現在他們面前，她帶來了颶風和渦流，她帶來了一張顫抖的面孔，她將手中的那件旗袍扔給王品後大聲說：「你如果不要我，我就去死。」她說完便在颶風和渦流中跑了出去。普桑子和王品的目光對視著，普桑子也大聲說：「你快去追她，不然她會去死的。」

普桑子打開窗

普桑子知道雯露已經在門口聽到了她與王品的對話，這些詞語就像魚刺一樣潛入雯露的內心，使她在詞語中感受到了王品和她之間的距離。普桑子站在窗口，她身體很虛弱，她不能去追趕雯露，再說她如果與王品一塊去尋找雯露的話，只會加劇雯露的憤怒，所以，她站在窗口看見了王品的身影，王品也許是愛普桑子的，但普桑子從一開始就在默默地拒絕著他，她甚至從來都沒有給過他一次機會。她站在窗口，她只希望王品追趕到雯露，她不希望雯露會去死。就在這時她看到了一列軍隊，她看不清楚他們的模樣，只感覺到他們舉著旗幟，穿著軍裝，也許這就是日本人。日本人已經占領了這座島嶼。普桑子把窗戶關上，戰爭終於到來了，她還看見了他們身上掛著的鋼槍，戰爭已經來到吳港，比她想像中的要來得更快一些。

在以後的每一天裡，端著槍的日本人迅速占領了吳港的每個地方，普桑子再也不能去學校代課，每一條巷道都站滿了日本人。日本人的到來意味著吳港不再是一座孤島，這也暗示著普桑子可以乘輪船出去，旅館的女店主告訴她，日本人就是坐輪船到吳港的，過不多久，也許就有輪船通往外地了。

雯露和王品

雯露那天剛逃出去就看見了日本人的隊伍開進了碼頭，所以她掉轉身往回跑，在路上她碰到了王品並投進了他的懷抱。王品攜帶著雯露重新回到旅館，他們來到了普桑子的房間，告訴普桑子戰爭已經進入吳港了。因為日本人的突然降臨，他們三人都似乎忘記了那場尷尬的場面，在他們之中忘記得最快的就是雯露，她再也沒有說過要去死。從此以後，她完全依附在王品身邊，每個人都懼怕戰爭，而雯露在懼怕中抓住了王品，他們三個開始在一塊商量著離開吳港的計畫，王品已經放下了那部未寫完的書稿，他經常獨自一人到外面去探聽情況，他帶回的消息是海灘上已經出現了輪船，拋錨在海邊的輪船大都是貨輪，直到如今還沒有出現一艘載人的輪船，所以，他們只好等待。

孕婦普桑子

到了第二年的頭一個月，普桑子已經脫穎成一位標準的孕婦了。學校早已停課，普桑子只好呆在旅館裡，她在等待，同王品和雯露一塊共同等待吳港有一天會出現一艘載人的輪船的同時，也在期待著回到母親身邊去的時光。當她脫穎成一名孕婦時她在不為別人所見的情況下，經常按捺住心頭的秘密看著那面桌子上的梳妝鏡子，有時候她也不顧一切地走到旅館外面去在日本人占領的海邊溜達上近一個小時，她仍然穿著旗袍，而她的腹部已經微微前挺，有時候她會同雯露一塊在旅館的浴室中沐浴，自從日本人到來後，雯露告訴普桑子，王品已經把她當作相依為伴的伙伴，並告訴她，無論他到哪裡去，他都將帶著雯露一塊出發。

孕婦普桑子坐在浴盆中，她的身體已經被徹底改變，每當這時她就會想起郝仁醫生來，不知道從什麼時候開始，也許是她在溫暖的蒸氣中感受到胎兒在她腹部掙扎的時候，她開始感受到了自己與郝仁醫生的親密關係，因為這個胎兒使她永遠不會再忘記與郝仁醫生度過的夜晚，因為那個委身的夜晚使她由此變成了孕婦。

離開吳港

離開吳港的日子好不容易到來了。頭一天晚上普桑子和雯露、王品到了一家小餐館作最後的告別，第二天一早他們三人登上了兩艘不同的輪船，王品帶著雯露走了，普桑子將獨自回到母親身邊去。當普桑子看到雯露和王品的身影最後消失時，她在一瞬間展現出自己與王品奔逃的身影，普桑子如果不拒絕王品的話，那麼王品身邊的那個人就會變成普桑子，而此刻，命運已變成定局，普桑子最希望的就是回到母親和郝仁醫生身邊去。

旅館

普桑子已經看不到那座旅館了。那座讓她居住了半年時光的旅館訓練了她的忍耐，在這半年中她無時無刻不在體驗著一個充滿槍聲的世界對她的重重包圍，但是在這半年中，旅館已經成為普桑子生活過的世界，在這世界中她似乎已經摸索到或者已經牢牢掌握了自己與一個世界的聯繫，因此，她將那個胎兒留了下來，並使自己成為孕婦，因此，她拒絕了王品對她的愛情，而對於她來說，那個文儒皆備的王品永遠成為她生活中的影子，那個身影穿著灰色長衫與她一塊走在去學校的那條路上，對於她來說，這些東西已經成為一種永遠，對於她來說，這些東西已經足夠讓她去伴隨關於記憶中和一種困惑的感受。她最遺憾的就是沒有閱讀到王品寫的那本書。

她抬起頭來，從吳港出發的輪船將載著一切記憶把她送到原來出發的地方去，為此，她最後浮現的便是那座旅館。

但她再也看不到那座旅館了。對於她來說，登上這艘輪船就意味著永遠告別一座旅館，她站在船艙上，她呼吸著風，帶腥味的海風正把她帶往另一個地方。毫無疑問，旅館已經消失在她身後，普桑子對自己說：那座旅館並不是我永遠居住的地方。她不能迴避這個事實，所以她認為離開那座吳港的旅館並不是一件壞事情，最重要的是她可以從戰爭籠罩著的刀光中逃離到母親身邊去，她想著這件事，便覺得旅館也好，乘坐的輪船也好都只是短暫的一陣閃電，從她耳邊掠過。她感受著那個胎兒，感受著她腹部中的生命，在不知不覺中，在告別那座旅館中，這個小生命已經成為她的另一半生命。所以，普桑子並沒有感受到自己處於一種害怕的境地。

作者想起了各種各樣的旅館，其目的僅僅是為了證實「旅館是一個重要的地方」。

第三部分　現實之三

蛻變

虛構者說

我一直在說話，有時候在旅館裡輕聲曼語，我一直想，是誰使普桑子變成孕婦的？並不是那場戰爭也並不是使普桑子委身的夜晚。那麼，是誰使普桑子離開旅館回到母親身邊的，我想仍然是時間，時間在一瞬間改變了普桑子，並照亮了她的臉。在幾天後的清晨，普桑子提著那只箱子頂著薄霧出現在母親身邊時，她把手伸出去敲門，因為她出門時忘記了帶鑰匙，所以，她把手放在門上，因為時間太早，她想母親也許還在睡覺，所以她猶豫著但還是緩慢地舉起手來，就在這時她聽到了那隻鸚鵡的叫聲：「有人在敲門，有人在外面敲門。」普桑子的雙眼有些潮濕，她希望母親快點出來，她希望自己能撲到母親懷中去。

母　親

母親打開了門看到了普桑子，一個孕婦站在母親身邊，看上去母親的表情有些恍惚，那隻鸚鵡叫道：「普桑子回來了，普桑子回來了。」這叫聲使時間，那些僵硬的時間開始變得柔和起來。普桑子突然聽到了有人在咳嗽，那聲音從母親的房間裡傳來，是一個男人的咳嗽聲，母親顯得有些緊張，她看著那隻鸚鵡說：「你走後，劉水就住在了這裡。」普桑子並不知道劉水是誰，她點點頭，她已開始理解這一切，不管劉水是誰，她都給予了母親一種溫和的暗示，就是在這種暗示裡，母女倆開始擁抱在一起，在普桑子的記憶中她從來沒有與母親這樣擁抱過，這就是那天清晨普桑子與母親的擁抱——母女倆通過擁抱解除了各自的戒備，母女倆通過擁抱解脫了各自的罪惡感，普桑子在進屋之前的一剎那曾有一種罪惡感，她已經變成一個孕婦，這種罪惡感折磨著她，如果沒有母女倆雙方的擁抱，那麼孕婦普桑子的罪惡感將不會減少，因為她是在一個不為人知的秘密中變成孕婦的，因為那個秘密是不可以公開的秘密，所以，她站在母親身邊，在濕霧飄蕩的空氣裡，她的罪惡感在她眼裡的濕潤中流動而出，就是在這時她聽到了那個男人在咳嗽，這就是說在她離開母親的這些日子裡。一直是劉水在陪伴著母親，雖然普桑子的四肢已經疲憊不堪，但她還是感受到了自己正在接受母親的故事，她必須接受母親生活中的一切，她必須把橫隔在她們之間的那層薄膜，溫情的恐怖和溫情的罪惡撕開，然後她們就開始擁抱了。母親將普桑子送到樓上，房間裡連一絲灰塵也沒有，母親說她每天都要來清除從窗外飛進來的灰塵，她預感到普桑子很快就會回來的，普桑子想起了那兩封投進吳港郵筒中的信，她問母親有沒有收到她寫回來的信，母親說她已經有三十多年沒有收到別人寫給她的信了。

劉水的咳嗽聲從樓下傳來，母親告訴普桑子，很顯然她是第一次把自己三十多年的秘密告訴自己的女兒，她說：「劉水已經陪伴了我二十多年，自從你父親去參戰之後，劉水就一直悄悄地陪伴著我，普桑子，如今他已年老多病，我便將他接回了自己家中，普桑子，你同意母親這樣做嗎？」普桑子早已經接受母親的這一切，事實上，在普桑子的記憶中從來就沒有父親的概念，對，從來沒有過，不管父親是去參戰也好，或者在戰爭中遇難也好，她生活中從來就沒有父親的影子，從來沒有過，甚至從來沒有在她想像中出現過。所以，劉水的存在是一種必然的事情，普桑子想起母親在過去的日子裡曾經有過不歸家的時候，她現在明白了，母親有自己的生活，劉水的存在使母親從來就保持著生活的信念。所以，母親下樓之後，她對自己說：就讓劉水永遠與母親住在一起吧。

郝仁醫生

郝仁醫生這個名字在普桑子從吳港回來之後變得重要了，因為他已經與普桑子生命中承受的那個嬰兒聯繫在一起。普桑子決定去會見郝仁醫生之前已經作好了充分的準備，她已經決定與郝仁醫生生活在一起，為了那個孩子她決定不再迴避或轉移自己的注意力。

然而，奔向那座診所的路似乎難而又難，她還是決定晚上再去找郝仁醫生，她手裡握住郝仁醫生交給她的那把鑰匙，時光已經流逝，使酷熱和夜晚的寒冷都已經流逝過去，不管怎樣，她手裡仍握住打開郝仁醫生家裡的鑰匙，她可以用這把鑰匙穿進幽深的孔道裡去，然後走進屋，她現在再也無法抹去那個夜晚，從那天晚上開始她的血液中就流動著郝仁醫生的血液。普桑子坐在屋裡，她一直等待著天黑下去，那時候再也沒有一個人會看見她，她對別人的目光仍心存畏懼，她雖然已經在母親身邊減少了自己的那種罪惡感，但她此刻就像站在一片山頂上，她彷彿看到了自己的影子在剝蝕的牆壁上行走，她形單影隻，在雜草叢中的斷壁殘垣中孤獨地隨著那個委身於郝仁醫生之後所帶來的陰影與生命。

天已經完全黑下去了，這是普桑子從吳港歸來之後迎來的第一個夜晚，她慢慢地下了樓，她走路的腳步聲很輕，像踩著風，連她母親也沒有發現她出了門，但她已經在路上了，一座城的黑暗向她湧來，在隱隱約約中，她看到一個女人手牽著鏈條，而鏈條繫住的卻是一條蹦跳的狗，普桑子覺得這個人有些面熟，她那柔和的線條和精心燙做的頭髮披在肩上，這個人不是別人，她就是燕飛瓊，普桑子曾與郝仁醫生在舞廳碰到過她，後來，燕飛瓊曾與普桑子有過一場小聚，普桑子記得很清楚，燕飛瓊想找一個忠厚老實的男人做丈夫。燕飛瓊牽著鏈條從她身邊過去了，從她身上散發出一種味道，普桑子覺得這味道很特別，好像是一朵玫瑰浸在乙醚之中，但當這朵玫瑰從乙醚中出來時，玫瑰的味道已經淡了，為什麼是乙醚呢？也許燕飛瓊剛從醫院回來呢？普桑子對於乙醚味的了解純粹是從郝仁醫生的診所和郝仁醫生的身上感受到的，即使走到這座城的外面去，普桑子也能在空氣中找到郝仁醫生身上的乙醚味。而此刻，她將前往，她將投入到郝仁醫生身上的乙醚味之中去，她又將手裡的鑰匙舉起來看了看，她變得有些神經質，她虛幻地驗證到了一種證據：當初郝仁醫生將鑰匙放在她手中時就是為了她有一天失蹤了又回來，其鑰匙的價值體現在它打開門的過程之中，其鑰匙的另一種特殊價值體現在掌握鑰匙的人手中，每一枚鑰匙都有所區別，除了普桑子之外，別人不會有這把鑰匙。當她將手中的鑰匙放低，藏在自己的手掌心中時，她第一次像是沉在海底的水草之中，只有這把鑰匙可以讓她把懸掛在空中的身體拉上岸來。

郝仁醫生的住宅現在意味著普桑子的家，郝仁醫生的住宅意味著普桑子將把自己和另一個還沒出生的孩子從很遠的地方帶回家去，郝仁醫生的住宅意味著漂泊、疲憊的普桑子現在將回到家中去。

儘管房間裡有燈光，但她還是沒有敲門，她想讓郝仁醫生大吃一驚，她想用那把鑰匙打開門，她想用鑰匙證明她已經回來了，她將答應郝仁醫生的求婚，她將告訴郝仁醫生，她委身他的那個夜晚給了他們一個孩子。她就是這樣用鑰匙穿行了半年多來可怕的孤獨，她確實將那道門打開了並關上了門。她看到了郝仁醫生的背影，他坐在書桌前，他好像叫了一聲，好像是叫出了一個人的名字，但並不是普桑子的名字，普桑子沒有聽清那個名字，她沉默地站在郝仁醫生的身後，她希望郝仁醫生轉過身來，而就在這時，就在這種可怕的等待之中，普桑子突然聽到了一陣鏈條的響動，緊接著是一隻狗發出的聲音，還沒等她在這種令人心煩意亂的、累贅的、孤寂難耐的聲音中平息下來，她身後的那道門突然被打開了，她回過頭去，一根環形的鏈條和一隻狗在響動，從燈光下看上去普桑子看到了燕飛瓊的腳，那雙纖長的白色皮鞋正穿插在鏈條和狗的陰影之中，燕飛瓊也驚訝地看著她，她就在這時叫出了普桑子的名字，她的叫聲使郝仁醫生站了起來並面對著她們。燕飛瓊顯然不知道普桑子與郝仁醫生的關係，她以為普桑子出現在郝仁醫生的住宅是為了來治病，讓燕飛瓊驚訝和高興的是普桑子回來了。

普桑子是回來了，當燕飛瓊像一個女主人那樣給普桑子沏茶時，普桑子感到在她消失的這半年時間裡，郝仁醫生的生活已經發生了變化。普桑子坐在燕飛瓊身邊，如果沒有燕飛瓊的熱情驅除她心底的驚恐，那麼她也許會昏厥或者會在這種蛻變之中無地自容，但是燕飛瓊坐在她身邊，燕飛瓊身上有一種令普桑子傷感而又無法理喻的熱情。郝仁醫生則一直沒有說話，普桑子的目光從來沒有與郝仁醫生的目光相遇過，她有充分的理由相信：燕飛瓊已經替代了她過去的位置，已經完全替代了她過去在郝仁醫生心目中的位置。

她已經變成一個孕婦，她還沒有來得及告訴郝仁醫生這一切，因為她根本沒有時間告訴他這一切，燕飛瓊就牽著小狗回來了。那隻小狗趴在普桑子的對面，小狗伸出舌頭用一種仁慈而活潑的目光看著普桑子。她聽從了現實的又一次安排，她站起來，郝仁醫生和燕飛瓊目送著她，在他們眼裡，她已經是一名孕婦，在郝仁醫生心目中，他似乎已經得到了解脫，他與燕飛瓊的關係因為普桑子的歸來並沒有受到打擾，因為普桑子已經變成一名孕婦。他們將普桑子送到樓下，普桑子便聽從了現實的安排，她現在已經感受到了郝仁醫生已經不再需要她，她挺立著腹部，孩子愈來愈大，而她終將暴露無餘，所以，普桑子現在需要的是一座扶手，樓梯般的扶手，她想回到自己的世界中去。普桑子就在那天晚上決定了永遠不把自己委身於郝仁醫生而懷孕的事實告訴任何一個人。

鏈條

普桑子回到家裡，母親正坐在院子裡等她。她沒有問普桑子到哪裡去了，待普桑子坐下以後，她用婉轉的聲音問普桑子半年時間在外的情況，普桑子談到了那座旅館，她的聲音有些沙啞，她把那座吳港的旅館形容成為一座自己的避風港，她似乎就在那座避風港裡用沙啞的聲音說話，但她知道母親的目的並不是這些，母親的指向很清楚，她關心的是普桑子的身孕，簡言之，普桑子是為什麼變成孕婦的，而孩子的父親是誰。普桑子已經沒有力氣回答母親的聲音，她拒絕著母親的目光，因為她現在就像攀登在石階的路上，但她的腳踝扭了一下，她能活下來沒有從石階上掉下去已經是一個奇蹟，所以，她對自己說：我永遠也不會將自己的秘密告訴母親。她說自己有些累，就上樓去了，但她知道母親的目光一直在盯著她的身體，她現在正開始上樓，她不能被絆住，不能被那根鏈條所絆住，她帶著扭傷的腳踝和破滅的夢已經回到了自己的房間裡。她坐在窗口，每當她被罩在一張網中時，她總是喜歡面對房間裡的窗口，但她在這黑暗中什麼也無法看見，她所看見的只是那根鏈條，燕飛瓊手中的鏈條。除此之外她什麼也看不見。就是燕飛瓊手中的那根鏈條使她的生活發生了變化，就是那根鏈條使她的耳朵越來越痛，她突然想用剪刀把那根鏈條剪斷，但那根鏈條卻堅硬無比，她感到自己和腹中的那個孩子正忍受著那根鏈條的響動，她伸出手去，她對那條鏈條下了定義，它是破壞她與郝仁之間的唯一的噩夢。是的，她開始仇恨那根鏈條，她開始仇恨那個牽著鏈條的女人。她對自己說：如果她堅持要用那根鏈條阻礙我，那我就去剪斷那根鏈條。她盯著漆黑夜空，她從來沒有仇恨過一種東西，但她現在發現自己開始在這個世界上仇恨一件東西了，一根鏈條，一個牽著鏈條的女人。

郝仁醫生的來訪

當普桑子正在惡夢中掙扎時，她聽到了母親的敲門聲，母親在門外輕聲告訴她：「普桑子，郝仁醫生在樓下等你。」普桑子耳朵的疼痛已經消失了，但她並沒有掙脫下那根鏈條，因為惡夢的過程就是她在那根鏈條中掙扎的過程。她躺在床上，母親叫醒她時，她睜開雙眼，外面的陽光已經從三層窗帘上射進屋來，這是春天的陽光。她縈繞著母親告訴她的主題，郝仁醫生在樓下等她，她想：郝仁醫生為什麼要在樓下等我呢？在惡夢中她並沒有夢見過郝仁醫生，她曾在吳港的旅館裡夢見過郝仁醫生，他好像在一個離岸很遠的地方。她翻過身來，她對那根鏈條的仇恨有增無減，現在，郝仁醫生就在樓下等待著她，她又開始翻身，然後起床。幾分鐘後她洗漱完畢出現在樓下的大廳裡，母親正陪同郝仁醫生在聊天，母親看見她來後說她要到首飾店去就走了。大廳裡現在只有普桑子和郝仁醫生，偶爾會從母親的房間裡傳來劉水的咳嗽聲。普桑子坦然地面對著郝仁醫生的目光，在郝仁醫生帶到大廳裡的乙醚味中，普桑子突然對郝仁醫生說：「再有幾個月我就會生下一個孩子來，你就是這個孩子的父親。」郝仁醫生並沒有驚訝，他說道：「普桑子，我知道，昨天晚上我就知道了，」「昨天晚上……」「當我看見你並知道你是用鑰匙打開門時，我就知道是怎麼一回事了。」「哦……」普桑子似乎已經忘記了自己的仇恨。

而在幾分鐘時那根鏈條仍折磨著她，使她充滿了仇恨。郝仁醫生說：「如果你願意的話，我們可以三個人一塊生活……」普桑子明白郝仁醫生所指的三個並不是包括那未出生的孩子，他是指普桑子、燕飛瓊和他自己。普桑子拒絕著這個她從未想過的世界，這個世界是她不能進入的世界，她怎麼可能與那個牽著鏈條的女人去占有同一個男人呢？那根鏈條像一條鏽跡斑斑的河流永遠使她無法跨進去。她孤傲地拒絕著，她覺得郝仁醫生迎接她的這個想法是如此地愚蠢，如此地怯懦，她無論如何也不會與那個牽著鏈條的女人去占有同一個男人。郝仁醫生低下頭的那一瞬間，普桑子想起了耿木秋和王品，僅僅是一瞬間，她對郝仁醫生的失望超出了她曾寄寓過的與郝仁醫生共同生活的願望。

虛構者說

女人天生就會拒絕別人，因為女人永遠置身在故事裡的一個又一個場景之中生活。普桑子在郝仁醫生向她求婚時，她用沉默拒絕著他，那是因為她並沒有愛上郝仁醫生，而當她奔向郝仁醫生時，郝仁醫生身邊已經有了一個拉著鏈條的女人，而就在此時她再次拒絕了那個讓她懷孕的男人。普桑子的自尊心使她拒絕著，從此以後，她將獨自承擔對那個孩子的期待。

普桑子從來沒有愛上過郝仁醫生，現在、將來也將不會愛上郝仁醫生，她有一種與眾不同的自尊心和孤傲，她告訴郝仁醫生：「你走吧！我不會再去打擾你，別把我與你的事告訴任何別人……」郝仁醫生問普桑子恨不恨他，普桑子仰起頭來沒有回答郝仁醫生，她並不恨他，也不愛他，她恨的只是那根鏽跡斑斑的鏈條。於是，郝仁醫生便走了，普桑子在身後目視著他的離去。

每每想到那根鏈條和那個女人陪伴著他，普桑子就感到一種悲哀的空洞——她在這積鬱的悲哀中抬起頭來，她看到了那隻鸚鵡，她對鸚鵡說：「你知道那個拉著鏈條的女人是誰嗎？」鸚鵡蹦跳著把她的話重複了一遍。普桑子閉上雙眼，在這個上午，空氣中有一種鸚鵡身上的氣味，那些綠藍綠藍的羽毛也會有一種奇怪的味道。普桑子撫著自己的臀部和腹部，她又一次在種種的焦慮中抬起頭來，她看到一個人從母親的那間臥室出來了，他就是劉水。

關於劉水

普桑子並不是第一次看見過劉水，在她逝去的記憶中，從母親臥室出來的那個男人曾經有過某種不同尋常的東西，好像在她童年時，這個叫劉水的男人就曾陪著她和母親去過一次公園。當然，母親從未告訴過普桑子他的名字，普桑子長大以後，她就看不到劉水了，如果按照普桑子母親告訴過她的話，劉水一直在陪著她母親的話，那麼，三十多年來，也許是二十多年來，母親和劉水一直在悄悄地約會。現在的劉水看上去已經很蒼老，他披著一件單衣第一次出現在普桑子身邊，普桑子很有禮貌地向他點點頭，她尊重母親的生活選擇，所以，她除了尊重劉水之外就是迫使自己不要去打擾他與母親的生活。劉水看上去一定在生一場重病，母親把他接到家裡來就是為了親自照顧他。

孕婦普桑子

一個孕婦生活在陽光與陰影之中，猶如生活在一種語言之下，她有生以來，第一次體會到了一個嬰兒在她體內輕柔的蠕動，她的身體像搖籃一樣經歷著一種顫動的、錯綜複雜的音樂。普桑子生活在家中，自從嬰兒進入到八個月後，她就再也不出門了，母親協助她做好了一切準備，一只櫃子裡裝滿了小嬰兒出生的衣服，她和母親都在等待那個嬰兒的出生，普桑子還為這個孩子起了一個名字：阿樂。這個名字沒有任何象徵意義，但有一點是普桑子所期待的，她希望生出來的這個孩子像快樂一樣長久縈繞著她。

因此，四月末底的一個傍晚，普桑子閉上雙眼，接生婆大聲對她說：「普桑子，要挺住，孩子的頭已經出來了，普桑子，你要挺住……」普桑子的雙手抓住母親繫在木床上的兩根帶子，她拼命地掙扎，後來她感到子宮裡空了，什麼也沒有了，接生婆告訴她，孩子出來了，是一個女孩。普桑子手中的那兩根帶子從她手中滑落，她重新閉上雙眼，她的子宮除了有一種懸空的感覺之外就是有一種痙攣，她熱切的睜開雙眼，女孩，女孩，接生婆告訴她，她生下了一個女孩，一個像她的肉身一樣的女孩。她側過身，她被那女孩的第一聲哭聲籠罩著，她感到奇怪，所有的孩子生下來發出的第一種聲音竟然是哭聲，她不明白她的小女孩阿樂為什麼要哭呢？她的靈魂俯向那個女孩，她給了郝仁醫生一個夜晚，而他給了她一個女孩，她的靈魂想飛，但她覺得身體很累，怎麼也無法飛起來。她的乳房開始膨脹，很快她看到乳房流出了第一滴乳汁，是一滴純白色的乳汁，她有一瞬間忘記了阿樂的存在，她在白天和夜裡的無數的靈魂沒有飛翔起來的時刻，一動不動地看著自己的乳房裡流出來的乳汁，直到母親抱起阿樂，把那個女孩遞給她，當她第一次將自己的乳頭放進阿樂的嘴裡時，吮吸聲使她驚叫了一聲，母親對她說，你以後就會習慣阿樂用嘴咬你的乳頭，普桑子恐怖地問母親阿樂長出牙齒後是不是就會咬乳房，母親笑而不答。而吮吸聲愈來愈揪扯著普桑子的靈魂，她覺得自己想飛的靈魂已經開始下降。從此以後，小阿樂使她心無旁騖地生活著，郝仁醫生曾來過普桑子家裡，普桑子的母親將小阿樂從樓上抱下去，讓郝仁醫生看了看，普桑子很奇怪，自己並沒有把郝仁醫生和自己的事告訴過母親，但母親卻有一種天生的判斷力，她知道郝仁醫生是小阿樂的父親。

變化之一

小阿樂出生以後，普桑子的精神面貌發生了巨大的變化，小阿樂每天晚上睡在普桑子懷抱，當普桑子嘴裡哼著催眠曲將小阿樂哄睡著之後，她自己也不知不覺進入了睡眠之中，她十多年來從來沒有這樣安恬地入睡過，從來沒有享受過睡眠給她帶來的另一種和諧美妙的夢中世界。就是在這個世界裡，她似乎忘記了蝴蝶、鏈條、吳港的旅館以及戰爭中那些殘酷的現象。做了母親的普桑子現在懷中相擁著一個女孩，她微笑著，抱著這女孩從樓上來到樓下，她的微笑和舉動說明她是一個沉浸在母愛之中的女人。她緊緊懷抱著阿樂，有了這個會吮吸她乳房的孩子，她還會害怕什麼呢？

半　夜

母親的敲門聲一陣比一陣急促，普桑子在黑暗中把阿樂輕輕放在枕頭上，她打開門，母親把她拉到樓道上，母親在黑暗中看上去只是一道黑色的影子，她輕聲說：「普桑子，劉水死了，就在幾分鐘前劉水死了。」普桑子的身體就像過去一樣抽搐著，她伸出手去在黑暗中抓住母親的手，她覺得母親的手並不像她告訴她的消息一樣冰冷，母親的手是灼熱的，這是一種異常的灼熱，母親正在發高燒，劉水的死讓母親開始全身發燒。普桑子拉上門，陪同母親來到樓下，她有一種緊張感，她不能讓小阿樂感受到家裡這種恐怖的氣氛，她深信阿樂會睡到天亮，在那間安靜的屋裡，阿樂一定會睡到天亮。所以，她可以陪同母親到樓下去，到母親的臥室中去。然而，她沒有看到劉水，母親已經用一塊白布蓋住了死者的身體。母親對普桑子說：「他死的時候什麼話也沒有說，他死得太平靜。」普桑子陪同母親守靈，她們要守住死者的靈魂，普桑子問母親：「你相信他會升天嗎？」母親說劉水已經升了天，我們守住的只是他的軀殼而已。普桑子盯著那塊布，想著母親告訴她的話。她顫慄著，在顫慄中陪同母親守靈，照母親的話說，死者雖然已經升了天，但死者有軀體仍在人間，在這樣的情況下，軀體永遠與塵埃、風和水、人的記憶有著聯繫。普桑子發現那塊布上已經有一縷光線，她將頭抬起來，天已經亮了，她要幫助母親到棺材廠去買一口棺材。

棺材

普桑子並不懼怕棺材，因為她見過棺材，在吳港，她曾經同王品、雯露一塊去棺材廠，當她看到王品鑽進林立的棺材中去時，她當時並沒有害怕，她現在回憶起來自己為什麼不懼怕棺材，也許是她見過死者，也許普桑子見過的死者加起來比一座棺材廠的棺材還要多，所以，她雖然顫抖著，但她卻有勇氣替母親奔往一座棺材廠，而就在這時當她出門時她想起了樓上的小阿樂，小阿樂應該到了醒來的時候，她有一種擔憂，小阿樂的身體太脆弱，不應該讓她呆在樓上，她應該把阿樂抱出去，在埋葬死者的這段時間裡，她不想讓小阿樂嗅到死者彌漫下來的氣息。她唯一想到的是郝仁醫生，在這座城市，沒有第二個人出現在普桑子的選擇之中，她回到了樓上，小阿樂剛醒來，她睜著眼睛，咬著自己的小指頭。

把小阿樂放進襁褓之中去再把她抱到樓下，普桑子第一次將小阿樂抱到門外去，她頭一次讓小阿樂睜開雙眼看到了外面的世界，風兒在吹，微風輕輕地吹在小阿樂臉上，在過去的幾年裡，普桑子從未想到自己會充滿勇氣抱著自己的孩子，在沒有婚俗生活的世界中向世人宣布：這是我的女兒小阿樂。如今，普桑子卻有些激動，她一邊走一邊看著小阿樂的臉，她有一種預感小阿樂長大以後肯定會變成一個美人。而現在，她要將小阿樂寄放到她父親那裡去，普桑子想起郝仁醫生鏡片後面的那雙眼睛，在普桑子心目中那雙眼睛永遠在探測這個世界的深不可測的蒼白的東西，而阿樂的出現對於他來說是一種新的標誌，一種回憶，一種性的象徵性的世界。

郝仁醫生獨自坐在診所裡，他像往常一樣翻指著一本書，他的診所裡沒有一個病人，只有乙醚的氣味像空氣般在流散。

郝仁醫生從普桑子手裡接過小阿樂時低下頭親了親小阿樂的臉頰。普桑子看到這種情形便看到了血緣之間的那種牽連。她對郝仁醫生說：「我要到棺材廠去為母親訂做棺材，所以，小阿樂只好放在你診所，晚上我會來接小阿樂的。」郝仁醫生說：「誰死了？普桑子？」「是我母親的情人。」普桑子回答得很清楚，她不想掩飾這種真實，因為死者與母親的關係確實是情人與情人之間的關係。

現在，她可以放心地去棺材廠了，她將為母親的情人去買一副棺材。她將像王品一樣毫無畏懼地鑽進棺材之中去。對，她來到了西郊，棺材廠的位置似乎大多都面向西郊，她走進西郊的棺材廠，她開始想母親的情人的身高。爾後，世界上的葬禮永遠都是一致的，活人將死人送到同一個方向，送到死者的升天的方向去，普桑子陪伴著母親，就是在去葬禮的路上，普桑子突然發現母親已經蒼老了。母親的蒼老在於她的步履，她在路上的蹣跚步履說明母親開始疲倦了，母親身上的無窮的意志力在過去很長時間曾是持久而頑強的，如今她已疲倦，她的一個故事完成了。

嘴唇

母親和普桑子的嘴唇都緊閉著，普桑子認為母親會在墓地上啜泣，但她連一點啜泣聲也沒有聽見，她那張封閉著的沉默的嘴拒絕對外傾訴任何內心的秘密，而秘密卻在墓地上攀援，蛻變為棺材及塵埃。普桑子看著母親緊閉的嘴唇，她自己也是這樣，無時無刻都在保持著沉默，她不想張開嘴唇啜泣，也不想張開嘴唇申訴，她只想活著，從來也不想尋找活著的更明確的意義，只允許自己活著，從不想去用肢解的方式在散發著陽光、屍骸的墓地上對死者說你去的地方也是我最想去的地方。因而，母親的嘴唇沒有在棺材放進泥土的那一瞬間發出啜泣聲，這就意味著她永遠也不會發出啜泣。墓地面臨著海，墓碑穿行在無邊無際的石灰岩之中，所以，在這樣的地方深睡百年是一種死者的幸福。

嘴唇是沉默的，但院子裡那隻鸚鵡的嘴卻不會沉默，母女倆剛進屋，鸚鵡就嚷著說：「你們可回來了，你們可回來了。」

虛構者說

昨天晚上我開始閱讀羅歇・格勒尼埃寫的《陽光與陰影》，這是一本阿爾貝・加繆的傳記。他寫道：我曾試圖緊隨加繆。他一生中所寫的作品當然僅是他自身的一部分。在私生活方面我只是講了為理解作品所必需的內容。然而，一個作家所擁有的最屬於自己的東西不正是他的作品嗎？正是那時他寫出自己與眾不同之處，拋棄他那個家庭的和社會的「我」，讓更深刻的「我」出來說話。

他寫道：當我們這樣瀏覽他的全部作品時，禁不住會想到那個一切突然停止的日子。我會身不由己地去計算所剩下的時間和作品數量。我越接近本書的結尾部分，就越擔心這一天的來臨——突然，我獲悉我友人的噩耗。

他寫道：一九六〇年一月四日，一條電訊稿出現在各家報紙的電傳打字機上：「今天，加繆在桑斯附近遇車禍身亡。」事故發生在十四時前幾分鐘，在離維勒納夫・拉古依阿不遠的小維勒布勒時。米歇爾・伽利瑪同雅妮娜和阿納・伽利碼一起從南方回來，他順路在盧林叫加繆一起上車，米歇爾也在車禍中喪生，那輛法塞爾・維加撞得粉碎。

加繆是我最喜歡的作家之一，他對悲劇的敘述才能使我震驚，在很多年前，他的敘述就在我的寫作和閱讀生涯中傳播出某種震撼人心的力量，羅歇・格勒尼埃說他曾試圖緊隨加繆，我也是這樣，對那個「極端虛無主義者，最安靜的絕望者，倘若他不認為在文字之上還有某種東西——沉默，那麼他就會對把文字置於至高無上的地位的人充滿著敬仰」。

當我寫著普桑子時，我就會想起加繆的敘述，我並不是想效仿他傑出的敘述方式，我只是想到了敘述一種悲劇時，作者本身已經與悲劇相溶在一起，這顯然是一種最古老的話題，我決不想就這話題討論下去。最為重要的仍是在這悲劇中敘述者要為文字本身承擔一種荒謬而真實的勇氣。

普桑子的母親

喪事已經完畢，普桑子的母親現在承擔了哺養阿樂的全部責任，她曾對普桑子說：「我現在已經平靜了，普桑子，把阿樂交給我帶領吧！」她的意思是暗示普桑子，你可以去做另外的事情。你還如此年輕，普桑子知道母親的意思，從此以後，阿樂只是在晚上時睡在普桑子身邊，白天都是由阿樂的外婆帶領。普桑子的母親已經忘記了籠罩在她眼前的死亡，但普桑子知道，母親並沒有停止等待，她的等待仍在繼續下去，因為普桑子的父親還沒有回來。這就意味著戰爭在繼續。有了母親帶領小阿樂，普桑子就有了更多的時間，她開始接替母親去經營那家首飾店。

蝴　蝶

普桑子那間掛滿蝴蝶標本的房間被她用一把大鎖鎖了起來，而它從前曾是敞開的，就像一座悠久的博物館一樣敞開著。普桑子自從生下小阿樂以後就上了鎖，她當時並沒有想更多的東西，但她真正的意思是想讓那些蝴蝶標本成為過去時光中的一部分，成為悠久的記憶中的一種標誌。她的確想永遠保存那些蝴蝶，所以她把蝴蝶標本鎖了起來，這並不意味著她會讓小阿樂占據她的靈魂，把她身上的另一種東西除掉。

在接下來的生活中，普桑子不是也把小阿樂，自己的心肝和肉交給母親了嗎？當母親從她懷抱中把小阿樂抱過去時，她的懷抱頓時空了，但她必須這樣，在短短的一會兒，她鬆開雙臂，她將要替代母親去管理一間店鋪，從此以後，她把蝴蝶標本鎖了起來，並把小阿樂交給母親，在這個世界上她只能這樣去做。她已經有了孩子，當她成為一個母親時，她就再也沒有時間坐在那間掛滿蝴蝶標本的房間裡與蝴蝶共度時光了。阿樂的出現使她感到意外，因為她再不需要坐在郝仁醫生的診所裡請郝仁醫生治癒自己身上潛伏著的精神病了，阿樂的出現使她有了一種責任，這種責任從普桑子的母親身上可以體現出來，那是一種信念，每一種責任都是一種信念，普桑子延續了母親的信念。尋找一種寧靜的世界讓小阿樂長大成人。這幾乎是每個人的信念，在這個世界上有寧靜的世界嗎？普桑子心目中幻想的那個世界展現為一隻蝴蝶，一隻還沒死去的蝴蝶，並且永遠不會變為標本的蝴蝶，其過程在綠葉和空氣之中飛翔，每當想到這樣的世界，她除了想到南方和她的初戀之外，更多的是沉溺，她在這樣一個世界中沉溺著，並充滿了勇氣，有了這樣的世界存在，她真的不再需要去郝仁醫生的診所了。

母親的店鋪

母親的店鋪在市中心，在店鋪周圍不管是白天和黑夜總是燈光燦爛。開初的時候，普桑子並不習慣在這樣的環境中生活，也許她對金錢的疏遠是一個重要障礙，當她置身在店鋪林立的燈光中時，有好長時間她害怕看見古老的中國算盤上的數字，但到處都是算盤的聲音，這件神秘的事情被母親解釋為金、木、水、火、土。慢慢地，普桑子終於能夠坐在店鋪裡消磨時光了。她在店鋪裡迎來的一個熟悉的人就是燕飛瓊，她仍然牽著那根鏈條，鏈條則牽著一金黃色小狗，她進首飾店時並沒有看到普桑子，但普桑子看到了她。燕飛瓊走近櫃臺指著一枚戒指問價時，她的目光與普桑子的目光相遇了，燕飛瓊大聲叫出了普桑子的名字，普桑子點點頭，奇怪，時間過得並不長久，而在一段時間裡，普桑子每每想到燕飛瓊手中的那根鏈條就會發抖，而現在她對那根鏈條的仇恨竟然溶解得如此之快，她把櫃裡的那枚戒子取出來遞給燕飛瓊，燕飛瓊說郝仁醫生在對面看房子，他想把診所搬到市中心來。普桑子哦了一聲，盯著燕飛瓊那雙尖尖的皮鞋，燕飛瓊主動告訴普桑子，自從與郝仁醫生在一起後，郝仁醫生就不讓她到歌廳去唱歌了。燕飛瓊一邊說一邊從錢夾子裡取出幾張錢遞給普桑子，買下了那枚她喜歡的戒指。她將戒指收起來，並沒有馬上戴到手指上，她轉過身對普桑子說：「我很羨慕你，我想生一個孩子，但我已經沒有了生育孩子的能力。」普桑子聽後吃了一驚，她抬起頭來，她看到了郝仁醫生的身影，他就在街對面，他大約是在與店主商談，從陽光下看出去，郝仁醫生的目光有些迫不急待，燕飛瓊說：「你看見郝仁醫生了嗎？看他那個勁兒，彷彿想把診所馬上遷來。」

郝仁醫生的診所

燕飛瓊說得很對，第二天，普桑子就看到了郝仁醫生帶著他的診所正在遷移。

雨下過不停，但是在郝仁醫生的帶領下，幾名搬工正順從郝仁醫生的手勢，將診所裡的藥具等東西遷移到普桑子對面的店鋪中，普桑子能夠清晰地看到郝仁醫生的側影或背影，普桑子坐在自己的店鋪中看著郝仁醫生，他最初還撐著那把黑布雨傘，最後便把那把雨傘拋開了，黑布雨傘撐開著拋在店鋪門口，在雨中就像一朵盛開的碩大無比的黑色蘑菇。普桑子不明白郝仁醫生為什麼要遷移到對面，她有些質疑，更有些對夢境和未來的憂慮也在郝仁醫生診所的遷移過程中隱隱約約地產生了。細雨下過不停，普桑子看著郝仁醫生的身影，這個人的存在是永遠的，因為他永遠是小阿樂的父親，也許普桑子的憂慮就來源於這一切。她只希望這種存在除了是一種隱秘的歷史之外再也不要在生活中有節外生枝的現實發生了。雨下過不停，她看到了郝仁醫生正在過馬路，幾個小時已經過去了，郝仁醫生的診所已經遷移完畢。普桑子看到郝仁過馬路時有些發怵，她知道郝仁醫生已經從街那面走過來了，她越來越發怵地盯著水洼，她看到了郝仁醫生的棕色皮鞋在水洼中行走。

他站在普桑子的店鋪門口，他全身濕淋淋的，他是來借一把錘子，普桑子把錘子遞給他，郝仁醫生拿著錐子不露聲色地走了。普桑子吁了一口氣，她終於沒有聽見郝仁醫生的表達，雖然她懼怕那樣的表達，但是她仍然等待著。郝仁醫生過了一會兒就來了，他說已經將診所的門牌釘在牆壁上了，這是郝仁醫生告訴普桑子的第一句話。雨一直下過不停，郝仁醫生說從此以後他就可以每天看到普桑子了。這是他表達的第二句話。她和他的眼睛互相交織在一起，但很短暫的兩人又把目光轉向別處，普桑子沒有說一句話，她慢慢地發現，自己並沒有什麼話要告訴郝仁醫生，她真的不想對他說什麼話，他只是小阿樂的父親而已，於是，她平靜地目送著郝仁醫生又回到他對面的診所中去了。那些恍惚的幻覺早已過去，普桑子終於敢正視自己與郝仁醫生的關係了。也許是普桑子在這種自我協調中得到了某種安慰，她開始不再對郝仁醫生生活的蛻變充滿怨恨了。

陶章從礦山回來了

有一天，一輛人力車停在普桑子店門口，從人力車上下來的是陶章，普桑子差點認不出他來了，陶章穿著一身西裝，他的腿已裝上了假肢。

陶章的精神面貌顯然發生了重大的變化，這可以從他那雙有神的雙眼中體現出來。陶章坐下不久就告訴普桑子，他是從礦山回來的，他這次回來是來接普桑子到礦山去。普桑子想起了陶章過去曾告訴過她，他先到礦山去，事情好起來後他就會來接普桑子，他果然來了，他站在普桑子身後，現在他已經不再是讓普桑子滋生同情心的那個男人了，戰爭毀去了他的一支腿曾經使他變得頹喪，但他已經從戰爭的陰影中逃出來了。普桑子曾經想過陶章如果喪失了某種希望，那麼他的心靈將像那些南方的候鳥一樣，也許會飛，會叫，或者垂死。但他現在仍然像那些南方的候鳥一樣會飛，會叫，但並沒有垂死，這是讓她欣慰的東西，她沒有答應他，也沒有否定，陶章告訴她，可以讓普桑子好好考慮，等她考慮好了，他再帶她到礦山去，他說完便走了，他說他要回過去住的老房子裡去，明天他又來看普桑子。他的假肢和那支留下來的腿移動在纏綿的細雨之中，普桑子看著他留下來的那塊礦石，普桑子知道是那座礦山上蘊含著的大自然的奧秘使頹廢萬分的陶章找到了生命的另一種跡象，是礦山中的礦石使他帶著自己的假肢和另一條腿充滿希望地活在這個世界上。因而，他才從礦山來接普桑子，從他的目光中，普桑子已經感受到陶章對自己的期待，他的表達也許是笨拙的，就像他的礦山一樣隱含著豐富的礦石，而外面卻是質樸。但普桑子明白自己不會跟隨他到礦山去，因為普桑子離不開小阿樂和母親，而且她離不開母親交給她的這座店鋪。如果沒有小阿樂，她也許會跟隨陶章到礦山去，也許，但這僅僅是也許。

虛構者說

選擇，這是普桑子面臨的又一次選擇，但她在這個特殊時期中顯然不能與陶章到礦山去。礦山是虛構中遠方的一座遲遲未出現的地點，普桑子需要睡眠，需要阿樂，需要母親，需要礦山，需要看到郝仁醫生的診所，也需要回憶那些成為標本的南方蝴蝶。她在戰爭中等待，她在城中等待，她在自己的角落中等待，她在選擇中等待。人是在等待中發現有死亡存在的；她驚醒逝去的生活是如此之快，轉眼之間她已經是母親，轉眼之間她已經能夠用自己的身體承受戰爭的恐怖和死亡的事實，轉眼之間她已經慢慢撫摸到別人的屍骨化成的塵埃，而此刻，她用手抓住那塊礦石，她喜歡這塊山上的礦石，但她卻不能到礦山去。當她突然意識到這一切時，她意識到自由已經沒有了，她再也不可能拎著一只箱子前往一座旅館，她再也不可能遁逃出發。她沉默地抬起頭來，郝仁醫生的診所就在街對面，那是一座隔街相望的診所，很顯然，郝仁醫生是離她已經愈來愈近了，但這只是給普桑子帶來了更多的憂慮，她需要郝仁醫生，但那個帶鏈條的女人阻止了她的這種需要。

她吃驚地發現，她是如此地迷惑，如此地在困惑與不解中無法找到條更好的路，這就是她手足無措的原因，她雖然替代了母親，但她似乎仍然是那個尋找蝴蝶的女子，她無法透過氣來，因為她在此時此刻除了面對自己的店鋪之外，她還得時時地留心對面那座診所，她把手伸在空虛的陽光下面……

郝仁醫生就在陽光下看著她

郝仁醫生就在陽光下面看著她，他是來還她錘子的，事實上已經過去好多天了，他才將借去的錘子重新送回來。郝仁醫生說：普桑子，這兩天我的病人很多，看來，我是對的。普桑子哦了一聲，郝仁醫生說：阿樂好嗎？普桑子盯著他的眼睛，想把他眼裡的游絲蕩開，她想看到郝仁醫生最無力表達的另一面，她想看到他面對事實時無能為力的那種感覺，但她失望了，郝仁醫生並沒有像她想像地那樣顯得軟弱無力，他輕聲說：普桑子，今天晚上你可以到我家裡去一趟嗎？普桑子再次盯著他的眼睛，她確實想在他眼裡的游絲中找到一種可以肯定的東西，他補充道：今天晚上我一個人在家，燕飛瓊到她表姐家去了，要去半個多月。他說完便走了，他把他獨自一人在家的事實告訴了普桑子，這便是他在陽光下走向她的原因。普桑子在陽光下看著他的背影，她的胸脯微微地起伏著，這是她視線中的一個男人留下的背影，這是她生活在此地的誘惑之一，她並沒有拒絕他的勇氣，儘管她對他深深失望，但她卻沒有一點力量用來拒絕他的邀請，她站在陽光下面，她已經將他的身影送到街對面的那家診所，她已經忘記或者忽視了燕飛瓊的存在，在接下來的日子裡，普桑子沉浸在他對她的誘惑之中，她從最初就已經陷入了這種誘惑，所以，一旦他召喚她，她就會不顧一切地像穿過積雪，穿透空曠的欄杆來到她嚮往的那個地方，那是性，還是什麼，就像穿透了溶解的積雪一樣。

那是性的回憶，在她遁逃之前，她曾經在郝仁醫生那裡感受過性的吸引力，就像她的裏在旗袍中的袜子和手臂突然膨脹起來了……然而，後來她就逃走了，她有一種逃走的本領，在她逃走時，她顯然是懼怕性的誘惑，那時候的普桑子除面對蝴蝶之外還沒有面對過生活中其他東西，懷孕使她變成了另外一個女人，生孩子又再次使她變成了另外一個女人……她在不斷地變化之中又回到了原地，她曾經想過，如果她當初在那座吳港的旅館沒有拒絕王品，那麼她的生活道路就將通向別處，而不是回到原地。然而，她為什麼把王品推給雯露呢？她也說不清楚是為了什麼？其實，王品給她留下了很深刻的印象。但那一切都早已過去了，王品已經帶著雯露遠走高飛了，也許這一生，他們之間再也不會晤面了。

只有那座診所存在於她的視野之中，只有郝仁醫生的氣息離她最近，普桑子返回店鋪，她始終是迷惑的，但至始至終她又在這期待著什麼，也許她是女人，她伸出手去，她期待著甘露般的東西，在她的身體沒有乾枯之前，她一直就像別的女人那樣期待著。

身體開始期待著某種東西，期待著溫暖的擁抱，而在這座城市，似乎只有郝仁醫生才能擁抱她，她又一次強烈地感受到了郝仁醫生的存在，又一次強烈地感受到了她想捲進那種新奇而奇特的東西之中去，所以，她坐在店鋪裡，那天下午的客人並不多，她在四點半鐘關了店鋪，她期待著投入到一個場景之中去，好像是正在溶化的雪流出來，她期待著身體像雪一樣開始滑落，開始解體，離開了原來的那個自我，就像離開了暗色的像棕色石頭壘建的房子。她真的期待著一個男人給予她的那種溫暖，她回憶著，但她已經記不清楚溫暖到底是從哪裡來的，那個被紅色葡萄酒所彌漫的夜晚似乎已經變得遙遠了，也許變得像偶然性記憶一樣遙遠了，她也記不清楚郝仁醫生給予她的性，很長時間以來，她一直想沉浸在那性的回憶中，但是，晃動在眼前的只有紅色的葡萄酒……酒味像皮膚、肌肉、色彩、姿勢中的某種東西。

性幻想

普桑子陪同母親和小阿樂吃完了晚飯後就獨自上樓去了，在面對著餐桌時，她幾乎沒有多少胃口，但她仍然不斷地用筷子夾菜，她知道母親一向是敏感的，她不想讓母親感受到她期待著什麼東西，所以，她盯著盤中的土豆和魚香肉絲，但她並沒有感受到食物的香氣。像往常一樣她將小阿樂從母親懷抱接了過來，她掀開內衣，她的乳房很膨脹，小阿樂吮吸著白色的乳汁，最後含著乳頭睡著了，跟往常一樣，她將小阿樂又交給了母親。

她回到了樓上，黃昏像一層金粉灑在窗外，樹枝和光線開始變成金粉色。普桑子將衣櫃拉開，她將那件乳白色的旗袍又從衣架上取了下來，脫衣服的那一瞬間，她一直面對著鏡子，直到最後一件衣服滑下，她在鏡子中看見了自己的裸體，她的乳房不再像從前那樣尖而挺立，由於哺乳的原因，乳房就像兩個球，兩個膨脹的，鼓足了氣的球，除了乳房變化之外，她的身體仍然是苗條的，所以，她穿上那件乳白色的旗袍時，旗袍並沒有顯小。她站在鏡子裡，她的身材修長，雙肩滑潤，她輕輕收腹，雙乳像兩個圓球……她看著自己的身體，並引導自己的身體向著她所期待的生活出發，她引導自己的身體沿時間而下，到達郝仁醫生的家裡，它將順從於那不確定的美麗的性呼吸，在那呼吸之下一切都是不確定的。

普桑子開始下樓時，她把腳步放輕，她除了化妝之外，她還把自己的身體隱藏在夜色中，她覺得郝仁醫生的家對於她來說愈隱蔽愈好，尤其是對於母親來說，郝仁醫生的家應該是不存在的，因為普桑子不想將那樣不確定的關係告訴母親。

她的腳步放得很慢，愈是放得很慢，她就心跳不已，她希望、她期待、她神秘地屏住呼吸，踩著樓梯，她像一隻性感的在夜色中小心翼翼地奔跑的貓的影子。她終於沒有讓那隻總是發出聲音的院子裡的鸚鵡再發出聲音來，那隻鸚鵡敏感而機智，它總是能準確地捕捉到各種聲音，然後便不顧白晝還是黑夜地讓自己嘰嘰喳喳的聲音充斥整個院子，普桑子下樓時連呼吸也屏住了，她要衝破最後一道防線，所以她必須不發出任何聲音來，所以她必須繞開鸚鵡的視線，她鑽進了早已升起的夜色，她來到了圍牆邊，她還是第一次攀越牆壁，幸好她們家的圍牆很矮，用不了多少力量，她就已經像一隻貓一樣穿越了牆壁。

當她站在圍牆下面時她感到自己已經離郝仁醫生很近了。

普桑子的肉體在奔跑，這有點像一些固定了形式的寓言，實際上，不僅僅是普桑子的肉體在奔跑，那天晚上，所有男人女人都在奔跑，在一個充滿戰爭的年底，奔跑的速度就像風一樣快，就像折斷的風箏一樣虛弱。普桑子奔跑是因為前面有一種召喚，一個男人對一個女人的召喚可以讓她跑到戰爭的外面去。

所以，她現在感到了腳的自由和影子的自由，普桑子穿過了母親的視線，穿過了一隻鸚鵡的目光，穿過了四周的矮牆，所以她變得自由了。自由是一種瞬間的體驗，一個人如果總是處於自由之中，那麼他們就不會感受到自由的快樂，一個很少有自由又突然尋找到自由的人才能夠體會到自由是一種快樂，它會使腳尖變得輕盈起來，它會使你的身體穿行在空白的空間裡，普桑子此時此刻就是這樣，她在這座城市裡正在與奔跑的人們一塊奔跑著，她與別人奔跑的最大區別就是她感受到了自由的輕盈。

我坐在十一月底的屋子裡，這部小說由於各種各樣的原因被耽擱了好長時間，今天早晨我重新坐下來，重新進入普桑子的生活狀態中去。當一線陽光照在這些文字的鑲嵌中時，那個身穿白色旗袍的女子，她又穿越在我為她虛構的種種場景之中。

郝仁醫生對於普桑子來說是一個重要的人，也是她生活中一個十分重要的男人。所以，她必須與他發生故事，只有這樣，她的生活才能經過春夏秋冬的檢驗，只有這樣她的生活才像魔術師變幻而出的場景，這是讓死亡走開的生活，這是普桑子天性中一種熱情洋溢的生活，她奔跑在街上，穿著白色的旗袍，似乎穿過了一片秋天的葉子。

在夜色中，他們彼此需要著

普桑子感受到了郝仁醫生對她傾注的那種感情，她剛進門就被郝仁醫生緊緊擁抱住了。他們之間的擁抱幾乎可以讓對方窒息。普桑子一邊鑽進他的懷抱中一邊在朦朧的燈光下脫去白色旗袍，這是禁錮她身體的最後一件東西，她終於伸長了脖頸，這是她喜歡的郝仁醫生，他的軀體上仍然有那種氣味，一種無法洗淨的乙醚味，她抬起頭來，這是屋子裡的床，她躺在上面，在遊離的時間裡與他一起向前飄浮著，遊蕩著，這是性的迷惘，她的頭擱在他的手臂上，她睜開雙眼，她問自己這是為什麼，她為什麼要奔往他的懷抱，她睜開雙眼，似乎想在黑暗中穿過那眼睛、那頭髮、那胳膊、那軀體，然而她感到自己並沒有穿越在黑夜的外面，她緊貼著他，在這之前，他瘋狂地帶著她的軀體在遊蕩，她體會到了什麼是性，性就是一個男人帶著一個女人的軀體在遊蕩著，性就是一個男人和一個女人在一起時忘記了時間，忘記了生活中的煩惱，忘記了恐怖，而對於普桑子來說就是忘記了那些掛在牆上的蝴蝶標本，忘記了那寂寞的、沉默的、記憶中的惡夢，她趴在郝仁醫生的胸前，她清醒著，並不像上次喝醉酒一樣逃跑，她看見了晨曦，看見了睡在身邊的這個男人的裸體，但是，她並沒有畏懼，她伸出手去，她突然對他的裸體產生了一種從未有過的依戀，他給予了她性的力量，他帶著她在黑夜穿越了愛欲以後，他們躺下來了，他緊閉著雙眼，她把她的手放在他的腹部上，她感受到了一個男人對她的誘惑，就在那腹部下面，她突然想起來，在穿越南方時，她和耿木秋曾沉醉於璀璨的綠色、新鮮的空氣和一汪新澈的流水中……耿木秋已經溶入南方的自然之中去，她無法再去找到他了，所以，她貼近這個男人的裸體，她搖醒了他，她想與他談談現實中的問題。他睡眼惺忪地看著普桑子問她想幹什麼？普桑子說：我們今後怎麼辦？

郝仁醫生翻身坐了起來，他顯得很矛盾，普桑子突然抱住了他的肩輕聲說：如果燕飛瓊回來了，我們怎麼辦？

普桑子眼裡的奴隸

普桑子發現在他們的關係上，郝仁醫生仍然選擇了逃避的態度。他說他們的關係只能保持現狀，普桑子問他為什麼？郝仁醫生說燕飛瓊不能生孩子，所以他不能再拋開她。普桑子說那麼你就可以拋開我和阿樂了嗎？郝仁醫生說給我一點時間好嗎？他用懇求的目光看著她，這就是他給予她的回答，這就是他解決問題的方式。郝仁醫生輕輕地擁抱著普桑子，他們從性又進入了平靜，普桑子卻感到很迷惘，她想起來當郝仁醫生向她求婚時，她的拒絕，她的猶豫，而當她想嫁給郝仁醫生時，生活卻發生了變化。

她穿戴完畢，她回過頭去，這個空間並不屬於她，雖然它給予了她性的空間，但這個空間並不是她的港灣，也並不是她的家。

一個女人奔向一個男人時，也許是虛無的，但後來她發現她無法離開那個男人時，總是想讓這個男人緊緊地擁抱著她。而男人是理性的奴隸，也是別人的奴隸，男人表面上顯得溫情脈脈，但在決定他與一個女人的關係時，男人恰到好處地扮演了一個奴隸的角色，當一個女人看一個男人怯懦無助的目光時，她感覺到了他被一張嘴奴役在網狀的生活中；她感覺到他一邊被奴役一邊想穿過陷入混亂的生活而被生活所擠壓；她感覺到那個被奴役的男人他有一種甘願做奴隸的素質，他是別人馴養的奴隸，他是他自己的奴隸，他是無處不在的奴隸中的已經被吞噬了神經、被吞噬了方向、被吞噬了肉體的快感的奴隸。

她一邊穿衣服一邊欣賞著眼前的這個奴隸，普桑子並不了解男人，耿木秋給予她的是美好的回憶，她與耿木秋戀愛時並沒有陷入三角鼎立的難以解開的生活之中去，耿木秋給予她的愛情的回憶超越了生活，所以，他把箱子裡的蝴蝶標本留給了她，所以，蝴蝶標本就是他們之間的愛情的回憶。

郝仁醫生走來了，他向她伸出手來，他攙扶著她，他給予她誘惑，他給予她想像，因為他——她給予了他肉體，但他卻給予了她一種奴隸的形象。

郝仁醫生抓住她的手，她要走了，她的白色旗袍中的肉體在抗爭，她摔開了他的手，他又用手撫摸著她的肩胛，她冷漠地將他的兩手拿了下來，她回過頭來看了他一眼，一個奴隸的形象，這就是她信賴的那個男人，這就是她阿樂的父親。普桑子又看了他一眼，這就是與她的肉體發生過聯繫的那個男人，肉體到底是什麼東西，為什麼總是要有如膠似漆的碰撞，為什麼肉體總要與一個男人聯繫在一起，普桑子突然開始討厭這種生活了，也許她開始對人失望了，生活並不是透徹的，生活並不是她攀越中的綠色的寒冷的牆，生活並不是處處都是一個可愛的、溫暖的地方，生活到底是什麼呢？生活就是敞開大門等待著她進去，所以她攀越了那道綠色的寒冷的牆，她奔向一個男人，卻尋找到了一個奴隸。

陷入黑暗中的時間

普桑子的生活宛如陷入了黑暗之中，從她離開郝仁醫生家的那天早晨開始，她就對郝仁醫生產生了一種漠然的態度，她回到家時，母親正抱著小阿樂在院子裡與那隻已經醒來的鸚鵡說話，母親似乎並沒有看透普桑子的行蹤，或者她佯裝糊塗，母親問普桑子是不是到店裡去住了，普桑子連連點頭，告訴母親，她總是不放心店裡的那些首飾，母親就說那你今後就住到店裡去吧，小阿樂有我照管，普桑子沒有說話，她不明白母親是真的不明白呢，還是母親理解她那難以言喻的苦衷。普桑子走過去親了親女兒阿樂的面頰，阿樂是嬌嫩的，她將慢慢長大，女人的一生開始於某個瞬間，然而，普桑子真不願意阿樂會長大。

她看了看那隻鸚鵡，「普桑子，普桑子，你回來了，普桑子，普桑子你回來了。」

鸚鵡的叫聲總是會穿過院子裡的沉寂，尤其是早晨，新的一天到來之時，那隻綠色的鸚鵡總是在宣布什麼東西，比如今天早晨，它宣布的最為重要的內容就是普桑子已經回來了。其實，鸚鵡並不知道普桑子到哪裡去了，然而，它卻看見普桑子從那道門裡走了進來，鸚鵡宣布的消息是對的，普桑子確實回來了。

普桑子回到了現實之中，除了聽到那隻綠色鸚鵡的聲音之外，普桑子最為重要的就是感受到了從郝仁醫生的懷抱中掙脫出來——她已誤入迷途，她的生活就像布滿了黑色，她對黑色的第一種感受就是恐懼，因為她在黑色中看見了一個奴隸。

她緩慢地上樓，看上去，她的力氣似乎已經被昨天晚上的性所耗盡，其實是被一種黑色所耗盡，那個奴隸從黑色中閃現，注視著她的眼睛，普桑子問自己，他為什麼會成為一個奴隸呢？他需要我的身體，但他卻被奴役著，而燕飛瓊就是奴役他的人。普桑子拿起一把剪刀，她輕輕地把旗袍的下襬抓住，明亮的剪刀是她在黑色中看到的唯一一種亮鋥的東西，是光，也是火焰，是咒語，也是呻吟，她聽到了剪刀把她的白色旗袍剪碎的聲音，慢慢地，那雙手操縱著那把剪刀，而她的心卻操縱著她的雙手，毀壞一件東西確實是容易的，普桑子看到了碎布屑撒落下來，她變成了一具裸體，而那件白色的旗袍——她穿著它去赴約，她曾是那樣體貼那件旗袍，尤如那件絲綢旗袍體貼她那柔軟的肉體，她把那件美麗的旗袍毀壞了，用來證明她對一個奴隸的唾棄和反抗。

普桑子噓了一口氣，現在，她開始變得平靜，因為她衣櫃裡再也沒有一件肉感的柔軟的白色旗袍；現在，普桑子噓了一口氣，她是一個富有自尊心的女人，她再也不想去面對那被奴役的男人了。那麼，她將面對什麼呢？現在，她低下頭，她的裸體下面到處是碎絲屑，被剪碎的碎絲屑灑滿了一地。

普桑子從現在開始她將如何面對那所街對面的診所呢？母親的店鋪不可能輕易遷移，再說，在這座城裡再也無法找到比這更好的店鋪了。普桑子忘記郝仁醫生的辦法除了把那件漂亮的白色旗袍剪碎之外，就是從來不把目光投在街對面的那家診所中。所以，她感覺到自己猶如置身在黑暗中。

突然來了一個人

普桑子抬起頭來，她似乎已經在黑暗中生活了許久，除了面對來店裡的客人之外，普桑子絕不會抬起頭來看看別處，但是，她突然聽到了一陣腳步聲，當時的普桑子正面對著她的櫃臺，她覺得這些聲音好熟悉，似曾聽過的聲音從店鋪裡的木地板上清晰地傳來了，普桑子隱隱約約地感到要有什麼事情將要發生，一定有什麼事情快要發生了。她的耳朵有些灼熱，因為她聽到了一個聲音，她抬起頭來，她不知道自己到底置身何處，是在那座沉悶的旅館裡呢？還是置身在吳港的那些彎彎曲曲的小巷深處，使普桑子透不過氣來的這個人不是別人，而是王品。

王品依然身穿長衫，他用一種驚喜的目光看著普桑子，普桑子隔著櫃臺跟王品說話，儘管王品的到來太突然，普桑子得克制著自己的情緒才能面對櫃臺那邊的這個男人，這個曾經給普桑子留下過難忘印象的男人，普桑子在吳港與他們告別時曾經以為今生今世再也見不到他們了。他就站在櫃臺另一邊，普桑子感覺到了王品那急切的目光，他對普桑子說，在經歷了一段與雯露的生活之後他們分手了，普桑子問這是為什麼？王品說他們倆生活在一起分歧太大，只好順其自然分手。普桑子感覺到了生活的又一種變化，王品說他的感覺是對的，他與雯露在一起不會生活太長時間。

普桑子知道王品這次來是來會晤她的，事情已經過去很久了，那座旅館仍然矗立在眼前，穿著灰色長衫的王品使她有時會想到耿木秋，普桑子覺得他們倆身上有某種相似的東西，正因為如此，王品留給普桑子的記憶是深刻的。王品說他想在這座城市尋找一家旅館居住，普桑子沒有說話。她只是覺得在她認為自己看到一個奴隸似的男人之後又看到了另外一個男人。這個男人就面對著她，他風塵僕僕地從外面進入這座城市，自然與普桑子有關係。普桑子注視著他的鏡片，她可以抗拒郝仁醫生那天晚上留給她的目光，但她卻不能抗拒王品的目光，也許對於普桑子來說，這個身穿灰色長衫的男人並不像郝仁醫生那樣確定地存在於街對面的那家診所，他是游移不定的漂泊者，他是像耿木秋那樣的漫遊者，只不過耿木秋尋找的是蝴蝶標本，而王品尋找的是一家旅館來居住。

王品拎著那只箱子離開了普桑子的店鋪，正像他說的那樣，他將去尋找一座旅館，普桑子目送著這個突然而來的人，不知道為什麼，她有些迷惘，她有一種預感，如果她不在這座城市，那麼王品就不會出現在她的店鋪中，那麼他也不會來這座城市尋找一座旅館。

旅館在王品的生活中到底占據著什麼樣的位置呢？普桑子站在門口目送王品離開時又看

到了郝仁醫生的診所，男人的生活目標總是迥異的，郝仁醫生置身在那座診所之中，他穿著白大褂，喜歡與病人打交道，而王品呢？卻奔走於不同的城市，尋找不同的旅館。

普桑子已經看不到王品了，而王品的到來卻使她再次抬起頭來看了看郝仁醫生的診所，已經有好長時間了，被她歸為奴役之中的那個男人是離開已經遠了呢？還是已經被她慢慢地遺忘著。

普桑子的生活因為充斥著諸多的疑惑在繼續進行著，正是因為充滿了疑惑，生活才不會因此停止，普桑子在突然而來的王品身上看到了一個男人動盪的精神，而在郝仁醫生身上感受到了一個男人被奴役的精神，那個給普桑子留下蝴蝶標本的耿木秋，他留給普桑子的則是一個男人永遠消失的精神。

普桑子是一個迷惘者，也是一個被生活所重重包圍的女人。

虛構者說

已經到了十一月底的深秋了。

在這樣的涼意中，我在四處為普桑子尋找生活的佐證，正像亨利・米勒在書中所寫道的那樣：「人死原本萬事空，一切混亂便就此了結。人生伊始，就除了混亂還是混亂：一種液體圍繞著我，經我嘴而被吸入體內。在我下面，不斷有黯淡的目光照射，那裡風平浪靜，生氣盎然；在此之上卻是嘈雜與不和諧。在一切事物中，我都迅速地看到其相反的一面，看到矛盾，看到真實與非真實之間的反諷，看到悖論。我是我自己最壞的敵人，什麼也不缺的時候，我就想死：我要放棄，因為我看到鬥爭是沒有意義的。我感到，使一切我並不要求的存在繼續下去，這證明不了什麼，實現不了什麼，增加不了什麼，也減少不了什麼。我周圍的每個人都是失敗者，即使不是失敗者，也都滑稽可笑。」

普桑子被她自己的生命所包圍著，也就是被她的命運所包圍著，她以為她看透了男人們的世界，事實上她正在被男人們各自的世界所迷惑著，一個已經看透了男人的世界的女人是不會感受到迷惑的，但這個世界上到底有沒有完全不迷惑的女人。

比如普桑子，她剛剛把郝仁醫生的位置歸於被奴役的位置，另外一個沒有被奴役的男人卻突然出現了，普桑子似乎對這種命運還能適應，所以，她可以站在門口目送著王品離去，她目送著這個漂泊的男人去找一座旅館的同時，目光自然而然地投在郝仁醫生的診所，這就是那個被奴役的男人的位置。這就是她所面臨的男人的世界，她看著這些男人們在世界上折騰，他們不停止地穿過柵欄，穿一次還不行，穿好多次還不行，必須不停止的穿越那些不會垮掉的，決不會消除的柵欄。這就是男人們的本性，普桑子好像又悟出了一點什麼人生的道理，然而，王品的到來使她對男人們又恢復了一點信心。

上帝總是不會讓人徹底失望的，上帝會安排每個人的一生，在沒有信心的時候給予你信心，在你開始絕望的時候給予你一點希望，上帝只是讓你活著，要讓你的手不停的擲骰子，讓你在某個時刻成為贏家，而在某個時刻敗得悲慘萬分。這就是上帝讓每個人戲遊人生的方式，對於普桑子來說，她的心底又燃起了火焰，也許是因為王品從最初時候就讓她想到了耿木秋，是的，他們兩人太相似。

在普桑子店鋪後面的旅館

第二天下午，王品來了，普桑子一看見他就知道王品已經找到了旅館，看得出來，旅館對於王品是最重要的，這一點在吳港的那座島嶼上的小旅館居住時她就深有體會。一個總是習慣於住旅館的人，一生中將要用多少時間去尋找旅館呢？

然而，王品看上去很精神，看來一座旅館就是他的精神之家，王品來的目的是告訴普桑子他所尋找的旅館就在普桑子店鋪後面，普桑子想起來了，那是這座城市一座上好的旅館，普桑子只要站在外面就可以看得見那座旅館的樓頂。

王品來的第二個目的是邀請普桑子今晚與他共進晚餐，他發出邀請的聲音時，普桑子又想起了在吳港的那些時光，她對王品充滿了信賴和好感，儘管她並不完全理解王品的生活方式，不理解他為什麼總是喜歡住在旅館裡生活。現在，普桑子答應了他的要求。

離普桑子關店的時間還有半小時，普桑子看了看自己的衣著，覺得太隨便，但已沒有時間回家去換衣了。她關上店鋪與王品離開時，她隱約感到街對面的那雙目光，從那座診所裡射出來的目光使她意識到，郝仁醫生正在追問她的生活。

普桑子想到，那個被奴役的男人他一定不會想到我也有自己的生活，他有他的燕飛瓊，他被燕飛瓊所奴役著，而我自己呢？我是自由自在的，她突然挽住了王品的手臂。這動作完全是做給郝仁醫生看的，因為在這座城市，普桑子還從未緊挽過郝仁醫生的手臂哩。就像她曾經嫉妒過燕飛瓊的存在一樣，她也要讓郝仁醫生產生嫉妒，她堅信生活在這座小城市的人還不能完全超越這種東西。

她緊挽著王品的手走在六點鐘的大街上，很多熟悉普桑子的人都投來關注的目光，對此，普桑子並沒有怯懦。王品看來已經熟悉了這座城市，而且找到了一家環境優美的小餐館。兩人坐在小餐館裡，王品顯得很輕鬆，普桑子也感到自己很輕鬆，因為她做了一件事刺激了郝仁醫生，而王品的輕鬆卻是因為帶著他所喜歡的一個女人坐在了餐桌邊，看得出來，普桑子一直是王品喜歡的一個女人，在吳港時，普桑子把他推開了，推到了另一個女人的懷抱去。

而此時此刻他又從雯露的生活中走出來了。

他所面對的是他所喜歡的一個女人，所以，他現在看上去並沒有因漂泊而疲倦的感覺，他找到了普桑子也找到了一座旅館。

而普桑子從一開始就覺得他與耿木秋很相似，他們的氣質中有一種無法說清的東西，這是一種易碎的美，就像蝴蝶標本那樣的美，耿木秋從普桑子的生活中消失了，而另一個像耿木秋那樣的男人又走了進來。

他們將手放在白色的餐布上，王品看著普桑子說：「在吳港時我就十分喜歡你，但你並沒有喜歡我，對嗎？普桑子？」

普桑子想起那座旅館的感覺，想起與雯露共居一室的沐浴方式，想起雯露與王品後來的故事。

因此，此時此刻，當王品的手從餐桌上伸過來抓住她的指尖時她沒有拒絕，她沒有拒絕是因為她渴求有一個男人的手抓住她孤獨的內心，事實上，只有普桑子自己知道，自己的內心世界總是在撞擊一扇孤獨的窗戶，窗戶外面儘管飄滿了雨雪，飄滿了秋葉，但她仍然是獨自一人，沒有一個男人與她共同去打開那道窗戶，所以，王品的到來無疑開始安慰著她那顆疲憊而孤獨的心。

晚餐之後，王品帶著普桑子來到了他居住的旅館，看上去，這家旅館人聲鼎沸，旅館裡面似乎都已經住滿了人。每一間客房都居住著一個異鄉人，因為只有異鄉人才會身居旅館。王品也是異鄉人，這個穿長衫的男人身居異鄉的意義是朦朧的，普桑子跟著王品穿過旅館的大廳，穿過右手邊緣的那道樓梯，看上去那道樓梯是蜷曲起來的蛇的身體，她看了王品一眼，普桑子問自己：他總是面對一座旅館，然後就是穿越這些樓梯，他就是這樣的人，看來，他與耿木秋有點相似，而他與郝仁醫生又不相同，男人們都在與自己的各自不相同的世界在抗衡著。她一邊這樣想著，一邊就這樣上了樓梯。

王品熟練地掏出鑰匙打開門，他開門的感覺就像是把那身後的塵土和噪音摔在身後，也就是說他正在把他自己和身邊的這個女人帶到他自己的世界中去，難道旅館中的一間客房就是他自己的世界嗎？然而，好像那就是他的世界，他急切地將普桑子帶到這個世界中來，這就是他的世界，他們進了屋，普桑子看到了暖水瓶，一張床，兩只沙發和一個窗戶。

普桑子站在窗口，她能夠看到郝仁醫生的診所，突然，她看到了燕飛瓊的身影，她站在郝仁醫生的診所裡，儼然就是一道牆壁，她奴役著郝仁醫生的目光，所以，在普桑子看來，郝仁醫生的目光從來不向上看，如果他向上看的話，也許會看到這座旅館，也許會看到普桑子的頭，也許會感受到旅館上空有一種旋轉的秋風。然而，郝仁醫生盯著的是他面前的病人，坐在他身邊的那個病人，就像一塊煤，已經燃盡的煤塊。

王品走過來，他的雙手就在普桑子再一次對郝仁醫生失望的時候放到了普桑子的肩上，普桑子沒有轉過身來，她的肩膀已經感受到了王品的雙手，但是她並沒有感到激動，她心裡在自語：男人們就是這樣，喜歡將手放在女人的肩上，她感到脖頸上有什麼東西在翕動，是一張嘴唇，是王品的嘴在親吻她的脖頸。她起初麻木地體會著一張嘴對自己脖頸的親吻，後來，她的身體變得灼熱起來，但是她仍然沒有轉過身來，她想起了雯露，記憶中好像有他們在一起親熱時的聲音，那聲音是薄而尖利的，但充滿彈性，聲音彈跳到她的面前。

王品把她擁抱著，她卻對自己說：不行，我得回去了，我得回去。這聲音終於喊了出來，王品輕聲說：「普桑子，再坐一會兒，好嗎？如果你不願意，我保證不再……」王品沒有把話說完，普桑子知道他要說什麼。

她平靜地坐了下來，她看著王品，在很多時候，王品確實很像耿木秋。

無論如何，普桑子並不想盡快地與王品發生肉體關係，也許她已經在郝仁醫生的身上看到了肉體的另一種虛弱無力的東西，所以，她克制著自己。

王品似乎也平靜下來了，他坐在普桑子身邊，他似乎在普桑子拒絕他的過程中也感受到了某種衝擊，所以，他變得平靜了。

普桑子離開旅館的時候，王品把她送到樓下，那時候已經是夜裡十二點鐘了。普桑子在旅館的樓下看到了幾個妓女，她們搔首弄姿，正在等待著誘餌，或者是拋出她們的誘餌。普桑子知道，在這個戰爭年代，每個地方都藏滿了妓女，只要你夜裡走出來，總會與妓女們相遇，普桑子看了王品一眼，她不知道像王品這樣的男人會不會去找妓女。但是她很快搖搖頭，她覺得這種想法實在太荒謬，也很可怕。

為了表示自己對剛才這種想法的否定，她的手抬起來，她又挽住了王品的手臂，她覺得只有那些對生活已經喪失全部良知的人，只有那些在生活中已經完全沒有愛的男人才會去找妓女，她一邊想一邊對身邊的這個男人充滿了信任。

發高燒的小阿樂

普桑子回到家時，阿樂正在發高燒。母親坐在床前守候著阿樂，母親說她一直在等她回來。普桑子將手放在了小阿樂的前額上，她的額頭燙得厲害，普桑子又把小阿樂抱了起來，當她緊抱著阿樂的身體時，她感到就像抱著一塊火炭。高燒使阿樂昏迷不醒，普桑子決定盡快地抱阿樂到郝仁醫生家裡去。一路上，普桑子磕磕絆絆地走在夜色中，小阿樂就是她的生命，如果小阿樂發生了什麼事情，普桑子是無法活下去的，在沒有小阿樂之前，普桑子似乎一直活在那些蝴蝶之中，自從她聽到阿樂誕生時的第一次啼哭之後，她就感到有一個生命在貼近自己，那個生命需要她，而她自己也不能離開那個生命。現在阿樂的生命就在她懷抱裡，她得帶她到郝仁醫生家裡去。

她抱著那個孩子站在郝仁醫生家門口，敲門，在普桑子記憶中從來沒有一次敲門像今天一樣充滿了力竭的感覺，喏，在她看來，郝仁醫生來開門的速度是那樣的慢。門，終於打開了，郝仁醫生穿著睡衣站在門口。

郝仁醫生又抱著那個孩子帶著普桑子來到了他的診所。不一會兒，燕飛瓊也趕來了，她連睡衣也來不及換，趿著拖鞋出現在診所裡面。燕飛瓊並不知道阿樂是郝仁醫生和普桑子的孩子，所以，看上去她很關心這件事情。她坐在診所裡，手裡夾著一支煙，郝仁醫生看了她一眼對她說請她不要在診所裡吸煙，她鼓了鼓眼睛，果然將那支煙滅了。但她似乎不太高興，她對普桑子說今天是周末，普桑子明白燕飛瓊的意思，她是說在周末這樣的日子裡，普桑子破壞了她與郝仁醫生的美夢。燕飛瓊走過去看了阿樂一眼對普桑子說：「我要回去睡覺了。」她說完看也不看郝仁醫生一眼就走了，普桑子聽到了她拖鞋發出的聲音。

郝仁醫生看上去並沒有受到燕飛瓊的影響，也許，他所面對的是他的女兒，他的注意力似乎完全在小阿樂身上，包括燕飛瓊的離去他也沒有感覺到。

郝仁醫生說小阿樂患的是肺炎，所以得留在診所裡。普桑子說如果不方便的話，她讓小阿樂住在市醫院去，郝仁醫生說小阿樂任何別的地方也不能去，小阿樂只能留在診所裡。郝仁醫生為小阿樂吊起了輸液瓶後對普桑子說：「你看上去很累，我今天看見你挽著一個陌生男人的手臂，那個男人是誰呢？」普桑子沒有回答郝仁醫生的問話，她坐在女兒身邊，在這樣的時刻，她對任何別的話題都沒有興趣，女兒阿樂就是她的生命。

後來，他們再無話可說，躺在床上輸液的小阿樂就是他們面對的一切。他們從夜色中過渡到拂曉，普桑子抬起頭來，她突然看到了那座旅館和那道窗戶。

第四部分　現實之四

男人

給男人命名的顯然是女人。

普桑子在與耿木秋去南方捕捉蝴蝶時並不了解男人，但普桑子在成長，初戀男友在南方失蹤，並不意味著普桑子會與別的男人錯過。然而，隨著時間的流逝，男人們向普桑子打開了窗戶，卻使普桑子變得更加迷惑。

迷惑就像一道繩子捆緊了普桑子的身體。她經常咀嚼著這種滋味，一道繩子捆緊自己身體時的滋味。

男人就像別的事物和風景一樣展現在普桑子眼前，那些男人給予她某種秘密，也許一個女人就是為了秘密而活著的。

普桑子放低她的眼瞼，她經常回憶著或者想把自己的一道窗向男人敞開……

但普桑子像別的女人一樣也想考驗男人，她考驗男人的第一步是不輕易將自己的身體交給男人，儘管住在旅館裡面的王品如飢似渴的期待著她的身體，但她仍然對他若即若離，她想考驗他對自己的感情，她想測試他對自己的感情有多深。

到茶樓去

普桑子沉浸在自己建立的這種秩序之中，她已認不清楚自己到底抗拒王品有多少次了，王品讓她去旅館裡時，她每一次都按時去赴約，但她拒絕或者說是在抗拒王品除了擁抱親吻之外的一切東西。她越是在拒絕他，她就越是想窺視王品的另一種生活。

普桑子開始追蹤王品時發生在一個黃昏。

普桑子從家裡出來，今天晚上她準備住在店裡。但是，時間似乎過得很慢，她在黃昏中走著，從公園又走到了王品居住的那家旅館門口，就在她猶豫著是去找王品還是不去時，她看到了王品的身影，王品正從旅館門口走出來，普桑子已經尋找到了隱藏自己的位置，一棵被秋風撼動起伏的百年紫藤樹，這是一棵巨大的樹，也是一棵鮮艷的樹，每當夜色來臨時三五成群的妓女們總是聚集在紫藤樹下，暗送秋波，把誘餌給那些耐不住寂寞的男人們。現在，妓女們還沒有出現，這棵鮮艷的紫藤樹上的葉子被風吹得紛紛揚揚。

王品沒有看見普桑子，他在普桑子所看見的範圍內停留了幾分鐘後走上了一條街道，他顯然已經決定要到哪裡去。

普桑子從紫藤樹下走出來，她開始跟蹤王品的生活，對於普桑子來說，她之所以下決心跟蹤王品到正在上升的黑夜之中去，第一，是出於對王品的好奇，雖然她已經知道王品屬於過動盪生活的男人，但她感到自己並不完全了解王品的生活，他展現出的生活是無法看到的，他整天住在旅館裡，當然，他說過他要寫書，他的房間裡的書桌上果然也放著紙和墨水，但普桑子並不深信這就是王品的全部生活；第二，普桑子跟蹤王品是為了某種無法清楚的感情，她知道也相信王品來到這座城市是為了看見自己，正像他所說的那樣，是為了與普桑子朝夕相處，但普桑子總覺得這些話語太美麗，她不能確信王品對她傾訴的那一切會不會是真的。在這樣的情況下，她渴望著更進一步地了解王品，於是她便變成了一道影子跟隨在王品身後。

王品那天黃昏從一座茶樓裡面走了進去，普桑子去過那座茶樓，在茶樓裡喝茶的都是一些談情說愛的男女，或者是像王品這樣的單身男人，而單身男人到茶樓裡面去喝茶大都是因為寂寞。在茶樓喝茶可以看京劇，所以，坐在茶樓的一角隅，守著一壺熱茶，耳邊傳來戲子的唱聲，也確是一件打發時光的事情。

普桑子沒有走到茶樓裡面去，她深信王品屬於那種守著一壺熱茶打發時光的男人。從那天晚上開始，普桑子對這個單身居於旅館的男人充滿了一種同情的溫情。這是普桑子跟蹤王品的第一次結果，她站在茶樓下面，秋風瑟瑟，她感到自己同樣是一個寂寞的女子，單身男人可以到茶樓裡去喝茶，自己為什麼就不能上樓去呢？普桑子這麼想著腳已經開始上樓去了。

她邊上樓一邊抬起頭來，她聽到了女戲子的歌聲，她來到樓上時才發現座無虛席，她看到了王品，王品並沒有坐在某一角隅，而是坐在最前面，他孤獨地守著一壺茶水，但他的目光看上去卻並不孤獨。他的目光正盯著那位女戲子，當一段唱腔完畢時，他就將兩手舉在空中開始擊掌。

侍者給普桑子在後面另外加了一張茶桌，這樣，反而是普桑子獨守一角隅了。那天晚上她根本沒有聽清楚女戲子在唱些什麼，她守著一壺熱茶盯著王品的背影，她感到那背影一直在亢奮之中，除了鼓掌之外，他幾乎忘記了喝茶和品茶，普桑子問自己，難道王品被那個女戲子所吸引了。

但確實看不出來那個女戲子能有什麼吸引王品的，她的胭脂粉太厚，幾乎無法看清楚她的真實面目來。普桑子想，那女戲子肯定已是半老徐娘了，如果她洗去那層厚厚的胭脂粉，一定可以看見她的皺紋和老氣橫秋的模樣來。普桑子告訴自己，也許王品並沒有其他目的，他只是想打發時光罷了，除此之外，他並不會對那女戲子有多大興趣。

就在這時，王品突然站了起來，他似乎想起了什麼事，因為普桑子看到他看了看手腕上的手錶。

普桑子告訴自己，也許他是去赴約。

普桑子對自己說：就讓他去與別人赴約好了，我已經累了。普桑子確實感到自己太累了。她沒有力量再去追蹤王品，不管他到哪裡去，他都與自己沒有多大關係，她就這樣麻木地守著那壺茶，直到把它喝完，她的嘴裡散發出一股綠茶的清香。然後，她格外清醒地從茶樓走出去，她被秋風所挾裹住了，又被秋風推動出去。

她在秋風中又看到了那座旅館和那道窗戶，她看到了燈光，普桑子的臉上呈現出淡淡的被夜色所覆蓋的微笑，她告訴自己，王品已經回去了，他曾經告訴過普桑子，他習慣在夜裡寫書。那天晚上，普桑子結束了她的跟蹤生活回到了她的店鋪。

她睡得很安穩，連一個夢也沒有。

但是，當她醒來時她想到的第一個人就是王品，通過昨天晚上的跟蹤，她覺得自己已經發現了王品的一種生活，他喜歡到茶樓中去喝茶，而且他喜歡聽京劇，他是一個很好的觀眾，總是給予演員掌聲。

曖昧的微笑

普桑子終於想明白了，王品給那位徐娘半老的女戲子鼓掌是一種同情心的表現，想清楚了這一點後，普桑子對王品有了另外一種好感。當王品從背後抱住普桑子的腰時，普桑子轉過身來也用兩手抱住了王品的腰。她開始想聽從自己內心的召喚，貼近這個住在旅館裡的男人，用自己的身體緊緊貼近這個男人，只有這樣才會使兩人孤獨的生命得到某種安慰。

王品的手似乎正往上攀援，普桑子突然抓住了他的兩手，她不想讓他的手解開她的旗袍扣子，她不想讓他的手觸摸到她的身體的某部分。她感到了王品的沮喪，因為她壓抑著他的熱情。普桑子告誡自己：我得克制自己，我必須考驗他對我的感情。她抬起頭來看著王品，看上去，他不僅沮喪，而且已經變平靜了。他似乎在問普桑子，我為什麼不能得到你呢？這是為什麼？他似乎在為這個問題而煩惱，普桑子對他微笑了一下，時候不早了，她應該告辭了。王品像往常一樣又把她送到了樓下，在紫藤樹下的那群妓女打著哈欠看他倆。普桑子突然看到一個住在旅館裡的男人將一個披著捲髮的年輕妓女帶走了，帶到旅館裡去了，普桑子問王品對這個問題怎麼看，王品的嘴唇邊緣掛著一絲苦惱的微笑。普桑子覺得這微笑似乎不是王品的微笑，而是另一個完全不認識的男人面龐上的微笑，總而言之，這是一種十分曖昧的微笑。看樣子，王品根本沒法說清楚他對這件事情的態度，也就是說他對那個男人帶一個妓女到他的客房中去這樣一個問題保持著曖昧的態度。普桑子不明白他為什麼不拒絕這件事，只有拒絕這件事，他才是普桑子所喜歡的男人，普桑子覺得有些煩躁，她在心裡對自己說，如果他對這件事情曖昧的態度，但他就是贊成那個男人帶妓女到旅館裡去……如果他贊成他這樣做，也許有一天，他也許會這樣做，天啊，這是一件多麼難以思議的事情。普桑子已經來到了家門口，王品就要回去了，普桑子感到胸口很悶，她想著紫藤樹下的那群妓女。

王品像往常一樣輕輕吻了吻普桑子的前額，這是他們告別的方式，普桑子覺得這吻是那麼好，就是這個吻使她又開始信賴王品，夜風吹拂著她的嘴唇，她想說千萬別去找那些妓女，但她沒有說。

虛構者說

在那個充滿戰爭充滿內心的混亂年代裡，普桑子確切地想追求一種蝴蝶式的純潔的生活，但她卻發現在旅館門口的那棵鮮豔的紫藤樹下竟然站滿了妓女。她並不討厭妓女的存在，但她卻不喜歡自己喜歡的男人去找妓女，目睹了那個住在旅館裡的男人將妓女帶到旅館裡去之後，普桑子就感到了一種畏懼，她本來想告誡她喜歡的這個男人千萬別模仿那個男人將妓女帶到旅館裡去，但她卻沒有說出來。然而，那些沒有說出來的話語卻比說出來的話更有力量，它使普桑子意識到，男人們的身邊到處是誘餌和陷阱。

普桑子面對這種現狀無能為力，她唯一能做的就是考驗王品的意志，一次又一次地用時間來檢驗他的靈魂。每當寂靜的時刻，她就面對那些掛滿蝴蝶標本的房間，耿木秋給她留下了這些蝴蝶標本，也給她留下了一個純潔男人的形象。她渴望一個男人的肉體，但又害怕這個男人的肉體，她已經看到了郝仁醫生被奴役的肉體，她不願意看到另一個男人喪失純潔的力量，喪失一個男人的理智而走到一種危險的世界中去，對於普桑子來說，那個把紫藤樹下的妓女帶到旅館裡的男人正面臨著危險，而危險無處不在。

她想去考驗王品的意志，她也想去駕馭他的生活，在她認為，只有讓他離開那座旅館才能擺脫那些活生生的陷阱和危險。

但普桑子後來發現幾乎每一座旅館外面都有三五成群的妓女存在，即使讓王品搬到另一座旅館裡去，並不意味著就沒有了危險和陷阱。普桑子的迷惘就像成片的斑點一樣增大。她不知道男人們為什麼總是會受不住誘惑,他們明明知道她是妓女卻要迎著赤裸裸的危險而上。普桑子沒有別的辦法，她想用自己的愛情，然而她發現自己對王品並沒有產生對耿木秋那樣的愛情，她只是喜歡王品，在某種意義上來講，她喜歡王品，是因為王品的氣質很像耿木秋。但她決定還是用自己的感情，無論是什麼樣的感情，總而言之，這始終是一個女人對一個男人的感情，她決定用這種感情去溫暖孤獨的王品，讓他身置異鄉感受到親情的溫暖。

穿白色旗袍的普桑子

普桑子剛在家裡洗沐完畢，她準備今晚去看王品，她要出其不意地前往那座旅館，敲門聲會使她產生聯想，她無法猜測在這樣的時刻王品會在幹什麼，但願他留在房間裡，但願他不要再去那座茶樓，不過如果他沒有在房間裡，那麼肯定是去茶樓聽戲子唱京劇去了，普桑子也可以到茶樓去找王品，總之，無論如何，普桑子今晚是一定要見到王品的。

普桑子穿上新縫好的那件白色旗袍，上次她剪碎了那件去與郝仁醫生約會的旗袍之後，她曾經以為這一輩子再也不會與男人們去約會了。但王品卻意外地降臨，她喜歡白色，在所有的顏色中，白色使普桑子顯得很寧靜，另外，她已經在穿衣鏡裡發現，她穿上白色旗袍時總是會變成另外一個女人，普桑子很喜歡鏡子中的另外一個女人，所以，她又新做了一件絲綢旗袍，這件旗袍純粹是為王品而做的，如果沒有王品的降臨，普桑子是不會有第二件白色旗袍的。

沐浴後的普桑子顯得很清爽，連她自己也嗅到了身體中的香皂味沒有散去，穿上白色旗袍後的普桑子又站在穿衣鏡前，普桑子突然意識到一個女人一生中打扮自己大都是為了男人，而這樣的目的又是為了讓男人高興。普桑子深信當她出現在王品房間裡時，他一定會大吃一驚，普桑子深信，在這座城裡，很少有女人會穿白色旗袍，那些妓女們更不會穿白色旗袍。

白色在普桑子認為是一種純潔的顏色，她走在路上沉浸在這種純潔的顏色中，她感到充斥在空氣中的那些混濁的氣息正在散去，她迎著一條又一條街道走去，她想起了那些蝴蝶，在沒有成為標本之前，它們一直在輕盈的飛翔，南方的蝴蝶使普桑子的心靈永遠注入一種羽毛的拂動聲，宛如一座高高在上的天池，飛滿了蝴蝶。普桑子一邊走一邊想，如果我是一隻蝴蝶，那我就不會在地上行走，如果我是一隻蝴蝶，生命會很短暫，但飛翔的過程卻很燦爛。她這樣想的時候，心裡有些激動，但她又回到了現實，她要奔往那座旅館，這就是她的現實生活，她現在既不能像那些蝴蝶一樣輕盈飛翔，也不能變成美麗的蝴蝶標本，那麼，她就只能奔往那座旅館。

普桑子穿過了妓女們的目光，她發現妓女們在看著自己，也許是我今天穿上了一件她們永遠也不會選擇的白色旗袍，普桑子對自己說，是啊，也許她們永遠也想不到世界上會有人穿白色的旗袍，這就是我與那些妓女們的區別，白色是屬於我自己的，只有看見過蝴蝶飛翔也看見過蝴蝶標本的我才會沉醉於白色之中。

普桑子已經來到了這座住滿異鄉人的旅館，到了二樓，普桑子突然吃了一驚，一個妓女竟然已經來到了樓上，她正懶洋洋地用手扶著樓梯的扶手，她皮膚上的那層厚厚的劣質香粉掩蓋不了她的年齡，看上去她好像才有十八、九歲，也許還更小一些，如果她不是一個妓女的話，這是一個漂亮的女孩。

從一個漂亮的女孩變成妓女的過程，對於普桑子來說是無法思議的，所以，她看了她一眼，這個年輕的妓女除了懶洋洋的姿態以外，眼裡卻充滿了欲望。

這是一種多麼危險的場景，妓女已經占據了旅館的樓梯，她們的膽量也太大了，普桑子想，男人們遭遇著危險，很難想像男人們會堅守著自己的心靈，但普桑子相信王品，他不會將妓女帶到他的客房中去，除了他能堅守自己的心靈之外，王品的心靈中還保持著普桑子的位置。

普桑子開始敲門，當她的手落在門上發出聲音時，普桑子卻看到了一個身影正走過來，那個妓女突然走上去抓住了他的手臂，這個男人不是別人，他正是王品。

王品並沒有看見站在門口的普桑子，普桑子卻看到了這樣的場景。

王品輕輕把妓女的手拉下來說了聲對不起，那妓女又再次抓住了王品的手臂，王品不慌不忙地再一次將妓女的手拉下來說：「對不起，我不需要。」他一邊說話一邊注視著妓女的眼睛，普桑子感覺到王品的目光在妓女的眼睛裡停留了好長時間，但他還是擺脫了那個妓女，當他迎著普桑子走上前來時，普桑子感到很高興。

王品驚訝地捉住普桑子的手，他告訴普桑子他到茶樓喝茶去了。進了屋後，他像往常一樣開始擁抱普桑子，普桑子今天很高興，她覺得王品身上具備了一個男人的力量，他將一個前來挽住他手臂的妓女拒絕了。普桑子問王品，你覺得那妓女漂亮嗎？王品沒有回答這個話題，他吻著普桑子的脖頸說：你的皮膚很香，普桑子讓王品吻著，不斷地吻著。

就是在今天夜裡，穿白色旗袍的普桑子第一次與住在旅館裡的王品同居一室。她躺在王品的旁邊，半夜時她還聽到了敲門聲，普桑子感覺到那是一雙女人的手在敲門，普桑子問王品，這麼晚了，是誰在敲門呢？王品將自己的頭埋在普桑子懷裡說道：「也許是妓女。」普桑子問王品每天晚上都有這樣的敲門聲嗎？王品好像睡著了，沒有回答。

到了下半夜以後，這座旅館才開始安靜下來，王品醒來了，他們開始新的性愛，第一次性愛除了兩個身體被激情籠罩之外，外面的聲音也在影響著他們的心情，普桑子聽到屋外的聲音時就會想到那個在走廊裡走來走去的妓女，妓女的存在使她不能專心一致地投入王品的懷抱。而此刻，這座旅館彌漫的所有聲音似乎都被睡眠所包圍了，一點聲音也聽不到，就在這時，他們的身體彷彿醒來了，王品和普桑子在潮汐中感受到了一次成熟的性愛。

普桑子躺在王品的懷抱，她從來沒有這樣輕鬆過，彷彿她感受到的那些性高潮已經將她疲憊不堪的身體中的煤渣洗濯乾淨，她的身體輕盈如水，似乎在這座黑沉沉的旅館上空飄遊。

男人是什麼呢？普桑子彷彿躺在白色的棉花之中，男人是什麼呢？普桑子彷彿躺在柔軟的沙灘上，也許在棉花和沙灘上可以撫摸到男人身上的骨頭。

天亮了，普桑子很想躺下去，永遠地躺在這個男人給予她的白色的棉花和柔軟的沙灘上，但她的目光卻透過窗帘看到了升起的朝霞，普桑子是一個有理性的女人，她決定必須從這些白色的棉花和柔軟的沙灘中爬起來，走到旅館外面去。

她躡手躡腳所以沒有把王品弄醒，她拉開門來到了樓下，那棵掉光了紫藤花瓣的紫藤樹孤零零地佇立著，妓女們已經散去，妓女們只在夜色升起時出現在紫藤樹下。

普桑子穿過了街道，靜悄悄的街道，彷彿潛行著一種陰影，生命之中的陰影，潛行在路面上，就像永不開闔的生命。普桑子盯著自己的白色高跟鞋，她似乎在不顧一切地向前行走，她聽到一個人叫她的名字，她回過頭去。

郝仁醫生說

是郝仁醫生走在她的身後，他拎著一只棕色的手提包已經來上班了。他來到普桑子身邊對她說：「普桑子，你不應該到那座旅館裡去找那個男人。」

普桑子對他說我的事情你不要管，郝仁醫生說別的事我可以不管，但這件事我得管。普桑子說，你管也管不了。郝仁醫生說，你不知道那個男人從哪裡來，你就跟他在一起。普桑子說，我當然知道他從哪裡來，我在吳港時就認識他，他四處漂泊，他的家就是旅館。郝仁醫生說，你知道嗎？每天晚上旅館門口湧滿了妓女，那些異鄉人就把妓女帶到旅館裡去。普桑子說，這些事情我都知道。但他不是這樣的人，他不會將妓女帶到房間裡去。郝仁醫生說，你就這樣相信他嗎？普桑子說，我相信他。郝仁醫生說，如果他有一天將妓女帶到房間裡去，你怎麼辦？普桑子凝望著灰濛濛的街道低聲說：如果他那樣做，我就殺了他。

普桑子咬著嘴唇離開了郝仁醫生，她覺得有些心煩意亂，郝仁醫生的後一句問話像一個不眠之夜一樣折磨著她，而自己的回答使她大吃一驚，她穿過街道，她昨天晚上沒有回家，她要去看看母親和阿樂，而她今天早晨卻被郝仁醫生的問話嚇住，她屏住呼吸，對自己否定道：哪怕是住在旅館裡的所有男人都把妓女帶到旅館裡去，王品也不會把任何妓女帶到旅館裡去。她穿過灰濛濛的冷寂的街道，當她用鑰匙開門時就聽見院子裡的鸚鵡大聲叫道：「普桑子回來了。」

父親的消息

普桑子的母親迎著鸚鵡的叫聲向她走來時，普桑子就預感到家裡出了什麼事情。母親的眼睛發黑，她遞給普桑子一封信，那是一張揉皺的紙，普桑子不知道這封信是被母親揉皺的呢？還是這張紙本身就經歷了時間的流離，這是一個叫石榴的女人寫來的信，她告訴普桑子的母親，普夏在戰場陣亡，因為與你無法取得聯繫，我準備將普夏埋葬在彌城，後來整理普夏的遺物時從他本子裡發現了你的地址。我與你都是女人，普夏幾十年來與我相依為命，但他卻死於戰場，如你想到墓地憑弔普夏的靈魂，請你到彌城來。

母親的生活，那死水一樣平靜的、單調的生活完全被這封信所籠罩著，普桑子第一次知道自己的父親叫普夏，也第一次知道了父親的確切消息，普桑子從生下來就沒有見過父親，她雖對父親沒有一絲一毫的印象，但卻知道自己的父親參加了戰爭。

世界上到處都是戰爭的痕跡，普桑子不知道父親參加的是什麼戰爭。從這張皺巴巴的紙上終於獲悉了父親的消息，只是這消息太殘忍，母親從昨夜到此刻已經被這紙上的消息痛苦地折磨著，普桑子知道折磨母親的不僅僅是父親的死亡，還有那個叫石榴的女人，母親在寂寞的生活中雖然已經想像過父親的另外一種生活，但她面對事實時必須感受到這種拋棄，但母親仍惦念著普桑子的父親，雖然他已成為逝者，但逝者卻給她留下了一個女兒和一場婚姻。

母親說她得去看父親的墓地，普桑子決定陪同母親到彌城去。通過她與母親商量之後，決定將阿樂留給郝仁醫生來照管。

普桑子匆匆忙忙把阿樂交給了郝仁醫生，郝仁醫生問她到哪裡去，她沒有把實情告訴給郝仁醫生，而是隨便說要陪同母親到親戚家去幾天。

普桑子已沒有時間再去旅館找王品，普桑子的母親已經到火車站去了。她讓普桑子將阿樂交給郝仁醫生以後就迅速到火車站。

普桑子坐上一輛人力車，她連衣服也來不及換，仍穿著昨晚的那件絲綢旗袍。這件旗袍會讓她回想起昨夜與王品的性愛。那座旅館被黑暗所湮滅時的夢幻。普桑子和母親就這樣搭上了一輛小火車，普桑子看著母親，她似乎衰老了許多，但火車的轟鳴聲使她們母女倆不由自主地將目光投到窗外去。

普桑子是第三次出門，第一次是與耿木秋去南方，第二次是坐船到吳港，第三次是與母親出門。普桑子看著車廂裡的面孔，這些人也在出發，所以，車廂中到處是他們的氣息。

然而，在普桑子的記憶中，母親卻是第一次出遠門，她在那座城裡固守著自己的婚姻形式，同時在沒有希望之中開始作漫長的等待，她只知道普桑子的父親參加了戰爭，卻並不知道這是什麼樣的戰爭，所以，她永遠也無法講述戰爭中的父親，普桑子的父親在漫長的時光中沒有給普桑子的母親寄回過一封信，普桑子母親的等待布滿了迷惘，幾十年後，她終於等來了一張皺巴巴的紙，紙上宣布的卻是死亡的消息。這消息給普桑子母親多年來的等待帶來的是一座墓地，普桑子的父親就躺在那座墓地上。

普桑子發現母親一直緊閉著雙眼，她閉著眼，更深地呼吸著火車上的氣息和窗外動物的味道，她閉著眼，只有她能夠回憶普桑子父親的形象，她閉著眼，咀嚼著那張皺巴巴的紙上傳播而來的消息。

普桑子也閉上了雙眼，在這樣的時刻，她想去想像父親的形象，所以，她就開始想像一個軍人，一個高大的軍人與戰爭及槍聲的轟鳴有關係，她似乎看見父親在槍聲裡穿越，最後被流彈擊穿，這就是她能夠想像的場面了。她不認識父親，也不認識戰爭，如今，她卻要面對這一切，但這一切卻使她知道她的父親死於戰爭。

尋找石榴

經過了一個星期的長途跋涉，她們終於來到了彌城。黑暗中到處是人走動的聲音，彌城並不大，是一座很小的小城鎮，所以，天黑以後，城裡的人都走出來，在巴掌大的一塊地上，走來走去，那腳步聲是麻木的，但也是焦燥不安的。

那個寫信給普桑子母親的女人名叫石榴，她就住在這座小城鎮裡。黑暗中，普桑子陪同母親急匆匆地去尋找石榴，她們遵循信上的地址很快就找到了門牌號，這是一座兩層樓的舊房子，敲了一會門以後，一個女人打開了門，她就是石榴，一個四十歲左右的女人。她把母女倆迎進屋，普桑子站在燈光下看到了這個四十多歲左右的女人正在燈光下打量著普桑子的母親，那是兩個女人透過黑暗中的呼吸聲彼此相認的目光。

石榴的目光是憂怨的，她看了看普桑子對普桑子說你的眼睛很像你的父親。普桑子不知道父親的眼睛，她有一種想了解父親的熱切心情，但石榴卻什麼也沒有告訴她們，那天晚上，石榴把母女倆安置在樓上居住。

但顯然，母親看上去並不想睡覺，母親讓普桑子先睡覺，她要去找石榴，普桑子在黑暗中佯裝不知道這一切，她躺在黑暗深處，想著兩個女人到底在交談些什麼？有些事情卻是很清楚的，無須普桑子去探究，比如，石榴，她肯定是除了母親之外伴隨父親多年的女人，她獨自一人守著這幢空空蕩蕩的木樓說明她也沒有婚姻，沒有另外的男人和子女，看得出來，她是父親死後才歸鄉的，而在從前，她生活在別處，陪同父親一塊生活在戰爭中，所以，她是一個戰爭的目擊者，也是將父親的遺體埋葬的女人。這座小城鎮看上去風平浪靜，戰爭還沒到達這裡，普桑子很欽佩這個女人的勇氣以及對父親的那種感情。

她無法進入睡眠，天亮時終於傳來了母親的腳步聲。普桑子睜開雙眼，她看到母親走到床前從包裡取出了一件黑色的旗袍。

三個女人到墓地上去

除了普桑子之外，走在前面的兩個女人似乎都在敘述著已經發生的故事，而與她們發生過故事的那個男人現在已經死了，所以，現在的故事變成了女人與女人之間的故事。

兩個女人都穿著黑色的旗袍走在前面。看得出來，經過昨天晚上的面對面的交談，她們都已經各自接受對方，並對過去的故事變得心平氣和。

普桑子走在後面，兩個女人帶她去憑弔她的父親，潮濕的泥土中晃動著她們三個女人的身影。普桑子並不了解父親，也沒見過父親，所以父親的死對於她來說談不上什麼痛苦，儘管她與父親有一種血緣關係，但她並沒有感到自己的體內流動著父親身上的血，如果說她與父親有什麼關係的話，那是因為兩個女人走在前面，那個年紀衰老的老人是自己的母親，也是父親的妻子，而那個四十多歲的女人，她是父親的另一個女人，所以她與父親的關係是一種情人的關係，就像普桑子與郝仁醫生、王品的關係一樣。

她眼前又浮現出王品的身影。晃動著那座旅館，那座木式旅館的顏色是那樣陳舊，只有那棵紫藤樹的顏色是鮮豔的，然而，在那棵樹下卻站滿了妓女。王品生活在旅館之中也同時生活在妓女之中，普桑子並不喜歡王品置身的那座旅館，它對她無疑是一座住滿陌生人的地獄王國，如果說王品置身的那座旅館是一座地獄，那麼王品無疑就是生活在地獄之中的人。

普桑子已經到達了墓地，她是最後一個到達墓地的，她走得太慢了，王品置身的那座旅館就像一座地獄，普桑子走到這座通往父親墓地的路上，她最大的感受並不是父親躺在墓地，她去憑弔的痛苦，而是她感受到了一座旅館就像一座地獄，是的，那就是一座地獄，除了像一座地獄在囚禁著那群異鄉人之外，它比墓地還更可怕。

普桑子看見了母親的眼淚，她不知道母親為什麼要流淚，因為普桑子確實沒有想流淚的感覺，她把頭偏向一邊，她努力控制著自己那種冷漠的思想，她真的不想流淚，父親的死去對她來說並不重要，父親死於戰爭，戰爭在普桑子的內心世界是一種黑暗，她不喜歡戰爭，她不喜歡去追問父親的那個情人，她跟隨父親經歷了什麼樣的戰爭。總之，她不喜歡談論戰爭這個話題，她是女人，從出生以後，她就用自己柔軟的肉體一次次地體驗著生命的歧途，在那整個過程之中她都在為克服肉體的、心靈的疼痛而強迫自己不要看見肉體在變形時的場景。現在，她竭力在迴避這一切，她把自己的注意力用來回憶南方的那些蝴蝶，也許這一生她再也不會感受到蝴蝶飛翔時那種熾熱的光芒和透明的空氣，她抬起頭來，母親叫了她一聲，使她重新回到這座墓地。

父親的墓普通得不能再普通，裡面躺著的那個死者已經再不可能注視這兩個女人，普桑子問自己，父親難道從來沒有想回家看看母親和自己嗎？父親喜歡戰爭，戰爭使父親沒有時間回家，所以父親必然死於戰爭。普桑子並不恨父親，她只是覺得自己從來就沒有意識到父親的存在，她沒有任何興致去感受父親他那艱難的奮戰，她覺得呆在這座墓地上的時間已經夠長了，她想到的是那座地獄似的旅館，普桑子把自己的全部注意力集中到那座旅館裡，她突然發現自己是愛王品的，她想著用什麼樣的方式把王品的身體攥緊，從而使她撤出來。

她再一次看到了母親和石榴臉上的淚水，看來，她們已經成為同病相憐的一對，她們手拉著手，站在墓地上傾訴著一切，時間和戰爭給她們帶來了陰影，躺在墓地上的男人給她們帶來了永久的回憶。

普桑子轉過身去，她用背面對著墓地，這地上躺滿了死者，她所能做的就是把她的身子轉過去，用她的目光注視著灰濛濛的遠方，她能看到什麼呢？確切地她看不到任何景色，也看不到任何別人的形象，她面對的這世界就像一張網，而她自己正站在網裡面，她想到了耿木秋，只有他的形象是生動的，耿木秋帶著她追逐著南方的蝴蝶，而那些蝴蝶標本似乎比許多人和事要親切得多。

她聽到了後面兩個女人絮絮嘮嘮的話語，在這座墓地上，她們兩個都是弱者，她們似乎為著同一個男人而生，一旦那個男人遠離她們而去時，她們的生活就再也不會升起風景。

普桑子回過頭去，她現在除了冷漠之外，她還富有同情心，她走上去攙扶著自己的母親，她把她所有的同情心全用來攙扶著自己的母親，她同情母親，是因為她感受到了當她沒有與這個世界接觸時，她並沒有感受到孤單和迷惘，而這個世界，她所接觸的這個世界也是男人的世界，從某種意義上來說通過她與男人的接觸，她的孤單和迷惘就開始了。所以，帶給母親痛苦的是男人而不是戰爭，然而，如果沒有戰爭，父親就不會死亡，所以，應該這樣說，帶給母親痛苦和迷惘的是她面臨的戰爭。

現在普桑子用手攙著母親離開了墓地，她用所有的同情心攙扶著自己的母親，但她卻在灰濛濛的沒有陽光照耀的路上看到了自己的影子。

她的影子晃動著，在三個女人中她是最年輕的女人，但她的孤單和迷惘似乎比另外兩個女人更加厲害，她緩緩地移動著腳，她比從前更清楚地意識到了：作為一個女人來說，她的生活才剛剛開始。而以後的生活使她畏懼，使她迷惘，就像王品置身的那座地獄似的旅館一樣。

虛構者說

十二月初的細雨正在窗外，細雨使這座城市的天氣變得寒冷起來，猶如普桑子攙扶著母親緩緩走下那座墓地時的迷惘一樣，我已經將普桑子從一座掛滿蝴蝶標本的世界拉到另一個世界中來，我已經將巨大的迷惘和空虛籠罩在這個女人身上，我已讓她感覺到了對生活的畏懼，她從那兩個女人的身上感受到了自己未來的影子了嗎？但是，她並沒有被那座墓地所籠罩，也就是說，戰爭和死亡並沒有使她著迷，也就是說，她喜歡的是生活，而不是戰爭中進行的生活。

生活在普桑子前面等待著她。

十二月初的細雨就在窗外，我經常在這樣潮濕的南方氣候中，虛構世界的一部分生活。我們需要的是生活在其中時的生活狀態，就像米蘭・昆德拉所說的：「……沒錯，我們所需要的是創造一個世界，按照人類的尺度，按照我們的尺度，我們的肉體的尺度……」，在這種尺度裡，普桑子攙扶著母親走下了墓地，在這種尺度裡，肉體並沒有僵硬。它是活的肉體，是在生活中的肉體，我們知道，肉體總有一天會變得僵硬起來，我們也知道，生命是短暫的，別人的死亡只會讓我們抓住自己的生命不放，沒錯，普桑子面對戰爭和墳墓是冷漠的，而面對生活時卻充滿了憧憬和嚮往，沒錯，她還擁有那些南方的記憶和耿木秋留給他的美麗的蝴蝶標本。這種斑斕的色彩使她因此可以找到生活下去的種種方式……

十二月初的細雨就在窗外，我現在正做著一件事，那就是為普桑子找到生活的尺度。

幾天後一個傍晚，普桑子攙扶著母親重新回到了家，她所做的第一件事情就是將阿樂從郝仁醫生那裡接回來。生活就又將開始了，綠色的鸚鵡不停地呼喚著她的名字，她站在那隻鸚鵡下面，用手輕撫著它的柔軟的脖頸，她還揪起了它那柔軟的羽毛。

母親似乎對生活已經麻木了，只有普桑子把阿樂抱到她懷裡的時候，她的雙眼才開始變得明亮起來。

普桑子意識到自己是這個家的支撐點是從母親的目光中感受到的，也許是年齡的原因，也許是母親的生活中喪失了等待的原因，總之，普桑子感到她和阿樂現在已經變成了母親唯一的希望。

而她的希望在何處呢？離開這座城市已經有二十多天了，當她重新回來時，也許除了小阿樂之外，給予她希望的就是那個生活在旅館裡的男人，她感覺到一種前所未有的期待，也感到一種前所未有的畏懼，每當想到那座旅館時她的心就會呯呯直跳，除了對王品的愛之外，她似乎有一種預感，她隱約地感到如果出事了，那麼一定是很重大的事。

她抬起頭來，在夜色中她已經看到了那座旅館。

誰是夏春花

普桑子還沒進入旅館卻見到了燕飛瓊，燕飛瓊大概是坐在郝仁醫生的診所看到了普桑子，燕飛瓊今天穿一套水紅色的旗袍，沉浸在閑暇之中，她穿過街道來到普桑子身邊，燕飛瓊的目光明亮極了，她告訴普桑子的一個重要消息就是在普桑子離開的這段日子裡，夏春花征服了住在旅館裡的一個英俊男人，這個男人不是誰，他就是穿著長布衫整日閑逛的王品。

誰是夏春花。這是普桑子從未聽到過的名字，其實，她仔細地回憶城裡的人的名字，竟沒有幾個人的名字是熟悉的。她不想問燕飛瓊到底是誰，她很清楚，燕飛瓊穿過馬路就是要來把這消息故意告訴她的。

夏春花是誰？普桑子不想讓燕飛瓊告訴她，自從她感到郝仁醫生被燕飛瓊奴役在手中之後，她就對占據郝仁醫生生活的這個女人充滿了反感，她知道，燕飛瓊知道自己與王品的關係，她是故意的，瞧瞧她那神采閃爍的雙眼，普桑子就知道燕飛瓊不僅僅想占據郝仁醫生的生活，她還想占據別人的生活，但自己的生活燕飛瓊是無法占據的。

也許根本就沒有夏春花這個人，因為普桑子一點也不熟悉這個名字，夏春花也許是燕飛瓊杜撰之中的一個女人的名字呢，想到這裡，普桑子對燕飛瓊說：「我不知道什麼人叫夏春花，我也沒有興趣想讓你告訴我。」她說這話的意思是想下逐客令，請多嘴多舌的燕飛瓊盡快離開她的店鋪。

燕飛瓊瞥了她一眼，立在櫃臺上的雙肘卻沒有移動一下，她詭秘地說：「普桑子，你真的不想知道夏春花是誰嗎？」普桑子將算盤抱在胸前，她的雙手先是在算盤的黑珠子上撥弄了一陣，然後仰起頭來不屑一視地說：「我想知道的事情我就能知道，用不著你來親自告訴我。」燕飛瓊的雙肘仍然像釘子一樣固定在櫃臺上：「普桑子，只怕你知道的時候，已經太晚了。」普桑子的雙手又再次撥響了算盤，她仰起頭說：「我知道的事情不會比你少，而是比你多。」「那好，我問你，你知道夏春花是誰吧？」「我不知道夏春花是誰跟你又有什麼關係呢？」「普桑子，我這是關心你，已經出事了，你還蒙在鼓裡，我問你，難道你真的不想讓我來告訴你夏春花是誰嗎？」

普桑子將手中的算盤揚起來，黑色的珠子往下滑落時又發出了一陣聲音：「燕飛瓊，我現在就告訴你，我不想聽你說話，請你出去好嗎？」燕飛瓊的雙肘終於開始移動了，她藏在水紅色的旗袍裡面的脖頸和下半身扭動了一下，突然她發出一陣笑聲，普桑子被她那突如其來的笑聲弄得不知所措，但她終於噓了一口氣，燕飛瓊終於扭動著她那歌女的水紅色的身材從店鋪裡走出去了。

普桑子再次噓了一口氣，她把店鋪關上，站在門後，燕飛瓊雖然已經走了，但她卻留下了一種詭秘的笑聲，普桑子之所以不想讓燕飛瓊告訴她夏春花是誰，除了她不想聽到那個女人那陰陽怪氣的聲音之外，她是懼怕燕飛瓊告訴她事實。

那麼，夏春花到底會是誰呢？

難道真的要出事了，夏春花顯然是一個女人的名字，普桑子閉上雙眼，她有一種預感，夏春花肯定與王品有關係，要不然，燕飛瓊不會那樣眉飛色舞地來告訴她：「你知道夏春花是誰嗎？」如果說出事了，就是真的已經出事了，普桑子坐在店鋪裡面，一扇小窗戶讓她看到了外面的街道，她看到郝仁醫生的店鋪已經關門了，燕飛瓊已經將郝仁醫生帶走，那個扭動著身體的女人已經將郝仁醫生診所之外的生活全部占據。而夏春花到底會是誰？普桑子安慰自己道：不會出事的，絕對不會出事的，她深信王品，他從外面趕來，就是為了看到自己，他怎麼會與一個叫夏春花的女人有什麼聯繫呢？

普桑子肯定自己對王品充滿信賴之後就拉開了門，她要去會見王品，在這樣的黃昏，王品也許還餓著肚子呆在旅館裡寫他的那本書呢。

旅館

普桑子已經有很長時間沒有來旅館了，她想起自己去看父親的墓地時，曾感覺到王品居住的這座旅館像一座地獄，那一時刻，她似乎想讓王品盡快地從旅館撤離出來。她現在感到，旅館顯得很肅靜，走廊上也沒有妓女在行走，她有一點漸漸地明白了，王品之所以住在旅館裡面寫書，是因為旅館是一個小世界。

正像她所想的一樣，王品確切地正餓著肚子坐在書桌前寫書，他看到普桑子意外地出現在他面前，臉上閃現出驚喜，他擁抱了一下普桑子後便急切地問普桑子到底到哪裡去了，普桑子被王品擁抱在懷裡，她終於感到在這座旅館裡並沒有發生什麼事情，她感受到的那種陰影在王品激動地擁抱她的那一時刻終於像冰雪一樣溶化了。

他覆蓋在她身上，她被他的身體壓著，他使她成為女人，成為一個感受到性高潮的女人，而她正同樣使他成為一個男人，一個已經讓女人感受到性高潮的男人顯然是一個驕傲的男人，他們使如此遙遠的身體，如此陌生的身體，不可企及的身體融為一體。

他們在濛濛夜色上升時感受到了飢餓，沒有吃東西的飢餓使他們雙腳落地，他們用腳踩在涼涼的木地板上，普桑子穿好衣服站在窗前，她伸出右手掀開了窗帘的一角，她看到了那棵落光了葉子和花瓣的紫藤樹，她也看到了樹下的年輕妓女。

她突然在心裡問自己：夏春花存在嗎？夏春花到底會是誰？

他帶著她來到了外面，經過那群妓女身邊時普桑子緊緊挽住了王品的手臂，不知道為什麼，她聽到了一陣嬉笑聲，她回過頭去，看了看那群妓女，她們似乎正衝著她的脊背在發笑。普桑子仰起頭來看了看王品，在路燈的照耀下，她看不到他的臉。

玻璃餐廳

當一個女人仰起頭來看一個男人的面龐時，她一定想看到這個男人到底在哪裡，對於普桑子來說，雖然她已經挽緊了他的手臂，但是在她在夜色中仰起頭來時，她並不知道她身置何處，也許她並不知道這個男人在哪裡？

所以，她仰起頭來是想看到他，她想弄清楚那個給予了她性高潮的男人為什麼帶著她走在夜色彌漫的街道上時她會如此地迷惘，也許是她想到了那個叫夏春花的女人，然而，這個女人是不可知的，她無法驗證這個女人從哪裡來，她無法驗證燕飛瓊那詭秘的微笑，所以，她仰起頭來，她試圖在夜色中看到這個男人明亮的眼睛和無邪的微笑，但是，她所看到的那張面孔是那樣模糊，她似乎從來就看不到他另外的內心世界，但是她仍然挽緊了他的手臂，她已過了三十歲，她已經是一個三十多歲的女人，她知道她會抓住男人的手臂，她會讓這個男人帶她到別處去。那天晚上，他把她帶到了餐廳裡面，她本以為他會帶她走得很遠，她已閉上眼睛堅定不移地跟他走，雖然在夜色中當她仰起頭來時她看不清楚他朦朧的面龐，不過她在那一刻決心跟著這個男人，哪怕是到一個模糊不清的世界的尺度裡面去。

但他並沒有帶她走多遠，他把她帶到了一家玻璃餐廳裡面，普桑子不知道這家玻璃餐廳到底是什麼時候誕生的，她這一生從來沒有看見過玻璃餐廳，也就從來沒有在玻璃餐廳用過餐，所以，她被這座看上去是易碎的餐廳所吸引。現在，她終於可以在玻璃餐廳裡面看清楚這個男人了，在不久之前，他曾經在旅館裡給過她性高潮，在性裡她好像是一條魚，而坐在餐廳裡她卻變成了一個有理性的女人。

她坐在玻璃屏風下面看著這個男人，他看上去是清晰地，他將菜單看來看去，她不知道夏春花與這個男人到底有什麼關係。

夏春花到底是誰

普桑子與王品告別後已經是十二點鐘了，用過餐以後，他們又到海邊走了一圈，普桑子已經有好長時間沒有來海邊了，自從上次坐輪船回來以後，她就沒有看見過大海，對於她來說，她雖然生活在海邊，海對於她來說卻是遙遠的，也許是她懼怕面對大海，在她一個人時她不會輕易到海邊來散步。

今天她卻主動提出來到海邊走走，王品告訴她，在她離開的那些日子裡，他經常到海邊來散步，普桑子想。他是獨自一人來，還是與別的人來，有沒有女人陪同他，如果是女人會不會就像我一樣緊挽他的手臂？

他們踩著細細的沙礫，這使她想起在吳港的生活來，她想起了雯露，王品後來曾告訴過她，雯露是主動離開王品的，她不習慣跟著他從一家旅館到另一家旅館的生活，她後來跟著一位江南商人到江南去生活了。在吳港的那段日子裡，他們三個人曾到海灘上去散步，在那個特定的時刻，普桑子後來發現自己懷孕了，在那個特定的時刻，她在慢慢地疏遠王品，所以，她不走進王品的生活中去，就必然有另一個女人走進他的生活中去。這個世界不缺少女人，男人永遠也不會缺少女人，男人缺少的只是夢想，但有夢想的男人也很多，比如郝仁醫生和王品，他們有不同的夢想，那麼，男人缺少的到底是什麼呢？普桑子緊挽著王品的手臂，他在海風的吹拂下正在談論他的那些夢想，他談論的是一本書，他正在撰寫的那本書，普桑子想，那本書到底給他帶來了什麼？王品沉浸在他們用雙腳踩響沙礫時的聲音中，看來，這個居住在旅館裡生活的男人，他從來也沒有對旅館厭倦的時刻，普桑子問他那本正在寫的書的名字叫什麼，他說了兩個令普桑子並不感到驚訝的字：「旅館」，這就是一本書的名字，普桑子想，那麼說旅館的生活也就是他書中的生活。普桑子在黑暗中迷惑地望著遠方，同男人在一起時，她似乎永遠是迷惑的，她不知道他們永遠在幹些什麼？她總覺得男人們還是缺少一種東西，在這個特定的世界裡，他們總是缺少什麼？顯而易見，他們並不缺少女人，他們並不缺少夢囈、耐心；也並不缺少金錢和一間房子；他們缺少的是什麼呢？

普桑子覺得自己更加迷惑了，這些問題她過去從來也沒有想過，而此刻，海潮撞擊她的心靈，她開始意識到自己的煩惱正在增多，煩惱正在慢慢地，越來越多地占據她的心靈，就像這海風的沙礫一樣摩擦著她的皮膚。

而且煩惱變得是這樣具體，她還沒有想清楚那個抽象的問題，另一個煩惱卻又像一種浪花撞擊著她的身體，她想到了一個女人的名字，夏春花，那麼，到底誰是夏春花呢？普桑子從未聽說過這名字，也從來沒有聽王品說過這名字，每當想到這個名字，她就覺得王品的生活是如此混亂和如此遙遠，而那座旅館使他的生活到底是陷入了通向他撰寫的那本書的不可知的世界呢，還是通向了一種沒有尺度的、曖昧的、危機四伏的世界？

普桑子意識到她的迷惘是因為她正愛上了這個男人，如果她還沒有愛上這個男人，那麼她就不會去追究那些煩惱，她也不會追問夏春花到底會是誰？但是她迷惘地低下了頭，她不想抬起頭來時遙望黑茫茫的大海，那樣會使她感到恐懼，她只想避開大海的誘惑和大海上的層層浪花，她盯著自己的腳尖，無助的向前，沙礫發出潮濕的沙沙聲，她像是尾隨著自己無助的影子向前，而她並不知道她應該到哪裡去。

陶章來到了她店鋪裡

陶章這次回城是來購些生活用品，這也許只是他的託辭，實際上，他剛坐下不久就再次邀請普桑子跟他一塊到礦山去生活。在陶章進屋之前，普桑子剛把店鋪的木門打開，陶章問她昨天晚上到哪裡去了，他告訴普桑子他在普桑子家門口等了很長時間，普桑子已記不清楚回去的時間到底是什麼時候了，然而，儘管這是她與王品呆得最長的一個晚上，她的煩惱卻在增加，回去的時候她把煩惱又帶到了自己的那間房子裡，從那天晚上開始普桑子再次失眠了。一夜未眠的普桑子抬起頭來看到了陶章，這個從遙遠的礦山回來的人，像是把他礦山上烏黑的風景畫帶到了普桑子的面前。不知道為什麼，普桑子看到陶章後感受到了一種明亮的東西，陶章再一次問普桑子想不想跟他一塊到礦山去？

到礦山去，礦山到底在哪裡呢？當然礦山不可能在房間裡，礦山一定是在一座山上，普桑子眼睛只閃爍了一秒鐘，她就搖了搖頭，很顯然她不能跟陶章到遙遠的礦山去。是的，她在這個特定的時期內是無論如何也不能跟他到礦山去的。

過去，過去對於普桑子來說就是王品沒到來之前，在過去的日子裡，普桑子不能跟隨陶章到礦山去是因為自己剛生下阿樂，再而有郝仁醫生在她心目中的位置，而現在不能到礦山去則是為了王品，那個住在旅館裡的人的位置別人也不可能替代，儘管那是一座讓她迷惘的旅館，而住在旅館的男人同樣也是一個讓她感到迷惘的一個男人。如果沒有這個男人，普桑子會不會跟隨陶章到礦山去呢？如果在這座城市沒有這兩個男人的存在普桑子會不會跟隨陶章到礦山去呢？

很顯然，礦山對她來說是有吸引力的，也許她從陶章身上看到了一座富有生機的礦山，因為現在的陶章已經擺脫了他那受挫的命運，他雖然只有一條腿，但是他好像並沒有比別人少了另一條腿，因為他擁有了一座礦山。

反正，那天上午，普桑子還是堅決地拒絕了陶章，陶章有些失望，但他對普桑子說，過些日子他還要回城，屆時他會再次來接普桑子。陶章走了，他重新回到他的礦山上去了，他並沒有沮喪，普桑子想，陶章守著那座礦山，所以他會很充實。

而那個守著一座旅館的人才是寂寞的，他才是真正需要她的男人，想到這裡，普桑子找到了一種平衡。

她沒有跟隨陶章到礦山去，儘管那座礦山對她充滿了吸引力。而她此刻留下來確確實實是為了王品。但普桑子面對的卻是一座令她迷惘的旅館，於是，普桑子又開始採取了下列方案，第一，她必須弄清楚夏春花到底是誰？第二，她必須在適當的時候說服王品撤離那座旅館。

普桑子看見了夏春花

普桑子並沒有想到會在王品的房間裡看見一個年輕女人。那天下午下著濛濛細雨，天氣驟冷，街道上連人影都沒有，更沒有顧客到普桑子的店鋪來買首飾。普桑子覺得很無聊，決定去看看王品，順便好好與他談一談撤離那座旅館的事情。

普桑子進屋後卻看見了一個年輕女人，這個女人在她進屋後看了她一眼對她點了點頭，普桑子覺得這個女人好熟悉，只是想不起來在哪裡見過，她身穿一件白色短衣，下身穿一件黑色布裙，完全是普桑子當年念女子學校時的模樣，普桑子剛坐下，那個年輕女人就告辭了，她帶走了王品遞給她的兩本書。

普桑子並沒有問這個年輕女人是誰？是從哪裡來的，然而，王品卻主動告訴了她這個女人的名字，王品說：「她叫夏春花，現在市女子學校念書。」她就是夏春花，普桑子總覺得在哪裡見過她，但她想不起來到底是在哪裡見過她？

這就是燕飛瓊用詭秘的雙眼看著她並告訴她的名字，她就是夏春花。普桑子哦了一聲，王品說他正在支助夏春花念女子學校，普桑子又哦了一聲，她現在從沙發上站了起來，她面對著王品，她看了他一眼，王品解釋說：「夏春花是一個不幸的女子，她現在非常需要念書，只有到女子中學去念書才能將她從一種不幸的生活狀態中解脫出來。」

普桑子站在窗口，她聽著王品的解釋，她不知道這一切是什麼時候發生的，她突然地，出乎意料地闖進這裡，又突然地，出乎意料地看到了一個似曾見過的女人，實際上對於她來說是一個陌生女人──一個他正在尋找的女人，正在困惑著她的女人突然闖入了她的世界，而她正是夏春花，而且王品還在承述他與這個年輕女人的關係，他正在解釋他們之間的關係，這種關係並不是簡單的關係，王品了解這個女人，因為他解釋說這是一個不幸的女人，這麼說，王品早就認識這個女人了，那麼，她到底是一個怎樣不幸的女人呢？

普桑子仍然站在窗前，她的身體有些顫慄，但並不像她想像中的那樣感到害怕，在未見到這個女人之前，她是害怕的，她對夏春花這個名字感到畏懼，因為燕飛瓊已經用詭秘的目光透露出一種令普桑子深感畏懼的東西。看見這個女人，並確定她就是夏春花之後，她一聲不吭地面對著窗口，她顯然不明白王品為什麼要這樣做，世界上有不少不幸的女人，難道王品要去拯救天下所有不幸的女人嗎？普桑子顯然一聲不吭地站在窗前，王品早已停止了解釋，看樣子他不會再解釋下去了。他把手放在普桑子的肩上，他對普桑子說：「你想聽我講夏春花不幸的故事嗎？」普桑子搖搖頭，她將肩膀轉過來，她想問王品到底愛不愛自己，但是她沒有勇氣說出來，王品突然將她抱住輕聲說：「普桑子，你必須相信我，你必須相信我。」普桑子看著王品的面孔，她知道王品說這話是想告訴她：他對她是忠誠的。

普桑子感覺到自己眼裡的淚水。她撲在王品懷裡，她相信了他未表達出來的那些忠貞的話語，他們通過接吻和愛撫表明了他們是深愛對方的。

普桑子沒讓王品講述夏春花的不幸遭遇，是因為在那時刻，她感覺到了除了自己之外，王品決不會去愛另外別的女人。她撲在王品懷裡，她感到了除自己之外，任何別的女人也不能給王品帶去愛情。普桑子安慰自己，那個年輕的女人只是王品同情的對象之一。

燕飛瓊再次光臨店鋪

普桑子已經有半個多月沒有見到燕飛瓊了，時間過得總是那樣的快，在這半個多月裡，普桑子除了守在店鋪再回到母親和阿樂身邊之外，另一種生活的方向就是那座旅館，半個多月來她與王品頻繁地約會，她感受到了王品對她的愛，這是她夢寐以求的那種無限的愛情。

所以，她覺得光陰如箭，除了奔走在回家的路上就是奔走在愛情之路上的普桑子似乎忘記了記憶中的許多事情。

燕飛瓊的突然而至使普桑子覺得這世界還有別的人存在，但她陶醉在幸福中對燕飛瓊的到來很友好，燕飛瓊儘管早已不做歌女，但走路的姿態仍然扭動著腰肢，她進屋後坐在普桑子店鋪中唯一的那把椅子上，她將普桑子從頭打量了一番後關心地說：「普桑子，有一件事我想了想還是得提醒你注意，不知道你是想聽還是不想聽？」

普桑子正用一塊布擦著放在櫃裡的首飾盒，她平靜地說：「有什麼事你就說。」「其實，我上次來就想告訴你，後來實在不忍心告訴你……」「哦，發生了什麼事……」普桑子放下那塊布和手中的盒子，她抬起頭來，當她與燕飛瓊的目光相遇時，她看到了燕飛瓊那詭秘的目光，燕飛瓊說：「普桑子，不管這事情對你有怎樣的打擊，我還是得告訴你真相，現在我問你，你知道夏春花到底是誰嗎？」普桑子笑了一下說：「哦，這件事你不用提了，王品已經告訴我了，夏春花現在正在女子學校念書，王品是她的支助者……」

「事情並不像你想像的那樣簡單，你並不知道夏春花到底是誰。」

普桑子突然大聲說：「夏春花跟我並沒有什麼關係，所以，她是誰也跟我沒有關係。」

「可是，如果你一旦知道了夏春花過去的身分，你就會感到王品在欺騙你……」

「夏春花是誰？王品並沒有欺騙我，他本來想告訴我夏春花的那些不幸遭遇，但是是我不想讓他告訴我的……」

「哦，原來是這樣，現在讓我來告訴你吧，普桑子，就在你離開家的那些日子裡，王品認識了夏春花……你知道，他認識她是非常容易的，因為她每天晚上都站在那棵紫藤樹下，在你離開的那些晚上，夏春花每天夜裡都站在紫藤樹下……普桑子，我這樣說你明白了夏春花到底是誰了吧！……普桑子，別睜著眼睛那樣看著我，現在你應該知道了，夏春花到底是誰？」

「你說夏春花到底會是誰？」普桑子看著燕飛瓊，除了用呆滯而驚愕的雙眼看著燕飛瓊之外，普桑子不知道這個世界還有什麼依傍的東西。但是她聽到了燕飛瓊準確無誤的聲音在告訴她：「普桑子，現在我告訴你夏春花到底是誰，她就是站在紫藤樹下的妓女。」

虛構者說

夏春花到底是誰？這個問題普桑子得到了證實，是燕飛瓊親自告訴她的，夏春花不是別人，她就是每天夜裡站在紫藤樹下的那些妓女中的一員。普桑子預感到的那件事終於發生了，在她離開的那些日子裡，王品認識了夏春花，對於普桑子來說，他認識了夏春花就意味著一切事情都已經發生了。

普桑子面對這個事實應該怎樣辦呢？時間已經是黃昏了，燕飛瓊走後，普桑子一直就呆坐在店鋪裡的椅子上，她的精神世界正在坍塌，她靠著牆壁，她不相信這一切，但這是事實，燕飛瓊可以杜撰別的事情，但她決不會將另一個良家婦女說成是妓女。普桑子僅存的希望，保留在她希望中的一點希望就是親自去問王品，她要讓王品親自告訴她夏春花到底是誰？

普桑子那天終於被別人揭開了蒙在她眼前的迷幔，這使她悲哀地感覺到她已經被別人拋棄——在她離開的那些日子裡。

普桑子站在旅館的走道裡

天黑以後普桑子餓著肚子推開了店鋪的門，她必須給予自己力量，如果缺少力量，她就無法出門，更無法走到那座旅館裡面去，如果缺少力量她就不能面對面地問王品：夏春花到底是誰？如果缺少力量她就不可能驅散一座旅館給她的宛如地震般的恐怖。

但普桑子並沒有帶著力量出門，沒有人能在這樣的時刻給予她力量，如果說她身上有某種力量的話，那是一種畏懼的力量，她穿上外衣，冬天已經在不知不覺中降臨了。

腳下是寒冷的風，灰濛濛的街道上，一輛輛人力車奔馳而過，坐在人力車上的那些男男女女臉上沒有任何表情。普桑子覺得到旅館的路是如此地漫長，平常只須走五分鐘的路程，她卻走了整整半小時。在寒冷中，她抬起頭來，她又看到了那棵紫藤樹，不知道為什麼，每每看到那棵落光了花瓣的樹，她就會想到那群用肉體來墮落的年輕女子，她們的面龐上彌漫著一種風塵的滄桑，作為女人，她曾同情過她們，作為一個女人，妓女們的存在會使她感到恐怖。

紫藤樹下還沒有一個妓女出場，因為時間還沒有到，哦，時間還沒有到，妓女們還沒有出場。這好像是一首被落葉所捲起來的歌曲。

普桑子開始上樓，這次上樓比任何一次都變得艱難，她曾經把這座旅館想像成一座地獄，而她此刻正通向一座地獄的深處，如果說這座旅館真的是一座地獄的話。她在繼續上樓，她突然回想起來不久之前的一個晚上，她曾在這裡看到過一個年輕的妓女，她曾經想過，如果她不是一個妓女的話，她準是一個漂亮的女孩。普桑子突然回憶起來了，那個在王品屋裡碰到的名叫夏春花的年輕女人長得跟她在走道上相遇的那個妓女很相似，難道夏春花真的是妓女？普桑子站在走道上，一股涼氣從腳心上升，一直涼到她的掌心、耳垂、前額及頭皮的深處，普桑子站在過道裡迷失了方向，她不知道自己應該到哪裡去，也不知道她到這座旅館裡來是幹什麼的，她就像一個在迷途中既看不清方向又在垂死掙扎的人，她的身體僵硬地佇立著，前面就是王品所住的房間，只有幾步就可以觸摸到他的門，她不知道這一切究竟是為了什麼？她來到這裡，夏春花的影子便浮現在面前，她終於明白了，自己是來確證一件事實：夏春花到底是不是那個讀女校的年輕女人？夏春花有沒有做過妓女？普桑子感到自己為了確證這件事實，正在不顧一切地走上前去，她正在伸出手去，她要敲門，除了敲門，她在這個世界上看不到任何方向。

普桑子和王品的對話

普桑子站在王品面前，王品對普桑子說：「你是不是病了？你的臉色很不好看。」普桑子望著王品的眼睛，她無法探究那雙眼睛下面的東西，她又環視了一遍房間，她發現桌面上堆滿了稿紙和書籍，在她進屋之前他顯然在寫作，普桑子的雙手已被王品抓住，在這迷亂的時刻，她不知道應該怎樣開始她與王品的對話，但對話卻這樣開始了。

王品說：普桑子，坐下來好嗎？你好像有什麼事？你似乎有什麼事想告訴我？

普桑子說：夏春花……噢……我想知道夏春花到底是誰？

王品說：我不是已經告訴你了嗎？夏春花是我支助她上學的一個女學生……

普桑子說：除此之外呢……夏春花到底是誰？我的意思是說如果你想告訴我的話……請

你告訴我夏春花在上女子學校之前的身分？噢……她的確切的身分……她到底是誰？

王品說：普桑子，是的，我應該告訴你，你別那樣……我必須告訴你……很顯然，你已經知道了夏春花的身分……是的，當然是這樣的，你已經知道了……普桑子……夏春花是一個孤女，在進入這座城之前，她在戰爭中喪失了父母和親人，她流亡到這座城市……她在孤立無助的情況下開始了她妓女的生活……後來……

普桑子說：後來……你是說後來她來到了這座旅館，她每天站在夜色照耀之中的紫藤樹下，再後來，她覺得還不夠，她進入了旅館，再後來，她敲開門進入了你的房間……

王品說：普桑子，事情不是這樣的，應該這樣說……

普桑子說：那天我正在敲門時，恰好你從外面回來，她就站在走廊上，她想誘惑你，不過，那天晚上你並沒有接受她的誘惑……事情發生在我離開你的那段日子裡，我突然的消失是因為我連告訴你的時間都沒有，也就是在這段時間裡，她站在走道上再次誘惑你，然後你沒有抗拒，你把她帶到了你的房間……

王品說：確切地，在你離開的那段日子裡，我四處尋找你，我感到孤單，有一天半夜，她來敲門，我似乎在夢中，我不知道敲門者是誰？當我打開門時，她就走了進來……

普桑子說：哦……她就走了進來，在一個半夜，她走進了你的房間，一個妓女走進了一個單身男人的房間，然後，你們就開始做那件事，然後……

王品說：確實是這樣，在一個半夜，她突然闖進了我的房間，然而，我們並沒有做那件事，在她站在燈光下開始脫衣服時，我制止了她，她是那麼年輕，那麼年輕，我感到了一陣心痛，我給了她一些錢，我告訴她你不能夠這樣，她說她如果不這樣，那她就無法生活下去，我對她說你應該去念書，在你這樣的年齡是念書的最好時機，她搖搖頭，她說我是她碰到的最好的男人，我就對她說，到女子學校去念書吧，我可以支助你上學……

普桑子說：難道你和她就沒有發生過任何關係，難道你就沒有被她那年輕的肉體所誘惑？難道你……

王品說：我已經把全部事實告訴你了，這是發生在我生活中的事實，也是最真實的事實，我只希望你能相信我，普桑子。

普桑子說：我可以相信你的話，那麼……噢，我是想說，在今後的日子裡，你能與她中斷來往嗎？我是說，在這座城裡沒有一個人不知道夏春花曾經做過妓女，我是想說，如果你再繼續與她來往……

王品說：普桑子，在這樣的時刻，我如果拒絕與她來往，那麼，她剛剛振作起來的心靈會再次淪入泥淖，普桑子，給我一點時間用來幫助她，可以嗎？普桑子？

普桑子說：我不能接受這一切，不過，讓我試一試，王品，我也有一個要求，你可以離開這座旅館嗎？

王品說：我不能……

普桑子說：為什麼？為什麼你這樣喜歡這座旅館，為什麼你不能搬到別的地方去住？

王品說：我想把這部書寫完，把這部叫「旅館」的書寫完。

普桑子站了起來，她用柔軟的身體伴隨著她與王品的談話，她也用柔軟的身體伴隨著生活的無奈和生活的迷惘，王品後來帶著她去了一家餐館，她麻木地接受著對面的那個男人，望著他的目光，她飢餓的身體因此必須裝進去這些令她心碎的東西，令她受挫的東西。她知道，王品講了上面這些事情，他在期待著她對他的理解，在某種意義上，她正在期待他所需要的那個女人，他所愛的那個女人，給予他勇氣去承擔一個男人肩負著的另一種富有同情心的生活。

虛構者說

在事實中，普桑子並沒有走出去，那天晚上她仍然跟隨著王品去了餐館，她的內心遭受著從未有過的分裂，遭受著從未有過的迷惑，然而，她仍然坐在王品對面，看著他用餐時的模樣，看著他想把生活全部占據，他要寫一本書，就必須居住在旅館，他要幫助一個年輕的妓女改邪歸正就支助她去上學，他要讓普桑子理解他就那樣期待著她……普桑子迷惑地沉浸在這種男人和女人的世界中。

她的身體已被這種迷惑籠罩，她的意志已被這個男人的生活所牽引，她的目光已被他的目光所彌漫……普桑子深陷在生活的真實面目中，她想把他從那座旅館中拉出去，但他有他的充分理由，她想讓他離開那個女人，但他在聲明他的同情心，她想讓自己離開這個男人，但她卻看到了自己正在望著他，她想去占據他的生活，但在不知不覺之中，她的生活卻已被他占據。

她不能離開他——出於一種難以說清的原因，她與他離開餐館時，他們散步、擁抱、親吻，用一切的方式為此來證明他們是相愛的一對男女，用一切的方式為此來證明他是愛她的，而她也是愛他的。回去的路上，普桑子又看見了那棵紫藤樹，哦，仍然是那些妓女，她們似乎無視寒冷，穿得很薄、很露口的衣服，注視著行人，勾引著男人們。

男人的生活並沒有使普桑子茅塞頓開，男人的生活是一面鏡子，讓她看到了在被戰爭所籠罩的年代，那些遠離戰爭的男人們所進行的另一種戰爭，他們使生活在遊戲中展開，宛如他們的身體正在擺脫記憶之中的一場難以忘卻的疾病和痛苦。

普桑子的力量是如此地單薄，她無法使那些妓女走開，她看到了自己的反叛是微弱的，甚至她也無法使王品遠離開夏春花。

夏春花和王品的關係

儘管如此，夏春花和王品的關係卻使普桑子更加迷惘，離開了王品後，普桑子回到了家，她鑽進了被子裡，面對著黑暗，她需要在此時此刻看到一束光，但她看到的卻是黑暗，她不想打開燈光，是因為她很虛弱。

夏春花和王品的關係——使她陷入在黑暗之中，她閉上雙眼，她對自己說：明天早晨，我要去告訴王品，必須讓他離開夏春花。

第二天一早，普桑子並沒有去找王品，她又來到了自己的店鋪，但這個早晨，她已經開始懷疑一切，她懷疑王品對自己的所謂的愛，她回憶著王品告訴她的一切，從每一個細節的出發開始回憶，她的店鋪的牆壁上到處都映著王品與夏春花的關係，那是一種含糊的關係，在裡面，夏春花作為一名妓女半夜闖進王品的房間本身就充滿了危險性，而最為重要的危險和值得懷疑的就是王品竟然對那個女人充滿同情，對她出賣肉體的生活充滿同情並且將她以往的生活扭轉過來了，在這種關係之中，普桑子開始懷疑王品與夏春花的關係，於是他的陳述被普桑子所推翻了。

普桑子焦躁地問自己，用什麼來講王品與夏春花的關係，她知道如果自己不相信王品，那麼，再也沒有什麼人可以證明這一切，如果她相信了王品，那麼，事情就變得簡單起來了，普桑子問自己：我相信王品嗎？她問自己，如果我相信他，那麼我用什麼來相信他呢？她的身體雖然坐在店鋪裡，目光卻在門外的街道上逡巡著，她看到了燕飛瓊，燕飛瓊正在過馬路，普桑子一看就知道燕飛瓊要來找自己，普桑子想，燕飛瓊是無所不知的人，她停止了歌女的生活之後到處張望，她窺視到了普桑子無法看見的生活，她沉浸在其中，並樂此不倦，普桑子看見燕飛瓊朝著自己的店鋪走來以後有一種畏懼感，她害怕燕飛瓊是因為燕飛瓊從來沒有什麼好消息告訴她，燕飛瓊帶來的消息都是令普桑子感到迷惘的消息，不過，普桑子不得不承認，燕飛瓊這個女人無所不在，她的身體似乎可以四處遊蕩，她會窺視到別人神秘的隱私。

燕飛瓊像一條歡樂的盤旋起來的蛇已經來到普桑子的店鋪，燕飛瓊說，普桑子，今天是星期天，你忘了今天是星期天了嗎？普桑子這才想起來，在往常時她星期天要到下午才來店鋪，她通常是睡上一個懶覺，但今天自己竟然忘了是星期天。燕飛瓊又說，普桑子，今天上午我發現了一個秘密，你想讓我告訴你這個秘密嗎？普桑子有些疲倦地搖搖頭，燕飛瓊就說：普桑子，今天早晨我發現的這個秘密與你有關係，普桑子睜大雙眼，她既沒有搖頭也沒有表示想聽什麼，但燕飛瓊已經將所看到的秘密告訴給了普桑子，不管普桑子願不願意聽，總之，她在普桑子睜大雙眼看著她時，她乘機將這個令普桑子痛苦不堪的事實告訴給了普桑子。

燕飛瓊說：「普桑子，今天早晨我給郝仁醫生送外衣來，他早上出門時忘了穿外衣，你知道我看見了什麼人了嗎？普桑子，我看見了夏春花，我看見夏春花從旅館裡走了出來，看得出來她走得匆匆忙忙，我想，夏春花昨天晚上一定留在旅館過夜，普桑子，你別那樣失魂落魄，我現在發現，男人不像女人，男人們都有女人無法想像的生活，包括郝仁醫生在內，你知道郝仁醫生過去有一個女人嗎？最近她從外地回來了，她的歸來意味著她要來干擾我與郝仁醫生的生活……」

普桑子睜大了雙眼，她的視線隨同燕飛瓊的語言在移動，當燕飛瓊說到夏春花從旅館裡面走出來時，她眼前便幻現這樣的情景，夏春花就像那個早晨自己與王品過完夜以後離開旅館一樣走得匆匆忙忙，那時的普桑子只想逃離別人的目光，而夏春花也是一個女人，她也想逃離眾人的目光，當燕飛瓊說到郝仁醫生過去的那個女人歸來了時，普桑子眼前便浮現出這樣的情景，一個身穿墨綠色旗袍的女人穿著高跟鞋來到郝仁醫生的診所，她曾用敵意的目光看著普桑子……

普桑子回到了現實，燕飛瓊把她所看到的這個秘密拋下之後，已經離開了普桑子的店鋪。

普桑子覺得這是最寒冷的一天，她似乎被別人擲在空中，又重新返回地面，而她的身體落地時，似乎世界已被重新改變，她相信了燕飛瓊告訴她的話，所以，普桑子的身體落地時她感受到了從未有過的沉痛。

她在天黑以後曾在旅館門口行走，她想去找王品，但她對他已失望，她在街道上行走了兩小時，身體被寒冷浸透著，最後她還是放棄了去會見王品。如果說在頭一天她還相信王品的話，那麼，此時此刻，她已經不再相信王品，燕飛瓊告訴她的事實使她覺得自己受了欺騙，她的身體似乎正被懸空，她對自己所置身的世界充滿了更深的畏懼。她不敢再去想王品的生活，她更不敢走進那座旅館裡去敲開王品的門，她看著道路的遠方，她突然看到了一個人，那個人並不存在，但普桑子卻看到了他撐著拐杖，他對她說：普桑子，我想帶你到礦山去。

普桑子抬起頭來，她似乎看到了一些黑色的花朵在開放，黑色的花朵發出芳香，這就是遠方的那座礦山。

普桑子竭力想擺脫這座城市，她在黑夜中呼吸著。

第五部分　現實之五

礦堡

普桑子再次選擇了出走，這說明她是如何地畏懼，她害怕繼續面對那座旅館，她害怕繼續面對王品的生活，他與夏春花的那種含混不清的生活以及燕飛瓊對她展現的真實使她無法忍受，她無法忍受更多的真實。

普桑子選擇了出走，那天晚上當寒冷浸入她的身體，她除了感受到身體的懸空之外，她還看到了另一扇向她打開的窗戶，裡面有一朵黑色的花在開放，那似乎正是召喚她進去的唯一的地方。

陶章的礦山召喚著她已經被懸空的身體，女人天性中有一種期待那就是從一扇向自己打開的窗戶中走進去或者撲身進去，在她迷惘的時刻，陶章的那座礦山是普桑子出走時唯一可以投奔的地方。她走在寒夜裡，很顯然，燕飛瓊將一個令她所絕望的事實告訴了她，在寒夜裡，她想把絕望拋在身後，所以她幻想著那朵黑色花朵的氣味，那種自由的氣味，是她在被這座城所窒息淹沒時所期待的氣味：擺脫了旅館、擺脫了王品和夏春花，擺脫了燕飛瓊之後的一座礦山的氣味。

普桑子回到了家，她給母親留下一封信和她身上的所有積蓄，她只帶了一些盤纏和一只箱子，這是她第二次出走，她告訴母親她要到陶章的礦山去並讓母親為她保守秘密，她請母親理解她並替她帶好阿樂，她還說她估計她不會去太長時間，她也許很快就會回來。

普桑子第二次出走同樣是為了一個男人。只不過她第一次出走時不是從一個男人的懷抱出走，她懼怕那個男人，也就是懼怕郝仁醫生，她害怕她會由此躺在郝仁醫生的懷抱，所以她出走去了吳港。

第二次出走是因為她懼怕王品的那座旅館，因為那座旅館裝滿了王品的全部私人生活，普桑子的出走意味著她無法再承擔王品的生活方式，普桑子就這樣出走了，她拎著箱子並同時肩負著這一出走的形式，當那座礦山呈現在眼前時普桑子還在想像著那朵開放的黑色花朵。她帶著冰冷的身體走下火車來到站臺，這是她記憶中的站臺：礦堡。陶章曾對她說，他的礦山就在礦堡，那是一個小鎮，而他的礦山就在小鎮的山上。普桑子拎著箱子，她的迷惘已經在礦堡這個地名和小鎮中彌散開去。

礦堡

普桑子的出現似乎並沒有讓陶章感到過分的驚訝，他似乎早就預測到了這樣的情景，普桑子總有一天會出現在礦堡，大概他深信有這一天到來，每一次與普桑子短暫的會面他總是把「礦堡」這個地名說得很有誘惑力，他這樣做是提醒普桑子，礦堡有一座他自己的礦山，他沒有想到普桑子已經牢記了這地名，普桑子那天晚上下了火車，她並沒有直接去尋找陶章的礦山，而是帶著她那疲倦的身體尋找到了一座旅館，雖然她對旅館深懷著一種畏懼，但是普桑子作為一個異鄉人來到礦堡，她不得不住到旅館裡面去。

她要了一間客房便鑽進房裡去，多少天來的迷惘似乎全都溶進了這間屋子裡，她推開窗戶，夜色中飄來一種礦石的氣味，普桑子想礦堡就是一座四處是礦石的小鎮，她睜大雙眼試圖想在黑黝黝的深處看到陶章的礦山，但是除了在微風中嗅到礦石的氣味之外，普桑子連一個人影也沒有看到，這就是礦堡，它藏在深黑色的礦石下面，也就是藏在石頭之中，就是說，陶章就帶著他剩下的一條腿和自己的身體終日守候著他的礦山，守候著那些黑色的石頭。

普桑子呼吸著四周的氣息，不知道為什麼，她喜歡這種氣息，這是石頭的氣息不是人的氣息，普桑子已經厭倦了人的氣息，那是一些讓她不舒服的氣息，而石頭的氣息第一次被她嗅到，噢，這就是陶章一次又一次對她述說的礦堡，一座小城堡，一座生長礦石的地方。

躺在床上以後，普桑子睡得很踏實，終於遠離了那些不愉快的事情，終於遠離了那座王品居住的旅館，遠離了夏春花，遠離了饒舌的燕飛瓊，她終於面對另一個新地方，而這個地方又並不是舉目無親，而是有一個人存在，因為他存在，普桑子才會降臨到礦堡，她正在朝著這些向她真正敞開的大門走進去，她會喜歡那些黑色的石頭嗎？她會樂意被石頭的城鎮所包圍嗎？普桑子做了許多夢，夢見的都是黑色的石頭，她還夢到母親在尋找自己，而那隻鸚鵡卻對母親說：普桑子到礦堡去了。

當她尋找到陶章的礦山時，這已經是她尋找的第六座礦山了，在礦堡到處是礦山，到處都是男人們的身影，他們的臉上像抹了層油彩，這是礦石的粉沫吹到了皮膚上，因而，他們的皮膚與礦山的顏色溶為一體。

普桑子終於來到了陶章的礦山，這是第二天上午十二點鐘了，她看見陶章的時候，陶章正撐著拐杖從一座黑漆漆的洞裡走出來，普桑子站在陽光下面，陶章抬起頭來看到了她。普桑子以為陶章看到自己一定會非常驚喜，但當她看到陶章的目光時並沒有她想像的那樣驚喜。普桑子想，也許他已經想過我會到來的，也許我的到來並沒有使他感到高興，普桑子想不過我來了，我卻真的來到了他身邊。

普桑子想起自己奔往海邊將他從水浪中拉上岸來的時候，普桑子想起了那一天自己身上充滿的力量，他上了岸，他終於把他受挫的東西拋棄，他終於擁有了一座礦山。

儘管如此，陶章卻在陽光下看著普桑子，他對普桑子微笑了一下，普桑子真想聽他說話，比如說一些讓普桑子能感動的話語，比如說：普桑子，你來了，我真高興等等諸如此類的話語，普桑子抬起頭了，她充滿期待的看著陶章，陶章又對她微笑了一下，陶章說：「普桑子，有一件事情我要告訴你，我屋裡有一個女人，對，是一個女人，一個星期之前她搬到我的住處，你未到來時，她一直在照顧我，她舉目無親，我也不知道她是從哪裡來的……很久以前她來到了我的礦山，她需要我收留她我就那樣收留了她……普桑子，你來了……真好……你來了……我要告訴你的是在我的住處有一個女人，在一個星期之前，我從未想過我要與她住在一起，事實上普桑子我心目中的女人只有你……我現在就帶你回我的住處去，我要告訴她，我心目中的女人只有你，所以，請你千萬理解我，普桑子……你來了確實太好了……」

普桑子聽著陶章的說話，這些斷斷續續的話語好像是從堅硬的礦山上傳來的，這些話語形成了一個斷斷續續的故事，她盯著陶章說話的嘴唇，第一次發現他的嘴唇在扭曲著，而他扭曲的嘴唇給前來投奔他的普桑子同樣帶來了一個意想不到的扭曲的世界。普桑子從未想到過在礦堡有這麼複雜的生活在等待著自己，哦，女人，陶章正在講述另一個女人，只因為那個不知道從哪裡來的女人正住在他的居處，他解釋這一切是想讓普桑子知道他並不愛那個女人，他愛的是普桑子。

普桑子從未想過這一切，她在出發之前並沒有想過來礦堡是來投入陶章的懷抱，她想的只是出走，從那座城出走，離開那座旅館，離開王品、夏春花、燕飛瓊等人……，她並沒有想過她與陶章要發生什麼事，她想到的只是一個地名，那兒住著值得她信賴的陶章，那兒有一座深黑色的礦山等待著她，僅此而已，她並沒有想到逃離那座城是為了撲到另一個人的懷抱。

普桑子盯著自己的影子，她的身影被十二點鐘的陽光垂射在地面上，而旁邊是另一個人的影子，普桑子看到了那唯一的一條腿和一副拐杖，普桑子突然對面前的這個男人充滿了一種同情，就像她最初看到他從戰爭中帶著一條腿回來一樣，只不過她現在的同情心正依附在那個影子身上。普桑子無力逃離那個影子，她既然來了，她就無力再逃脫那個影子。後來，普桑子找不到任何東西可以說服自己，她跟著陶章來到了他的居住，那是一排簡易的矮房子，來到門口，普桑子就嗅到了一股香味，那好像是大米的香味。她猶豫了一下還是跟著陶章走了進去。一個身體健康的女人正在一只火爐邊煮飯，當她將彎著的腰直起來時，普桑子便看到了她的面龐。陶章對她說：柳蘭，你來認識一下，她叫普桑子。柳蘭對普桑子點點頭，她有一張紅潤的面龐，年齡跟普桑子差不多，柳蘭面對著被陶章帶進屋的這個女人，顯得無話可說，普桑子站在屋子裡，這屋裡似乎很不透氣，到處都是米飯的香味。

普桑子不知道是應該離開呢還是留下來，柳蘭將一只凳子遞給了普桑子，普桑子漠然地坐在那只凳子上。三個人後來坐在一張矮桌前吃飯，沒有說話的聲音，只有三個咀嚼食物的聲音。普桑子在這個過程中已經想好了，吃完飯就走，今天她仍然到那座旅館裡去住。

離開矮房子

普桑子果然開始告別，她起身時，柳蘭和陶章還沒有放下碗，他們似乎都沒有太多的食欲，一碗飯吃了很久很久。普桑子的告別使陶章感到驚訝，他起身抓住了拐杖，他大聲說：「普桑子，你不能走。」但普桑子的雙腿已經跨離了那道門檻，今天中午，普桑子是非走不可的了，當她從門檻中走出去時，她才發現屋外的空氣是那麼流暢，而在剛才的屋裡，她覺得自己連氣也無法透過來，咀嚼聲、筷子的響聲以及米飯的香味——使三個人喪失了語言的聯繫，而在一個沒有語言的世界裡，恰恰是三個人最需要語言交溶的時刻。

陶章抓住了普桑子的手臂壓低聲音說：「普桑子，你如果離開礦堡我會死的……」普桑子告訴陶章她今晚住在旅館裡去。陶章說：「那我先把你送到旅館裡去吧！」普桑子同意了。

普桑子走到前面去了，陶章還在後面，普桑子本來想放慢腳步，她的同情心在驅使著她不能走那樣快，陶章是用一條腿在走路，後來，普桑子終於將腳步放慢。

走在陌生的礦堡，普桑子身邊走著陶章，她來不及考慮未來的道路，此刻，普桑子唯一想到的就是回到那家旅館裡去，她現在好像理解了王品，他身在異鄉，旅館就是他的家，只有住在旅館關上門，才能讓自己的身體擱淺下來。

一路上到處是礦石的氣味，普桑子喜歡嗅到這種獨特的氣味。

然而，礦堡中走著的普桑子似乎與這座蘊藏礦石的小鎮很不和諧，來自另一座海邊城市的普桑子一看就知道她不是本地人，她終年穿著絲綢旗袍，到了冬天仍然身穿絲綢棉袍，她是出眾的，也是引人注意的。普桑子帶著陶章來到了她住的旅館，她早晨出門時似乎就有一種預感，所以她沒有退房間，所以，她用鑰匙打開了客房的門，在這裡，她將陶章迎進屋，他們開始沉默，不知道如何開口，後來，陶章說，他會讓柳藺盡快離開，普桑子說，你不能那樣做……她不知道怎樣闡述自己來礦堡的意義，實際上，她來礦堡沒有任何目的，她只是為了出走，為了避開令她心煩意亂的、令她迷惘和令她畏懼的東西，然而，她不想把自己經歷的一切告訴陶章，她不知道自己的靈魂到底有多大，然而，她想去用自己的靈魂來承擔她所推翻和逃避的一切生活。後來她只好沉默，她望著陶章，她對這個人從最初到現在永遠充滿的都是同情，噢，真的只有同情，除此之外，她對他沒有任何感覺。但她終究投奔他來了，在投奔他之前，她並不是為了對他的同情心而來，她並不是為了把自己的同情心給予這個男人……他要走了，普桑子站起來送他，他的雙肩很寬，如果他不被戰爭奪去那條腿，他是一個高大的男人。他回過頭來看她，他沒有問過她為什麼突然到礦堡來，也許他認為普桑子來礦堡是為了他，是為了尋找他。他像許多男人一樣用同一種方式去理解女人，而女人卻是複雜的，每一個女人的存在都像一條游魚，游魚躍入水中，它們用自己的身體溶為一波又一波之中，男人卻看不到女人像游魚一樣溶為波浪時的狀態。

虛構者說

我為普桑子敘述著她的尷尬，她是尷尬的，她從一種生活中脫離出來，她又闖進了另一種生活之中，人想逃離世界時，事實上卻是在闖入更複雜的陰影之中。普桑子來到了礦堡——一座散發著礦石氣味的小鎮，對於普桑子來說，她正在用自己的靈魂接近這座小鎮，因為她已降臨，而且她也沒有想出任何別的辦法離開這個地方，她重新回到旅館，但她並沒有別的道路，她回到旅館是為了避開陶章已有的生活，在這樣的時刻，普桑子關上了門，這就是旅館，這就是讓她逃離世界的一個居處，她重新想起了王品，那個喜歡住在旅館裡的男人……所有這一切都讓她感到尷尬，所以，她現在成了一個不知所云的女人，她問自己，我來礦堡到底是來幹什麼的。一個地名是由陶章傳播給她的，她現在就坐在礦堡的旅館裡，除了這座旅館她無處可去。

陶章喊醒了她

第二天一早，她好像剛進入睡眠，陶章就喊醒了她。普桑子匆匆忙忙穿好衣服打開門，陶章告訴她的第一句話就是柳蘭走了。普桑子的思緒似乎仍在睡眠中那柔軟的水草中悸動，她搖搖頭，她不知道陶章告訴了她什麼，陶章輕鬆地進了屋關上門對她說：柳蘭已經走了。

柳蘭為什麼要走？普桑子望著陶章，陶章對普桑子說，昨天晚上他把他與普桑子的關係告訴了柳蘭，柳蘭哭了一晚上，第二天一早她就走了。

普桑子覺得自己與陶章什麼事也沒有發生，也就是說他們之間什麼事也沒有，那麼，陶章會告訴柳蘭什麼呢？她走了，因為普桑子來了，如果她不來呢？那麼柳蘭就不會離開陶章。

陶章說：普桑子，我們離開這裡吧。普桑子問他到哪裡去，陶章說到他的住處去，他的住處就是那些矮房子，只不過陶章沒有說那些矮房子就是他現在的家。

但普桑子那天清晨仍然跟隨著陶章離開了旅館，她是來投奔陶章的，所以，她不能常住旅館，她要到陶章的礦山去。她拎著那只箱子跟著陶章回到了那排矮房子裡。陶章打開一間房對普桑子說：這是你自己的房間。普桑子很高興，她覺得她來投奔陶章的所有目的，也許就是在他的礦山找到一間自己的房子。

陶章問普桑子願不願意跟他到礦山上去走走看看。普桑子問他礦山上有什麼，陶章說礦山有礦石和工人，普桑子問陶章礦山上還有別的東西嗎？陶章搖搖頭說除了礦山和工人之外就再也看不到任何東西了。這正是普桑子原來想像中的礦山，她嚮往這樣的地方，而且她來到礦堡以後就喜歡上了空氣中散發出來的那股礦石的味道。

他們穿行在石頭的氣味中

普桑子沒有想到，陶章帶著她沿著通往礦山的山路行走時是那樣富有活力，他的拐仗撞擊著黑色的小路，一路上他談笑風聲，他告訴普桑子他想把礦堡的大大小小礦山全部兼併，這是他最大的願望，普桑子問他兼併了礦山之後他要幹什麼，陶章說他要將礦堡的礦石源源不斷地輸運到外面去，他想擁有礦堡的全部石礦。普桑子抬起頭來看著陶章，她還是第一次聽到陶章這麼說話，原來這個失去了條腿的男人竟然有這麼大膽的夢想和野心。普桑子第一次覺得陶章並不是讓別人同情的那類男人，他雖然沒有了一條腿，但他走在這些黑亮的小路上，他的拐杖發出明快的聲音，他的另一條腿正在追擊著那聲音。

普桑子開始也被這種聲音所吸引了。她緊跟在陶章的身後，很難想像這個曾經被普桑子從大海裡呼喚上岸的男人，這個曾經想尋找死亡之舟的男人會被一座礦山所包圍，會被他的夢想推動著，用那只拐杖撞擊著命運的大門，撞擊著這些山脈下面的油亮的礦石，普桑子緊跟著他的身影，彷彿飄然遨遊於雲霄之上。

在這種聲音中，普桑子慢慢地忘記了她想逃離的那些讓她疲倦和迷惘的東西，這似乎就是她在投奔這個地方時幻想過的那種東西，這似乎就是她在冥想那些南方蝴蝶時讓身體輕盈的騰空而去的東西，潮濕、熱情、遨遊於雲霄之上的那些感覺。

她盯著陶章用來撞擊地面的那只拐杖，她開始喜歡上了這只拐杖，它是發出聲音的拐杖，也是引導他們讓自己的身體遨遊於雲霄之上的拐杖。而四周的氣味，是石頭的氣味，就像在石頭中間的突然噴射出來的岩漿的味道，陶章就這樣帶著普桑子穿行在石頭的氣味之中。逃離者普桑子在礦堡的山上找到了陶章的礦山的同時，也真正逃離了她的煩惱之鄉和迷惘的夢境。

普桑子突然看見一隻蝴蝶，這不是她以往想像中的蝴蝶，而是穿行在礦石的氣味中的一隻粉紅的蝴蝶，於是，她就對陶章喊道：你看見那隻蝴蝶了嗎？陶章，陶章就回過頭來說，這礦山上蝴蝶多的是，普桑子興奮極了，她從來也沒有想到過礦山上空還會有蝴蝶。

陶章站在一山坡上對普桑子說：看見了嗎？這就是我的礦山，工人們正在那些洞裡面給我挖礦石。

普桑子抬起頭來看著那些漆黑的洞問陶章，這些山洞會不會有坍塌的時候，陶章說從他到礦山以後還沒有這樣的事發生過，不過，在別的礦山有這樣的事發生，他不希望發生這樣的事件，山洞坍塌是最危險的事情也是最糟糕的事情了。

普桑子覺得她不應該跟陶章談論這件事，她隱隱約約地感到陶章說起這件事情時臉上有一種不測的陰雲。普桑子閉上了嘴巴，她覺得人生就是這樣，幾分鐘前她還感受到有一種飄然遨遊於雲霄之上的感覺，而此刻她卻看到了陶章面龐上那些不測的陰雲。

四周靜悄悄的，她呼吸著空氣，空氣中的礦石氣味使她覺得自己已經真正來到了陶章的礦山。於是，她挺直著身體，她對那些山洞感到好奇，她問陶章能不能帶她到山洞裡面去，陶章想了想說：我從來也沒有把女人帶到山洞裡面去過，那不是女人應該去的地方，不過，我可以滿足你的這個願望。

普桑子很高興，因為陶章將要帶她到那些神秘的山洞裡面去。

他將一只頭盔遞給她，他對她說，裡面很黑，我要拉著你的手，普桑子就把頭盔戴在頭上將手遞給了他。礦洞裡雖黑，但吊著一盞燈，看上去燈光暗淡，普桑子很不適應在這黑洞裡走路，但是她的手放在陶章的手心裡，雖然她的腳是錯亂的，但她已經身置礦洞，普桑子聽到了挖礦石的聲音，當她看到第三盞燈出現時，她看到了在燈光照耀下一群工人正彎著腰，陶章對她說：「看見了嗎？這洞的深處就是礦石，這座山上全是礦石，它是我的財富，普桑子……」普桑子只聽見了「財富」這兩個字眼，其餘的話她似乎沒有聽到，她已經感覺到了這就是陶章的財富，這座山就是他無盡的財富。

然而，普桑子卻感到了另一種東西，她覺得這座洞似乎隨時會坍塌下來，是的，她想到了坍塌這個字眼，看到了坍塌的情景，她感到這洞裡散發出來的礦石的味道太濃郁，幾乎令她窒息，她對陶章說：「帶我出去吧！」陶章輕聲說：「普桑子，感到害怕了吧，我說過這不是女人來的地方……別害怕，這洞不會坍塌下來，除非是雨季……」普桑子彷彿聽到了暴雨從天而降的聲音，她問道：「雨季，你剛才在說雨季……」「是啊，除非是雨季，除非是暴雨下過不停……坍塌……哦，我的洞從來就不會坍塌，即使暴雨下過不停也不會坍塌。」

普桑子跟隨著他終於躡手躡腳地跨出了礦洞，她站在陽光下面，她噓了一口氣，那樣子好像是在說，哦，終於走出來了。普桑子對自己說也許我永遠也不會戴上頭盔跟隨陶章到那冰冷的礦洞裡去了。

普桑子留在礦堡

普桑子仍然穿著她箱子裡帶來的那些絲棉袍，在最寒冷的冬天裡，她留在了礦堡，留在了陶章的矮房子裡，因為無事可做，除了照顧好陶章的一日三餐之外，普桑子經常一個人站在矮房子外面的山坡上，寒冷被礦石的氣息挾裹著捲入她絲棉袍的裡面，陶章回來了，她望見他回來了，他撐著拐杖從山頂的最高處回來了，普桑子今天已經是第七次在這裡迎候他了，也就是說普桑子已經在礦堡生活了第七天。

普桑子將陶章迎進屋裡，她早已升起了火爐，黑炭在燃燒過程中一半黑一半紅，陶章一進屋就將兩手放在火爐的上面，普桑子走過去，她扶著他坐在一只凳子上，自己也順便坐下來。

剛才她站在山坡上等候陶章時雙手也凍僵了，她也將手放在火爐上面，爐火在上升，兩雙手在爐火的映照下就像蠕動著的線條，又像在爐火之中起伏的透明的波浪，陶章望了普桑子一眼，他用爐火上面的手接觸著普桑子的雙手，最後他突然將普桑子的雙手抓住了。

普桑子的心顫慄了一下，她感到陶章的手正在抓住她的一切，就像那盆熱烈而溫暖的爐火一樣，在這寂靜裡似乎只有他們的手在彼此撫摸；為了尋找到溫暖在彼此用手抓住對方。普桑子沒有說話，她感到好極了，那雙手撫摸她的手時，她彷彿閉上雙眼置身在黑色的寂靜裡，陶章說：「普桑子，從今晚開始我們住在一起吧！」普桑子沒有說話，也沒有拒絕他，這是第七天，普桑子來到礦堡的第七天，她被他的爐火上的雙手抓住，她無話可說，她覺得陶章的話並不突然，在過去的那幾個夜晚，她總是感到害怕，有時候是寒冷使她無法進入恬靜的睡眠。她似乎一直在等待著來自黑色寂靜之中的溫暖，那也許是來自身體的溫暖，也許只有來自身體的溫暖才會讓普桑子在礦堡度過漫長而寒冷的夜晚。

溫　暖

更冷的夜已經到來了，在黑色的寂靜裡，普桑子沒有像平常一樣回到自己的那間房子裡去居住，她留了下來，留在了陶章的房間，他們將火爐挪到了裡面，普桑子抬起頭來看著陶章，這是另一個男人，他不是耿木秋，也不是郝仁醫生和王品，他是誰呢？普桑子在爐火上升中抬起頭來，她只了解他另外的一些東西，譬如，他是她的同學，他參加過戰爭並在戰爭中失去過一條腿，他現在守候著礦山並擁有著夢想，他的夢想是想成為擁有礦堡的全部礦石……然而，她並不了解他的身體，她並不能預測她與他守候著黑色的寂靜之後產生的東西，那些東西到底是喜悅還是悲慟。

普桑子猶豫著，她不知道如何面對他脫下身上的那件絲棉袍後再脫去她的內衣，她覺得她缺少激情，但是她願意和他在一起。陶章走了過來，他坐在她的旁邊伸出手去開始解開她絲棉袍的扣子，總共有十八個扣子，她必須屏住呼吸，終於，那件絲棉袍被脫下來了。

普桑子一生中第一次用自己的身體面對著一個男人，普桑子感到陶章再也不是那個被她所同情的男人，他的目光和舉止充滿了自信，他突然抱住了普桑子的裸體，普桑子本能地閉上雙眼，她感到那爐火在上升的同時也在燃燒。

普桑子被陶章抱在懷中，在這之前她從未感受到陶章對自己愛的力量，在這之前她曾經以為陶章被戰爭奪去了一條腿，所以他是一個弱者，所以，普桑子一直對他深懷同情，在這之前，普桑子並不了解他的身體，當他擁抱著她並將自己的身體覆蓋在她身上時，她感覺到了他就像一座礦山，蘊存著那座礦山黑色有力的旋律。

她開始伸出雙手去撫摸他時，她的眼裡湧滿了潮濕的淚花。她用身體感受著這個擁有一座礦山的男人，她感受著他那傷殘的身體，感受著從黑色的寂靜裡向她吹拂而來的燃燒的爐火，她在他身體的深處嗅到了一種礦石的味道，她喜歡嗅到這種味道，因而，她把她的身體全部給予了他。

虛構者說

普桑子閃爍著淚花，我看著她的肉身，她在很多時候都似乎光著腳，像幽靈似地走去。

來到礦堡的第七天晚上，她與陶章住在了一起，在黑色的寂靜之中，性溫暖著他們的身體，除此之外，性使普桑子感受到了他是有力量的，他的身體像礦石那樣深沉，他的傷殘的身體震撼著閃爍著淚花的普桑子的心靈。

更多的時候，普桑子似乎都赤著腳，像幽靈似地在走動，她來到了陶章的礦山，她看到了另一個世界，她經歷著另一個男人給她帶來的風景和黑色的寂靜。

一九九七年十二月的寒冷也在侵襲著我的房間，而我到底是誰呢？

我就是這個虛構者，迷霧湧過的過程使我沉溺於詞語之中，詞語中的迷霧可以湮滅我作為一個觀察者和分析者存在時——我生活在詞語中的絕望的幻想；只有幻想可以延續虛構的地方，而幻想中的迷霧使我與詞語的關係發生了巨大的變化。

這就是普桑子，我似乎看到了在這部小說中她的命運貫穿一切，而此時此刻，她正被那爐火所溫暖，也被身邊的那個男人所籠罩，她的生活，她所遭遇的處境活生生地展現在眼前。從第七天晚上開始，普桑子就再也沒有離開過這間房子。

我們人類的許多故事似乎都是在房間裡面展開的，被牆壁所包圍的房間，其目的最初是讓人避開風雨和寒冷，後來，房間的意義發生了變化，房間裡裝滿了無盡的隱私，房間裡不僅僅穿行著幽靈似走動的人們，他們放棄了外界的教誡和外在的繩索，剩下的是最堅實的牆壁，在牆壁的世界上，只聽見一陣輕盈的逐漸消失和過渡的像精靈的腳發出的聲音。

普桑子的腳發出了聲音。

朝著有聲音的方向走去

陽光又照耀著礦堡，陶章又去了礦山，普桑子決定到鎮裡去走走，除了購買一些食物之外，她也想去面對這座小鎮上的人群，朝著有聲音的方向走去就是礦堡的小鎮。

普桑子梳好了髮髻，她雖不是一個已婚婦女，但從某種意義上來說她已經確認自己不是幾年前梳著辮子的普桑子了。

這是一個變幻無常的上午，普桑子目送著陶章到礦山去了，她也就開始了出發，這是普桑子頭一次到鎮裡去，普桑子跟隨著別人的腳步發出的聲音到鎮上去。這是她停留在礦堡之後第一個變幻無常的上午，冷空氣在飄蕩又飄遠了，她已經順著那條採礦人行走了千遍萬遍的路來到了鎮上，小小的礦堡鎮到處是佇立在眼前的店鋪，賣鹽巴的、賣煙酒的、賣布匹的、賣醬菜的、賣水果的店鋪，這是一個陽光照耀的上午，普桑子跟隨著別人的腳步在鎮中央走來走去，她穿著紅絲棉袍。她也不知道為什麼要偏偏挑選這件紅絲棉袍，因而在冷空氣飄蕩的礦堡小鎮，普桑子是一團紅色的顏色，普桑子顯得很出眾，鎮裡的女人中沒有人穿她那樣鮮豔的絲棉紅袍，她眯著眼睛，她也不知道在買些什麼東西。她隱隱地感到這是一個變幻無常的上午，她走來走去，幾乎耗盡了一個多鐘頭，最後她被一家店鋪所吸引了，這是一家賣花圈和壽衣的店鋪，這並不是重要的，吸引普桑子所注意的是那些用各種各樣顏色編織起來的紙花是那樣別致，普桑子從來也沒有看見過這樣的花圈，也無法想像到底是怎樣的一雙手在編織著這樣的紙花。

普桑子迎著店鋪走上去，她剛站定便聽到了店主人在問她：「哦，請問你要訂做花圈嗎？」普桑子搖搖頭，她順著聲音看去，她看到了一個女人，她臉色紅潤，梳著烏黑的髮髻，普桑子突然叫出了她的名字：柳蘭。

她確實就是柳蘭，她並沒有離開礦堡，她也認出了這個穿紅絲棉袍的女人就是普桑子，兩人的目光對視著，柳蘭說：「我本來想走得遠遠的，其實我已經離開了礦堡，就在離開的路上我突然發現我有了身孕，所以……我很害怕……我又返回了礦堡，我臨走時，陶章給了我一筆錢，我就租了一間店鋪，幸好，我有一點小手藝，我祖父那一代是開喪店的，小時候母親就教會了我用雙手編紮紙花……於是，我就開起來了礦堡的第一家喪鋪店……哦，您請進屋坐，我知道你是一個好心人，我的事情請你千萬別告訴陶章……好嗎？」

普桑子沒有進屋去，小小的店鋪裡到處都是花圈，她突然盯著柳蘭的腹部，那裡面已經有一個胚胎了，那孩子是陶章的，陶章使那個女人的腹部中有了一個小胚胎，不久之後那胚胎就會迅速地長大，那腹部就會隆起來。

普桑子掉轉身，她鞋子裡的腳突然變得生硬，彷彿腳套在不合腳的鞋子裡面，她臨出門的時候就已經感覺到了這一個變幻無常的上午，總要看見一些事情或者闖進一些事情之中去。普桑子永遠都是一個生性敏感的女人，所以，當她掉轉身離開柳蘭開的那家喪店時她突然感到陶章還有另一種生活在等待著他，還有未出生的孩子和孩子的母親在等待著他。

普桑子到店鋪割了二斤牛肉，陶章喜歡吃牛肉和土豆，她又去買了幾斤土豆，然後就用她那雙嬌弱的手臂拎著那些東西離開了店鋪林立的街道。普桑子回到了那些矮房子裡的第一件事就是生火爐，她嚮往著那只被她生起來的火爐，裡面的焦炭由黑變紅，只要那些焦炭紅起來，那麼，生活在矮房子裡的普桑子的身體也會由此變得溫暖起來。

爐火上升

普桑子生起了爐火，便坐在爐火旁。她開始回想起今天的事情，她在琢磨是將這件事情告訴給陶章呢，還是對他隱瞞這件事情，按照柳蘭的吩咐這件事她並不想讓陶章知道。而對於陶章來說，他曾給過她一筆錢，對於他來說這個女人早已離開了礦堡。但是，總有一天，總會有人告訴陶章這件事，而且陶章也會到鎮上去，他也許會碰到柳蘭。

普桑子用茫然呆滯的目光盯著火爐，她並不恨那個女人，她只是覺得那個女人很可憐，她有了身孕本來是喜事，卻每天守候著一家花圈喪店以此為生。普桑子覺得還是應該告訴給陶章，她突然抽回了右手，剛才一失神，她把手伸進了火苗上。她對自己說，一定要盡快讓陶章知道柳蘭的這件事，然後她站起來開始削土豆。

她將土豆放在地上，持起一把刀，從她手下發出輕微的嚓嚓聲，普桑子從來沒有面對過這樣的生活，從小到大她似乎永遠生活在母親的懷抱，現在到了她來侍候一個男人生活的時候了，她傾聽著從那把刀下發出的輕微的嚓嚓聲，她告訴自己說柳蘭懷孕了，那孩子是陶章的，她對自己說了一遍又一遍，這種冰涼的事實順著她的身體往下流動。

她把牛肉切成塊與土豆塊煮在了一起。她打開門，倚在門楣上，她在等待著從礦山回來的那個男人。

她看到了一個身影便跑了出去，在往常的這個時候她總是站在山坡上，她站在那裡，望著陶章向自己走近。但是今天向她走來的這個男人並不是撐著拐杖的陶章，而是另一個男人。這個男人已經來到了普桑子的面前，他抬起頭來從頭到腳打量了普桑子一番，問普桑子說陶章有沒有回來了，這是一個三十七、八歲的男人，普桑子說陶章到礦山去了，也許快回來了。這個男人說那他就等陶章回來吧，他來找陶章有重要事要商量。普桑子聽他這樣一說就把他帶到了屋裡。

「你就跟著陶章住在這樣簡陋的矮房子裡？」他一邊站著一邊問普桑子。普桑子似乎沒有聽見他在說話，她將火爐挪到他旁邊，讓他坐下來烤火，陌生男人看著普桑子說：「你是我在礦堡看到的最漂亮的女人。」

普桑子不好意思地搖搖頭說：「我並不是礦堡人，我來礦堡是為了陶章。」「哦，我明白了，我們都是異鄉人，我就說在礦堡這個鎮上，我只發現了無窮無盡的礦石，而從未發現過有什麼漂亮的女人。」

普桑子聽到了拐杖擊地的聲音，每次聽到這聲音，陶章就會馬上出現在眼前。普桑子起身來到門口，從礦山回來的那個男人終於撐著他的拐杖從山坡那邊走來了。

陶章看到普桑子時很高興，看他那種神情彷彿生活中的全部東西他都已經擁有了，他眼裡有一種滿足的喜悅，外面的暮靄正在湧進屋內，普桑子給他們端來了香噴噴的土豆燒牛肉，在這寒冷的暮色之中，這確實是上好的菜了。

在用餐時，普桑子才知道這個男人叫關丁，他來找陶章的目的是來收購陶章擁有的那座礦山，不過，他很失望，因為他剛說出來就被陶章堅決拒絕了。陶章說，他永遠也不會將自己的這座礦山交給誰，除非他死的那一天。關丁告辭了，他離開時看了普桑子一眼。

暮靄上升之後黑夜就降臨了。陶章對普桑子說，這個叫關丁的人已經開始在收購別的礦區，不過，他是不會將這座礦山交給他的，哪怕他出什麼價他也不會將礦山出賣。儘管如此，關丁的到來使陶章的心情變得有些憂鬱，那天晚上，普桑子沒有將在鎮裡碰到柳蘭的事兒告訴陶章。

夜幕降臨，她像往常一樣蜷曲在陶章的懷抱之中，她閉上雙眼，那天晚上他們很少說話。在黑暗中，普桑子想起那個守候著花園店的女人，如果自己沒有降臨，也許躺在陶章身邊的永遠都是那個女人。

她感到陶章也像自己一樣並沒有進入睡眠，她知道他在想什麼，他一定是在想他自己的夢想，他想擁有最大的礦山，而今天關丁卻來收購他的礦山，他一定在憂慮中夢想著自己的夢想，而那夢想在那裡的深處。

普桑子突然想起了礦山的飛越的那些蝴蝶，自從她在南方看到蝴蝶以後，迄今為止，她還是第二次看到蝴蝶。她想，明天應該到礦山去看蝴蝶，也許會捉回來一隻蝴蝶使它變為蝴蝶標本。普桑子就這樣進入了夢鄉，蝴蝶也許是她生命中最為輕盈的生命之輕，正因為如此，每當她在困惑中想到世界上還有蝴蝶存在時，她就會忘記世間存在的一切煩惱。

她依偎在陶章的胸前，他的胸膛就像矮房子後面的那座礦山一樣厚實，而其中的聲音，彷彿是某種信號，普桑子不能確定這種在她心靈中跳躍的信號。也許這是音樂，是雷鳴，是冬日的閃電，是哀婉，是時進時退的足尖上的舞蹈，普桑子不能確定這種東西，她將兩手放在陶章的胸膛上，她要用她的手抓住令她動盪的東西。

山坡上的礦區蝴蝶

無法想像這些蝴蝶到底是從哪裡鑽出來的，更無法想像的是蝴蝶怎麼會在這礦區黑黝黝的空氣中輕盈地飛翔。普桑子眯著雙眼站在這山坡上，她仍然穿著那件紅色的絲棉袍，早晨，一想到今天要到礦區的山坡上看蝴蝶，普桑子就覺得今天的天氣真好，事實上，天氣確實好極了，溫暖的太陽到處照耀，到處蔓延。

普桑子記得那條路，也記得陶章的拐杖撞擊著，這聲音是普桑子與陶章認識以來聽到最為動聽的聲音，通過這聲音，普桑子覺得自己對陶章的同情心是多餘的，他的拐杖的聲音從那天開始就震動著四周的曠野，也震動著普桑子在冬天複雜的心靈。普桑子對自己說：他不需要同情，他並不需要我同情他，他比那些健康的男人更富有力量。

曠野中的蝴蝶又飛到這片山坡上來了，普桑子仰起頭來，這塊山坡在曠野突兀起來，所以陽光照在上面顯得很明亮，不過這山坡上竟然沒有一根草，在夏天也不會長草，更不會開放出花朵，普桑子環顧了一下四周，不知道這些蝴蝶到底是從哪裡飛越而來的。

一群蝴蝶飛在山坡上，黑黝黝而被陽光所照耀的這片山坡站著一個穿紅絲棉袍的女人。她突然聽到了身後有腳步聲，普桑子回過頭去，她又看到了昨天看到的那個男人，那個想收購陶章礦山的男人，他叫關丁。他站在普桑子身後不知道他是欣賞空中飛翔的那些蝴蝶呢，還是欣賞這個站在山坡上穿著紅絲棉袍的女人。

他來到普桑子對面，他似乎有話要告訴普桑子，普桑子看到他打開煙盒從中抽出煙來，那是一支雪茄煙，普桑子看到了他在劃燃火柴，緊接著一縷青煙從他手中彌漫而出，他說：「我知道你叫普桑子，有一點我不明白，你為什麼要到這荒僻的山坡來陪著陶章……我要告訴你，這個地方並不是一個好地方……」普桑子說道：「那你為什麼要跑到礦堡來呢？」「哦，我只是在礦堡住一段時間，大部分時間我都住在省城的家中……我不會像陶章一樣這樣生活，每天守候著一座礦山過日子……普桑子，我覺得陶章配不上你，他是一個傷殘的男人……昨天我見你後印象很深，如果你願意，我願意娶你，我省城老家有很多房子，我可以帶你回老家去居住……」普桑子抬起頭來看著關丁，她覺得男人荒唐起來簡直讓人無法理喻，他只見了她一面就向她求婚，他了解這個女人嗎？普桑子輕聲說：「我不會離開陶章的……」「普桑子，我告訴你實話，總有一天我會將陶章的礦山收購，那時候陶章除了是一個傷殘的男人之外將一無所有……」普桑子覺得自己開始討厭這個男人了，她抬起頭來，她看到那群蝴蝶飛得越來越低，正飛在她頭頂上空，似乎只要她伸出手去就可以觸摸到那群蝴蝶，於是她開始跟隨著頭頂的那群蝴蝶從左到右地環行移動，就這樣那個叫關丁的男人悻悻地消失了。

普桑子的雙手並沒有能夠捉到一隻蝴蝶，不過，她用追逐蝴蝶的方式表達了自己對那個男人的拒絕和厭惡，這種方式使她站在山頂上擺脫了關丁。普桑子望著山坡下的小路上走著的那個影子，她覺得很多男人不是太聰明就是太愚蠢，太聰明的男人欲望就像蠅群一樣四處流竄，太愚蠢的男人又像折斷了蠅群翅膀的小東西，他們不懂得人是什麼，女人是什麼？普桑子覺得這兩類男人其本質就像一隻蒼蠅，不管他如何去生活，他們都難逃離一隻蒼蠅的本性。

普桑子不喜歡太聰明和太愚蠢的男人，那麼，她到底喜歡哪一類男人呢？她坐在冰冷的一塊石頭上，她不準備追逐那些蝴蝶了，她決定到礦區去找陶章，她要突然出現在陶章的面前，讓他大吃一驚。

奇怪，陶章並沒有在礦區

普桑子來到了礦區，她的紅衣服很耀眼，工人們正在礦洞外面吃午飯，她從山坡上走下來時，三五成群的工人都抬起頭來看著她，普桑子環顧了一遍人群，裡面並沒有陶章，她就問一個年紀大些的老工人有沒有看見陶章，那老工人搖搖頭說他今天上午就沒有看見陶章，另一個年輕些的小工人走上前來告訴普桑子，他看見陶章到鎮裡去了。普桑子哦了一聲，她突然想起了柳蘭，普桑子想也許陶章知道了柳蘭的情況後到鎮裡去看柳蘭了。

普桑子除了感到意外之外並沒有產生一絲嫉妒，陶章到鎮裡去會見柳蘭是正常之事，不值得普桑子為這件事焦躁不安。不過，這件事讓普桑子感到陶章的生活並不像普桑子原來想像的那樣單純。

她在回去的路上突然想起了別的事情，耿木秋帶她到南方去的記憶充滿著蝴蝶，也充滿著鼠疫，郝仁醫生卻像一陣乙醚味彌漫在她的嗅覺之中，王品呢，想到王品，普桑子就會浮現出一座旅館……回去的路上普桑子還想到了母親和阿樂，事實上這兩個人是她每天想得最多的人，也是讓她最為惦記的人。她在黑暗中眨著眼睛，她預感到總有一天她要回到母親和小阿樂身邊去，是的，總有一天她會要回到她們身邊去。總有一天，她會離開礦堡回到母親身邊，她會親自撫育阿樂，讓她的女兒長大成人，而現在，她卻沒有勇氣回去，那座城就像那座旅館一樣，對普桑子來說就像是一座地獄。

而礦堡又像什麼呢？普桑子孤寂地走在路上，她無法說清礦堡深處的東西，就像她雖然喜歡嗅到礦石的味道，然而，她卻有一種坍塌的感覺，陶章初次帶她到礦洞前的那種感覺一直像一面暗淡無光的鏡子，又像暮色中那種深不可測的陰影匯合在一起，普桑子想把那種坍塌的感覺盡力地忘卻，她唯一的辦法就是緊靠著夜晚用身體緊貼住她的那個男人。

普桑子回到了矮房子，沒有生爐火的房間裡像有一根孤寂的鐘面上的指針在旋轉。她將那些焦炭放在爐子裡，開始了那種漠然而無奈的生活，就像生爐火是為了抵抗冬天的寒冷一樣，普桑子將那爐子移動到屋外，灰色的煙霧正在上升，普桑子雖然已經感受到了那根指針在旋轉，然而，充斥在她眼前的卻是灰色的煙霧，這個身穿紅絲棉袍的女人的身體倚在門楣上，她除了看到那些煙在上升之外，她還看到了什麼？

虛構者說

當我站在門口用一把金屬鑰匙打開門的剎那間，我又回到了詞語之家，這就是我的棲居之地。鑰匙在孔口裡融合著秘密，我知道每一種事物都與秘密有關係，我想，世界上恐怕沒有一件事物是沒有秘密的，每一件事物都被它內在的秘密有效地控制在隱含的，然而又是確定無疑的事情之中，普桑子倚在門楣上，她看著煙霧在上升，就像我看到自己的憂愁一樣，我也同樣看到了普桑子的憂愁，在那樣的時刻，憂愁就像一陣細雨一樣淋下來，憂愁就像煙霧一樣彌漫在銀灰色的蜘蛛線上……

既然憂愁已經到來了，憂愁就像危險那樣到來了，那麼我將對你說些什麼呢？

我說，這只是一種微不足道的方式之一，我要怎麼說話，你才能明白我此時此刻正在將經驗全部蛻變，這是一個注定的事實，我說是因為在蛻變之後，我要告訴你我從前未說過的話，比如，對一隻迅猛消失的蜢蟬的再一次新的命名，簡言之是一種懷疑。

我說：我在詞語與詞語之間一直堅持不懈地解決生活問題，語言除了是一種符號之外，在更為廣泛的意義上語言是在解決生活的問題，語言解決我們說話的問題，語言解決死亡之前一個充滿謊言的世界，語言解決一個已經在混亂中沉溺於太久的心靈的世界，所以，當我看到普桑子倚在門楣上時，我的憂愁為著那個穿紅絲棉袍的女人在上升，上升到她所看見的煙霧之上，上升到那座古堡深處，而涼風吹來了……

春天到來了

礦堡的春天到來時，普桑子仍然留在礦堡，她沒有一點點想要為此離開礦堡的趨勢，她似乎已經習慣了每天目送陶章離去又等待他回來，在等待中她總是每天生一爐炭火，待炭火溫暖著小屋時，陶章也就該回來的時候了，當然，也有回來得稍晚一些的時候，普桑子知道陶章經常到鎮裡去看候柳蘭，自從那天開始，普桑子就感到陶章並沒有忘記柳蘭。不久前的那天晚上，也就是普桑子到礦區去找陶章的那一天，果然像那個小工人說的那樣，陶章到鎮裡去了。陶章回來時把柳蘭的真實情況告訴給了普桑子，普桑子坐在火爐邊低聲說：「我早就知道了。」

陶章將手放在普桑子的肩上說：「不管怎麼樣，我最愛的女人仍然是你。」普桑子沒有與陶章討論他們面前的問題，因為她來礦堡不是來討論問題的，所以，她面對問題時總是開始緘默，她經常是這樣，想從那些令她煩惱和害怕的東西中逃離出去，又被生活中的真相所挾裹於其中。但是，她越是迴避問題時，問題越多，陶章以為她不吭氣是因為柳蘭的存在讓她不高興，陶章便安慰普桑子說：「如果你不高興，不想看到柳蘭的話，我可以另外想別的辦法……」普桑子注視著陷入困境之中的陶章說：「你能有什麼別的辦法嗎？柳蘭已經懷孕了。」陶章說：「我可以再給她多一些的錢，讓她到別的地方去……」普桑子聽完這話以後感到男人大多是殘酷的，她搖搖頭大聲說：「如果有另外一個女人突然到來，你也會讓我走得遠遠的，對嗎？」陶章走過來抱著普桑子的頭輕聲說：「普桑子，你誤解我了，其實我剛才那樣想是害怕失去你。」

不管怎麼樣普桑子都感到男人大都是殘酷的，他們不會像女人一樣充滿同情心。

普桑子感覺到春天到來時是因為房間裡突然開始變暖，春天到來了，意味著普桑子再也不需要生爐子，春天到來，意味著普桑子有更多的時間到戶外活動去，但是她不知道為什麼，春天到來後她反而再也沒有在那面山坡上看見一隻蝴蝶，那群冬天穿越在山坡上的蝴蝶也許被冷空氣凍死了，普桑子這樣想。

春天到來，不管怎麼樣，春天的蓬蓬生氣總是給予你希望，就連陶章也是如此，春天到來後他脫去了那些笨重的棉衣棉褲，他告訴普桑子，一年中的季節他最喜歡春天。

春天降臨時同時也帶來了第一場細雨，當春雨降臨時，普桑子恰好準備到鎮上去。她到鎮裡的第一件事是去看柳蘭，第二件事就是去看看鎮裡的店裡有沒有適宜好穿的春天的旗袍，天氣在慢慢變暖，而她箱子裡的衣服已經不適宜在春天穿。普桑子在上午九點多鐘的時候，一切已經準備就緒，事實上也沒有什麼東西要準備的，如果說需要準備的話那就是準備好她要去會見柳蘭的心情，這件事說起來並沒有讓普桑子嫉妒，但柳蘭的存在與普桑子和陶章有直接聯繫，普桑子也不知道為什麼要去看柳蘭，好幾個月來，她到鎮裡去採購東西時總是繞開那個焦點，繞開那家由柳蘭開的喪店。但每一次回來，她總是想，柳蘭確實不容易，她懷孕時間該有一個親人守在她身邊，陶章自己因為也不能與柳蘭過多的接觸，每每想到這些，普桑子的同情心又上來了，在同情心的包圍下普桑子感到自己的內心彷彿被暴風雨所淨化了的空氣那樣純淨。

柳蘭的喪店

普桑子又一次經歷著那種異常悲哀的東西，那就是當她站在街頭看見柳蘭的花圈店的時候，那種從內心正在上升的悲哀的東西使她感到柳蘭確實是讓人同情的，她移動著腳步，這是她三十多年來第一次如此悲哀地對一個女人產生同情心，普桑子對自己對柳蘭產生的這種同情心感到吃驚，本來，她與陶章的關係，她不應該對這個與陶章同居之後懷孕的女人產生同情心，在她貼近陶章的胸膛時，她有時候也會有一種陰影，但是，也許從她最早看見柳蘭站在花圈店裡時她就已經陷入了柳蘭所生活的那些編紮的悲哀至極的紙花之中去了，這似乎比她想像的要來的早，剛開始時，在矮房子裡見到這個女人的存在時她對這個女人沒有好感也沒有惡意，但是到後來當她被這個女人不幸的故事所打動時，她知道自己已經開始同情這個女人了。

「普桑子……」柳蘭叫出了她的名字，她還是第一次聽見她叫出她的名字。

柳蘭已經是一個標準的孕婦了，她正坐在凳子上編紮一朵紙花，普桑子走了進去，她問柳蘭生意做得怎麼樣，柳蘭說門口的這些花圈是訂做的，鎮裡的一家富貴人家的老爺死了，鎮內鎮外的人都來訂花圈。

普桑子看了看柳蘭的腹部問她什麼時候是分娩的時間，她低著頭仍然編紮著那些紙花輕聲說：「七月份。」

普桑子寬慰柳蘭說到她分娩時她可以來照顧她。柳蘭抬起頭來對普桑子說：「我第一次看見你時就發現你心善……」普桑子看著那些白色的紙花，她不知道柳蘭七月份分娩以後這座花圈店會不會還像今天一樣存在。

普桑子告辭了，她在這裡只能作短暫的停留，因為置身在這店鋪裡她會感到無限的悲哀，每當她看到她手中編紮的那些紙花，她彷彿看到生活中死亡的事件接踵而來。而最令她悲哀的是一個年輕的孕婦正在編織著這些敬獻給死者的花朵，站在這店鋪，不斷折磨著她的正是這些白色的紙花。普桑子想，如果柳蘭七月份分娩以後，一定要幫助她或者讓陶章幫助她另謀生活。

普桑子咀嚼著七月這個字眼，七月是生機旺盛的夏天，七月是暴雨傾注的夏天，七月對於普桑子來說是柳蘭分娩的夏天。

普桑子離開那條街道已經很遠了，她突然轉過身去，她突然看到了陶章，他正撐著他的拐杖向著柳蘭的花圈店走去。

「我經常看見陶章到那個開花圈店的女人那裡去，普桑子，我說的是實話……」站在普桑子身邊說話的這個男人，他不是別人，他是闞丁，普桑子已經有好些日子沒有看到闞丁了，他好像是從地上冒出來似的。他今天穿一身西服，而且還繫著一根灰藍色的領帶。

「普桑子，我真的想不通你為什麼要喜歡陶章……普桑子，如果你願意的話我今天邀請你到我礦堡的家裡坐一坐……家裡就我獨自一人……普桑子，我真的沒有任何惡意，我只是提醒你，你沒有必要陷在陶章已有的生活之中，你可以從他的生活中走出來……」

普桑子迷惘地看著闞丁，那天在山坡上她雖然對他說的那番話很反感，但除此之外，她並不了解闞丁，此時，闞丁突然站在她身邊，她之所以聽他把話說下去，是因為他的聲音只是把她的迷惘說出來而已，他似乎已經看清了她的迷津，想把她從她的迷津中拉出來而已。

女人們就是這樣走向男人的，在她們一次次走向男人時，她們事實上只不過是走入了更深的迷津而已。普桑子也不例外，那天上午，她被闞丁帶走了，她自以為闞丁理解她的苦衷，自以為闞丁是一個指點迷津幫助她從迷惘之淵走出來的局外人。

闞丁的房子

正像闞丁所說的那樣。在礦堡他有一個家，家裡雖然沒有人，但有一幢剛矗立而起的樓房，關丁告訴普桑子，他之所以要在礦堡這樣偏僻的小鎮修蓋樓房，是因為礦堡有他的礦山，他既不喜歡住旅館，也不喜歡住礦山下的簡易矮房子，所以只能擁有自己在礦堡的真正人居住的房子，在他言意之下掩藏著他對陶章的又一種蔑視和嘲諷，普桑子保留著沉默的態度，世間有各種各樣的男人，有喜歡一生住在旅館裡的男人，也有喜歡在矮房子裡的男人，總之，他們都要用這樣那樣的方式占據他們欲望中的東西。

普桑子坐在這座樓房的一只凳子上，她對自己說，我並沒有錯，我認為陶章到礦山去了，而他並沒有去礦山，他去了柳蘭的花圈店，而對於陶章來說，他以為我呆在那些矮房子裡，而我並沒有在裡面，我現在跟關丁在一起。普桑子用這樣的方式來安慰自己，並在這種思維方式中心平氣和地坐在那只凳子上，關丁給她端來了茶水，她也就依然心平氣和地喝著茶水。

已到了吃中午飯的時候了，關丁對普桑子說：「普桑子，你肚子餓了嗎？」普桑子點點頭，其實她也並沒有感到肚子真餓了，她只是順從於關丁的問話，她覺得很奇怪，她並不喜歡關丁卻跟他呆在一起，關丁說：「普桑子，今天中午我帶你去鎮裡一家最好的餐館……不，我們不去鎮裡吃飯，離鎮十里外的地方有一家餐館，那裡的環境要高雅一些……鎮裡所有的餐館都不適宜你這樣的女人進去用餐……」普桑子橫住了一條心，關丁帶她到哪裡去她就到哪裡去，她今天就是要跟一個自己並不喜歡的男人呆在一起，那又怎麼樣，普桑子對自己說道：我為什麼不能跟另一個男人呆在一起呢？瞧瞧陶章，他一次又一次地去跟柳蘭約會，早上他明明告訴我要去礦山，最後卻出現在柳蘭的店鋪裡……我有什麼錯呢？今天就是要與關丁在一起……普桑子咬著嘴唇來到了關丁的車上，那是一輛吉普車，關丁告訴普桑子這是國民黨用的車，他是出高價買回的，普桑子盯著關丁的面龐，她不知道國民黨的車就有什麼好的，關丁解釋說他常年在礦區奔跑，吉普車適宜在山路奔馳，普桑子閉上雙眼，關丁說：普桑子，從每一個角度看你，都好極了。普桑子，我開車了，哦……我們得經過前面那條街道，你又得看見柳蘭的花圈店，不過，到那條街道時我就加快速度，好嗎？普桑子？

普桑子緊閉著雙眼，她不想聽關丁說這些話，她不知道關丁為什麼總要跟她談她不喜歡聽到的話題，男人總是男人，男人最聰明和最蠢的時候犯的同一毛病就是自以為是。

普桑子緊閉著雙眼，吉普車也許已經經過了柳蘭開的花圈店，正像關丁所說的一樣，速度突然快了起來，普桑子對自己說，陶章也許還在花圈店裡陪著柳蘭，就讓他陪著柳蘭好了。普桑子在速度加快之後仍緊閉雙眼，她對自己說，我決不能將眼睛睜開，決不能，然後她感到速度開始放慢，關丁對她說：普桑子，睜開眼睛吧，我們已經到鎮外了。

普桑子睜開了雙眼，吉普車現在正開在一條彎彎曲曲的山路上，關丁說十里之外有一家餐館，餐館就開在路邊，是專門為那些有錢人開的餐館，因為只有有錢人有自己的車，只有有車才能開車到路邊的餐館去用餐……

普桑子一邊聽他說話一邊對自己說，男人就是男人，太聰明和太愚蠢的男人最大的毛病就在於自以為是，就讓他自以為是好了，普桑子望著車窗外的綿綿礦山，春天雖已到來，黝亮的閃爍著陽光的山崗上卻看不到一朵花和一棵綠樹，這就是礦山，只有礦石的聲音發出咚咚的聲音，也只有礦石面對著這些自以為是的男人，也面對著陶章用拐杖撞擊著黝黑的陰影那一類男人。

她雖然不喜歡聽他說話，但是當她的面龐轉向窗外時，她覺得只有大自然可以馴教這些自以為是的男人，也只有大自然可以用它無所不在的力量對抗陶章的拐杖。

吉普車發出的轟鳴聲一次次使關丁說話的聲音減弱，儘管關丁一直在說話，普桑子卻很少聽到他在說些什麼。關丁將手抬起來指著前方的一幢塗滿紅漆的紅樓對普桑子說：喏，那就是我們要去用餐的地方。

普桑子很奇怪自己竟然跟著一個自己並不喜歡的男人來到了這裡，她走在他身邊，紅樓外面停滿了不少不同類型的車輛，普桑子對車很陌生，她無法給那些破舊的，萎頓不堪的車命名，關丁帶著普桑子進入飯館之後不斷地有人跟關丁打招呼，關丁很得意地將普桑子帶到了二樓的雅座餐廳。

一座座繪滿花朵的木式屏風置於餐廳的不同位置，每一道屏風都隔開了另一座客席，關丁和普桑子就坐在一座嚴密的屏風裡面。關丁給普桑子斟了一杯酒對普桑子說：「普桑子，今天我們都應該多喝點酒，慶賀慶賀……」

普桑子將酒杯舉了起來，她不知道關丁要慶賀什麼，她將酒杯舉起來只是因為她嗅到了醇酒的香味，她有一種想醉的感覺，關丁說：乾杯，普桑子，於是，她真的就將一杯酒喝了下去，儘管她感到胃裡灼熱，關丁已經為她斟第二杯酒了。關丁對普桑子說：「普桑子，乾杯，為了……我們的認識乾杯。」普桑子又乾了第二杯，這樣連續地乾了第六杯酒後，普桑子已經醉了。關丁就這樣將醉了的普桑子帶回了那幢礦堡的木樓裡面，正當微醉的關丁想解開普桑子的旗袍時，普桑子突然醒來了，不過，當她醒來時已經是黃昏，普桑子摑了關丁一巴掌，搖搖晃晃地走出了關丁的家門。她只聽見關丁在她身後呼喚她的名字，但是她似乎從醉意中醒來了。

春天已經到來，普桑子的身影晃動在暮色之中，她就像一片殘雲在雲縫中間飄來蕩去。她走在小鎮通往矮房子的路上，一路上到處是暮色之中的殘雲在頭頂移動，普桑子終於看到了有燈光的矮房子，她告訴自己，陶章就在矮房子裡，他已經從柳蘭那裡回來了。

矮房子裡的戰爭

普桑子剛進屋，陶章就走上來抱住了晃動的普桑子的身體，陶章對普桑子說：「普桑子，你到哪裡去了。」普桑子仰起頭來，她在醉意中微笑著輕聲問陶章：「我到哪裡去跟你有什麼關係？」陶章嗅到了普桑子嘴裡的酒味，「你到哪裡去喝酒了？」「我到哪裡去喝酒與你又有什麼關係？」「快告訴我，這到底是怎麼一回事，你到哪裡去喝酒了？」「我今天就是不想告訴你我到哪裡去了。」普桑子晃動著身體，她在尋找一張床，她在尋找一杯水，她感覺到口乾舌燥，而身體就像被抽空了血液一樣沒有一個支撐點，她終於找到了一只杯子，陶章走了過來，他抓住那只杯子往敞開的窗外擲去，普桑子聽到了碎片的聲音，普桑子仰起了頭，她那纖長的脖頸已經在黑夜中仰了起來，後來她終於知道是那只杯子碎了，她乾燥的喉嚨像燃起了火苗，她突然大聲對陶章說：「我告訴你，我今天陪同關丁去喝酒了。」

她的聲音彷彿使陶章從樓上終於躍到地面上一樣，他驚訝地用拐杖敲擊著地面：「普桑子，這是真的，你去找關丁了？」普桑子朝他點點頭，她又去尋找第二個杯子，她現在需要的是水，不是聲音，不是回答和訓斥，她終於抓住了第二個杯子，她一陣喜悅，就在她抓住那只杯子走到暖水瓶時，她手中的杯子突然被陶章奪了去，他抓住那只酒杯，猶如骰子一擲，她再一次聽到了碎片的聲音。

普桑子拉開了門，她的喉嚨就像飄動著火苗，她要奔向曠野尋找一滴水，她在黑暗中跑了起來。她要跑向黑夜中的某一個方向，然而，普桑子卻迷失了方向，在奔跑中她聽到了陶章用拐杖撞擊地面的聲音，她跑在前面，他緊跟她身後，普桑子加快了奔跑的節奏。

普桑子跑到那條小路，小路在黑暗中延伸，在春風吹拂的夜晚延伸著，她想起了從這條小路就可以通往那片山坡，天空中飛越著蝴蝶的那塊突兀在曠野之中的山坡使她感到身體涼爽，使她嘴裡的火苗在熄滅。

她來到了那片山坡上，曠野的涼爽的風正吹拂著她的身體，她站在山坡上，她仰起頭來看到了星空。

後來她突然低下頭來，她聽到了拐杖的聲音，這聲音是那樣急促，聲音每一次撞擊地面時也同時在撞擊著她的心靈，聲音慢慢地在靠近這片山坡，她還聽到了陶章在叫喚她時的聲音：普桑子，普桑子……

虛構者說

對普桑子生活的虛構使我心靈受挫。她在奔跑時的速度在黑夜中閃現……我在幻想著她的腳穿越的辛酸和無助的申辯。

如果喪失了幻想的能力，那會意味著什麼呢？把一朵玫瑰扳開，就是將粉紅色的花瓣全部分裂；把一支鵝毛筆中明銳的問題放到繁冗的灰塵之中去飄揚；如果剝奪了我幻想的能力，我無法想像會有這一天到來。在我的寫作之中充滿著無限伸延的烏托邦幻想，它的到來總會使我在那一天顯得很興奮，我不能用烏托邦幻想來取替我的全部生活，但它是言語，是我在言語之中容易接按的一種不太晦澀的石榴，石榴搖曳在樹枝上，這是記憶中的一種情景，石榴以它的形狀，使我躋身於石榴樹下的夜色之中，所以，無數年後我將石榴寫進了詩中，它以一種樹枝出現在分行的詩歌中，以一種水果的存在使語言散發出潤濕，在烏托邦的幻想中石榴就是石榴，然而，我們始終要搞清楚人面對碩大的石榴樹時，是石榴永恆呢？還是人的存在更永恆。

永恆是沒有的，永恆只不過是烏托邦幻想中的一種方式……揭示普桑子奔跑之中的狀態，也就是展現出一種人類粉碎的狀態，就像那兩只杯子一樣發出粉碎的聲音。

他說：跟我回去，普桑子

陶章來到了山坡上，他喘著氣，對普桑子說道：跟我回去，普桑子。普桑子把頭扭過去，對著漆黑的曠野，陶章便來到她身邊，陶章說：普桑子，剛才都是我不好，是我惹你生氣的……好了，好了，跟我回去吧，普桑子。

普桑子仍然不吭聲，陶章伸出手去拉住了普桑子的一隻手，他說：普桑子，我不再問你什麼了，跟我回去吧。普桑子轉過身來，她又重新湧起了一種同情心，在這種同情心的召喚下普桑子決定跟陶章回去，她走在他身邊，聽著他拐杖落地時沉重的聲音，一路上他們沒有再說話。那天晚上普桑子又一次失眠了，陶章看來也沒有睡著，普桑子側過身來，看著黑夜中窗外的星星，陶章站起來給普桑子倒來了一杯熱茶，對普桑子說道：「普桑子，我有一個請求，可以告訴你嗎？」普桑子點點頭，陶章說：「我不喜歡關丁，我從來就不喜歡關丁這個人，你能不能不要與他交往？」普桑子捧著那杯熱茶告訴陶章，她也不喜歡關丁，她跟他在一起喝酒主要是另外的原因，陶章問她到底有什麼原因，普桑子將茶杯放下躺在床上，她困了，不僅僅是困倦，她還感到困惑，她不願意談論白天所發生的事情。

她像一條蟲，她想藏進殼裡去，最好是一只硬殼，可以藏住她的整個身體。陶章的手伸了過來，放在普桑子的腹部上，陶章對普桑子說：「普桑子，你是不是一直對我生氣，你是不是不願意看到柳蘭？」普桑子沒有說話，她真的希望自己是一條蟲，藏進不為人知的硬殼裡面去。

春天過去，夏天就到來

普桑子感受到了炎熱，礦堡幾乎是在一夜之間突然熱起來的，天氣熱起來後，成群的蚊子在夜晚游動在身體旁邊，普桑子既不能變成一條蟲，也就不可能鑽進一只硬殼裡面去。她又像往日一樣生活在礦堡的那些矮房子裡，幾天前她又去了一趟柳蘭的花圈店，柳蘭現在已經是一位名副其實的挺著大肚子的孕婦了，柳蘭正在給她未出生的孩子縫小衣服，她是那樣恬靜，她告訴普桑子她希望生一個男孩，普桑子問她為什麼，她說男孩子的命可以硬朗一些。普桑子突然又想起了阿樂，她告訴柳蘭，等她分娩以後她就回到母親身邊去，普桑子一邊說一邊望著店鋪外面的人群，她真的越來越想念母親和阿樂了。

那是六月底的一天，是普桑子非常想家的一日，她過去從來沒有想過什麼時候離開礦堡，從現在開始普桑子開始想家了，她之所以留下來，是她曾經答應過柳蘭，她分娩時她會守候在她身邊照顧她。除了這個原因之外，普桑子想念母親和阿樂的心情份外強烈，這裡已經沒有更為重要的東西可以挽留住普桑子了，也許是從陶章摔碎杯子的那天開始，她的心就成為了碎片，她是一個脆弱的女人，她不喜歡面對碎片，從那天晚上開始，她的身體就開始顫慄，雖然從春天到夏天的這一段日子過得平平靜靜，什麼事情也沒有發生，在這平靜的狀態之中，她似乎在充滿蒼白的無法深究的虛無一樣的日子裡懶洋洋地微微走動著，她再也嗅不到礦石發出的那種好聞的氣味，從碎片的聲音發出時，她就對那個讓她看見碎片的男人充滿了失望之感。失望是那樣強烈，她經常獨自一人站在靜悄悄的曠野之中，或者站在黑黝黝的一片寂靜之中感受著春天正在消失的一剎那之間的悲哀，在這樣的孤寂生活中，她再不想追究陶章是去礦山還是到柳蘭那裡去，到處是一片寂靜，偶爾她會突然聽到春蟲進入夏天的那種低沉單調的吟鳴，唧唧蟲鳴使她感到她想變成一隻蟲的那種願望是多麼可笑。

關丁曾來矮房子找過普桑子，也曾在鎮裡與普桑子相遇，他想邀請普桑子再一次到他木樓上去喝茶，但都被普桑子一一地拒絕了。

普桑子並沒有把自己想離開礦堡的想法告訴給陶章，夏天到來後，陶章早出晚歸，不知道為什麼，普桑子感到陶章近來顯得很沉悶，關丁在鎮裡與普桑子相遇時曾告訴過她，用不了多長時間他就會收購陶章的那座礦山，難道陶章的沉悶心情跟這件事有關係，然而，普桑子沒有問陶章，她知道男人都是虛弱的，而在女人面前他們不願意表現出這虛弱的另外一面。

夏天就這樣來臨了，不管是炎熱也好，不管是蟲鳴還是其他聲音——都伴隨著普桑子進入了真正的夏天。

暴雨來臨……

暴雨終於在最炎熱的時刻降臨了，普桑子打開窗戶，她正在煮著土豆和牛肉等待陶章的歸來，暴雨拍打著屋頂，彷彿拍打著身體，普桑子一直在炎熱之中等待著這場夏日的暴雨，雨滴順著窗櫺濺了進來，普桑子站在窗口，她已經在礦堡度過了冬天和春天，現在夏天又到來了。

夏天到來了，暴雨就像海潮一樣席捲著大地，普桑子在暴雨中看到了陶章，他已經來到了門口，衣服全部被暴雨淋濕。他告訴普桑子他餓壞了，普桑子幫助他換了乾淨的衣服，又給他盛了一碗土豆煮牛肉，陶章坐在餐桌前望著熱氣上升的土豆煮牛肉，他突然對普桑子說：「普桑子，我們倆結婚吧！」

普桑子感到這並不突然，男人向一個女人求婚大都是在某種心情下發生，實際上，這是一種極不嚴肅的求婚方式，普桑子望著那碗熱氣上升的土豆煮牛肉，從冬天的某一天開始，她就成了這屋子裡的主婦，從某一天開始她也就陷進了曠野中的這座矮房子裡，除了給他燒土豆煮牛肉之外，她還要承擔那座堆滿「財富」和石頭的山脈，她還要承擔柳藺和他的那個孩子。普桑子搖搖頭，陶章看見她搖頭就著急了，他忘記了飢餓再次向普桑子求婚，普桑子一邊聽著暴雨拍打屋頂的聲音，一邊聽著陶章向她求婚的聲音，於是她明白了在兩種聲音裡，她什麼聲音也沒有聽到。然而，陶章在等待著她的回答，她又搖搖頭，她似乎已經把那種被她秘而不宣的確認的某種失望的東西在她搖頭的那一剎那徹底地拒絕了。

虛構者說

普桑子拒絕了陶章的求婚。我講了上面的故事，普桑子如今已經沒有任何激情與她曾經喜歡過的男人締結契約，失望和迷惘像猛然展現在她面前的碎片一樣使她的激情喪失殆盡。

我小說中的女主人公在礦堡的生活顯然已經到了結束的時候，她之所以留下來已經不再是為了陶章而留下來，她留下來是為了另一個與她同一性別的女人，她留下來是為了在那個女人分娩時守候在她身邊。如果沒有這件事，她也許早就拎著箱子離開礦堡了，然而，最令我悲哀的是陶章並沒有意識到這種危機，他似乎已經確認普桑子會永遠留下來照顧他，所以他提出來要與她締結婚姻。

她拒絕了他，他並不知道普桑子為什麼要拒絕他。

暴雨來臨後，他們仍然守候著那座矮房子，夜晚，普桑子同樣躺在他身邊，她赤身裸體地躺在他身邊，天氣涼下來了，大群的蚊群仍在嗡嗡地穿越在蚊帳之外。

普桑子並沒有進入睡眠，她看見自己正在呼吸著這混沌的暴雨流體的氣息並掙扎出去。

六月底的最後一天

普桑子被困在屋子裡，下了兩天兩夜的暴雨仍沒有停止的趨勢。而就在這時在暴雨的肆虐之中普桑子度過了六月底的最後一天，這就是說七月到來了，七月是柳蘭分娩的日子，對普桑子來說七月還是普桑子回家去的日子。六月底的最後一天，普桑子依然等待著陶章歸來，自從下雨以來，陶章回來得要晚一些，現在，在黃昏中他披著雨披回來了，這是一件軍用雨披，顏色是黃色的，普桑子取下他的雨衣，從聽到他的腳步和拐杖聲的那一時刻開始普桑子才噓了一口氣，陶章終於從那些濕漉漉的洞窟裡回來了，是的，他安然無恙地回來了，普桑子被暴雨所壓迫著的心臟好像從某一塊石頭裡跳了出來，恢復了心臟的自然跳動。

陶章沮喪地看著這場雨對普桑子說：「但願老天停止下雨，這樣不停地下雨不知道會出現什麼事？」普桑子身上的那種同情心一如既往地在此時此刻暴露出來，她走過去拉起陶章的雙手，她感到這雙手是如此地冰涼，完全不像是在夜裡撫摸她的那雙手，她輕聲地安慰他說：「什麼事也不會發生，我相信什麼事也不會發生……」然而就在她說這番話時，她眼前突然出現了坍塌這個詞彙，她回憶起自己最初站在礦洞門口時欲進又欲退的那種感覺，她為什麼沒有戴上頭盔走進礦洞裡面去，普桑子當時是因為害怕，一座礦洞的世界使她產生了種種的聯想，而最關鍵的恐怖是她感到那些礦洞如果坍塌下來會怎麼辦，從那一時刻，這個聯想一直占據著她的心靈，占據在她那敏感的意識之中，她突然扭轉了話題，她對陶章說：「有一件事你應該感到高興，你知道柳蘭就要分娩了嗎？」陶章猛然抓住了普桑子的雙手，普桑子緊接著說：「我準備明天就搬到柳蘭那裡去住。」「為什麼？」「柳蘭身邊沒有一個親人，我想在她分娩時留下來照顧她……」陶章對普桑子的這決定感到吃驚，他問普桑子為什麼要這樣做，普桑子放開了那雙與陶章的雙手緊緊交結在一起的雙手。

普桑子不想回答他這個問題，但她意識到陶章正沉浸在紛亂的思緒之中，在這個時刻，普桑子想，男人沉浸在他們理性的世界裡面，他一定無法想清楚我為什麼要這樣去做；在這個時刻，男人沉浸在他們虛弱的世界裡面，瞧瞧陶章，他正面對著窗外的暴雨，只有窗外的暴雨才可以使他沉浸在一個他自己製造的世界之中去。

普桑子沒有再去安慰那個站在窗前的男人，也沒有再向他解釋什麼，她來到了床上，她像個影子似地繞過房間離開了窗前的陶章，她要回到床上去，明天她就要離開這張床了，也許離開之後她就再也不會回到這些房間裡來，她已經確定了自己的去向，等到柳蘭分娩之後，她就從礦堡消失。

普桑子依然赤身裸體地鑽進被子裡面去，房間裡沒有燈光，她鑽進了似乎是潮濕的被子裡面時，她突然聽到了開門聲和關門的聲音，陶章出去了，他很少在這個時候到外面去，普桑子想，也許他去小解了，但過了很長時間陶章還沒有回來。普桑子現在知道陶章到哪裡去了：他去鎮裡看柳蘭了。

普桑子躺在床上，她一絲不掛地躺在床上，她麻木地躺著，她似乎看見陶章正艱難地走在那條通向小鎮的路上，因為路上沒有燈光，他在黑暗中走著，跌跌撞撞地行走著，而他手中撐著的那根拐杖發出的聲音是暴雨中最虛弱的聲音。

普桑子迷迷糊糊地閉了一會眼睛，但她並沒有睡著覺，天近拂曉時，她開始起床，她赤身裸體地站在地上，穿上旗袍後她又開始收拾行裝，她把那只箱子拉了出來，將自己的衣物放在裡面。普桑子拎著箱子出門時，正是陶章回來的時候，普桑子剛站在門口撐開那把黑布雨傘，她就看見了陶章，身披軍用雨衣的陶章從山坡上走上來的樣子就像是一個沮喪、失敗的歸來者，他站在暴雨中看見了普桑子，他對普桑子說他到鎮裡去了，普桑子點點頭，她知道了，她猜測得不錯，只不過，這一次是他親自告訴了她，他並沒有向她撒謊，他確實到鎮裡去看柳蘭了。

他的眼裡隱藏著一種欣慰，看得出來，柳蘭即將分娩這件事給予了他一些歡喜，雖然一路上的前行使他看上去很疲憊、很沮喪，像一個失敗者，但他在這個時刻顯示了一個男人對孩子的期待，但他突然看到了普桑子手中拎著的那只箱子，最初普桑子就是拎著這只箱子出現在他面前的，這是一只出行的箱子，遠行中的箱子，他抓住普桑子的手低聲說：「普桑子，你要走嗎？」普桑子告訴他，我要到柳蘭那裡去，我昨天不是跟你說好了嗎？我要去照顧柳蘭。陶章的手仍然沒有鬆開，他看了看普桑子的行裝和手中的那只箱子輕聲說：「普桑子，既然是去柳蘭那裡，為什麼要帶箱子走呢？」「哦，我要住在柳蘭那裡，我帶上我的衣物會方便些。」「這就是說，柳蘭分娩以後你就會回來。」

普桑子已經下了臺階，她沒有回答陶章，她撐著那把黑布雨傘，頭也不回地從陶章身邊離開了。

一個女人和另一個女人在一起

七月就這樣出現在普桑子已經撐開的那把黑布雨傘之下，普桑子穿著粉紅色的旗袍舉著黑布雨傘拎著箱子出現在柳蘭的店鋪中時，七月就這樣降臨了。普桑子將那把黑布雨傘合攏，隨便將雨傘舉起來把積留在傘面上的雨水砸落一些，在七月降臨的那一天，普桑子穿著粉紅色的衣袍，她要去給柳蘭賀喜，她要給那家店鋪帶去粉紅色的幻想，她將雨傘放在店鋪的一角，店鋪的樓上就是柳蘭的住處，柳蘭雖已將店門打開但又回到樓上去了，柳蘭告訴普桑子，她感到腹部有些異樣，普桑子走到柳蘭身邊，就在這時候普桑子似乎嗅到了一種氣息，這是普桑子最熟悉的氣息，是陶章滯留在這屋裡的礦石般的氣息。

普桑子扶著柳蘭躺在了床上，她又幫助柳蘭計算了一下日子，普桑子生過孩子所以她預感到柳蘭分娩的日子就在這兩天。柳蘭告訴普桑子陶章昨天晚上滿身濕透地來到這裡，普桑子說她已經知道了。柳蘭說：「陶章說他要跟你結婚，普桑子，我想你就嫁給他吧！」她剛說完一陣劇痛突然到來了，普桑子看到她這個模樣便下了樓梯去請接生婆，在路上她還碰到了關丁，「普桑子，普桑子，你到哪裡去，我有話要告訴你……」普桑子沒有停留下來聽關丁說話，她已經沒有時間再停留下來。不久之前她就已經打聽好了接生婆的住處，她身穿粉紅色旗袍撐著雨傘奔跑到了一條又一條街道，當她站在接生婆的門口開始敲門時，心裡呼呼直跳，她不知道為什麼會心跳加速，也許是奔跑的原因，她對自己說。普桑子帶著接生婆來到了柳蘭的店鋪門口時，她突然感到心亂如麻，心臟比原來跳得更加厲害了。

普桑子收攏傘時望了望天空，她已經有好多天沒有看到陽光了，而暴雨仍然下過不停，下過不停，接生婆已經先到樓上去了，普桑子仍站在店鋪門口，她似乎隔著一條街道和另一條街道聽見了陶章礦區的那聲巨大的坍塌聲，她似乎感覺到了什麼，但是她聽到的卻是一聲嬰兒的啼哭聲。普桑子叮叮咚咚跑上了樓，她看到接生婆正將嬰兒用襁褓包裹起來，接生婆告訴普桑子：是一個男孩。

普桑子下了樓，她又撐開了那把傘，她現在要到礦區去，她要儘快地把這個好消息告訴給陶章，普桑子跑出了小鎮，她已經置身在曠野，然而，普桑子的心跳仍然沒有減弱，她抬起頭來，她將手放在心跳的那個地方，她已經到達陶章的礦區了。

坍　塌

普桑子站在濛濛的驟雨之中抬起頭來，她希望看到陶章披著雨衣的身影出現在濛濛驟雨之中，她渴望看到那個身影向她走來，她希望自己的耳朵就像平常一樣聽到拐杖撞擊著地面時的聲音……然而，連一點聲音也沒有，普桑子抬起頭來，她看到了一群人他們正站在驟雨之中，他們之中沒有一個人披著軍用雨披，也沒有一個人撐著拐杖，他們正揮動著鐵鍬和鏟子在驟雨中彎著腰，普桑子慢慢地向他們走去，那群在驟雨中使用著勞動工具的工人並沒有感受到她那錯亂的腳步聲，也許她的腳步聲已被雨水所淹沒，也許……

普桑子來到了一座坍塌的洞窟前，工人們正在用鐵鍬和鏟子將坍塌下地的石頭搬走，普桑子用目光凝視著那些坍塌的石頭，就像凝望著一團陰影，那裡面充滿了悲劇與絕望。她走過去，她毫無理智地走過去問陶章現在到哪裡去了，她必須馬上見到陶章，因為他的兒子已經出生了，她必須馬上見到陶章。工人們沒有理她，也沒有一個人抬起頭來看她一眼，哦，這就是坍塌，這就是陶章曾經對她說過的坍塌，那裡面充滿著悲劇和絕望。

沒有人很明確地告訴她陶章到哪裡去了，也許沒有任何人聽到了她的聲音，她的聲音就像一團火焰下面浮現的灰燼，她將手中的那把黑布雨傘拋棄，她好像明白了什麼，她站在那些坍塌物之中，她閉上了雙眼，她突然跪下去，伸出手去挖掘著那個坍塌的地方，尖硬的石礫劃破了她嬌嫩的手指，她手指上殷紅的血液湧出來，她似乎連疼痛也沒有感受到。

總共挖出了六具屍體，陶章是其中之一。普桑子的手停止了，十個纖細的指頭上到處是血漬和泥，她伸出微顫的雙手走過去撫摸了一下陶章的面龐，他在坍塌之中死了，他的嘴唇一片烏黑，已不能張開口再對她承述什麼。普桑子的雙唇張開了又合上，她似乎早就看見了會有這麼一天到來，但她沒有想到來得如此之快。

他躺在坍塌之中，已就是躺在毀滅之中，他已經不再可能呼吸到暴雨中的氣息和四周礦山的氣息，工人們還挖出了他那支已經被折斷的拐杖，她走過去將拐杖拿起來，這是陶章唯一的遺物，除此之外他似乎再沒有別的東西留給普桑子了，普桑子也不可能從坍塌的礦山中再帶走一點什麼東西。他消亡了，他的礦山也就坍塌了，雖然那些躺在山上的石頭仍在等待開掘，然而，對於普桑子來說已經什麼都不再存在了。雖然普桑子仍然能夠聽到自己血管中奔流的聲音，而事實上普桑子正抓住那支折斷了的拐杖，一個依賴於撐著這拐杖的人已經走了，這拐杖就變成了遺物。普桑子決定帶走這支被折斷的拐杖，因為她堅信這個世界上還沒有任何人可以帶走這支拐杖，因為這個世界上還沒有任何人像普桑子一樣可以在冰涼的回憶中聽到那支拐杖撞擊地面時的聲音。

普桑子回到了柳蘭身邊

普桑子將那支拐杖裝在了箱子裡面後然後才上樓去看候柳蘭。分娩之後的柳蘭躺在床上驚訝地看著普桑子，普桑子低頭看了看自己的全身，除了濕透了的衣服之外還帶著泥漿，粉紅色的旗袍已經沒有一點乾淨的地方了。普桑子控制著自己那種絕望重新到樓下打開箱子，她本來看到了那件黑色的旗袍，但她沒有拿出來，今天是柳蘭分娩的日子，也是陶章死亡的日子，但最後普桑子仍然找出了一件代表喜慶的衣服，那件紅色的旗袍穿在身上。

但柳蘭似乎已經感受到了她眼睛深處的絕望，她問普桑子到底出什麼事了，普桑子搖搖頭坐在她身邊，她控制著自己，體會著自己的肉體輕輕地在撕裂，柳蘭的手微弱地伸過來抓住了普桑子的手：「普桑子，一定發生了什麼事情？」普桑子對自己說，不能哭泣，不能讓那個剛出世的男孩聽到世間悲哀的哭聲，她感到鼻孔時冷時熱，柳蘭將她的手抓緊：「普桑子，是不是陶章出事了？」「他死了。」

柳蘭放開了普桑子的手，她並沒有像普桑子所想像的那樣對這場災難無所適從，她彷彿是一場災難的隨者，她對普桑子說：「普桑子，到樓下去把那些紙給我拿來，把剪刀也拿來……」普桑子明白柳蘭是要為陶章做一只花圈，她要親手為死去的陶章做一只花環。

普桑子沒有聽到柳蘭的哭聲，甚至連淚水也沒有看到。她到樓下取來了紙和剪刀，她坐在柳蘭床頭第一次跟別人學編紮花圈，她突然想起了山坡上的那些蝴蝶，應該把陶章掩埋在那片山坡，應該讓他躺在他曾經擁有的礦山上，讓那群蝴蝶伴隨著他。她把這個主意告訴了柳蘭，柳蘭說她知道那片山坡，她過去也曾到那片山坡上去，她也不明白那群蝴蝶到底是從哪裡飛來的，但是不管怎麼樣，能夠躺在蝴蝶的翅翼下休息，陶章也就感受到了生靈在活著時那斑斕飛翔及透明的翅翼聲。

有蝴蝶飛翔的山坡

陶章已經被埋葬在礦山的泥土下面有八天時間了。這是第八天的上午，普桑子獨自來到這片飛繞著一群蝴蝶的山坡，她是來告別的，下午她就要離開礦堡了，她知道這次告別也許是永遠地告別，普桑子知道自己不會再有勇氣來礦堡了。她給他從山洼裡面採來了幾朵野花，那是幾朵白色的小花朵。

暴雨終於停了，陽光照在這片突兀的山坡上，普桑子身穿黑色的旗袍，這黑色代表她的悲哀。風將她的旗袍下襬吹拂著，她在寂靜之中感受著那寂靜的墓，濃郁的礦石味從坍塌的礦山上被風吹拂而來。

一個人來到了墓地，他給陶章帶來了一束白花，他告訴普桑子，他專門驅車去買回了這束白花，是為了憑弔陶章，給陶章送來白花的這個人就是關丁。普桑子看著關丁，不知道他是假憑弔呢還是真憑弔，不知道他是為著什麼樣的目的來到墓地。她沒有力量再聽他說話，她討厭他破壞了這墓地的寂靜。幸好，她已經來這墓地很長時間了，似乎心裡的話已經全部告訴陶章了。

普桑子離開了山坡，但她沒有想到關丁緊隨著跟了上來。

關丁說：普桑子，我知道你是不會跟我走的。但我要告訴你，我已決定放棄這些礦山了，陶章的死對我震動很大，我知道你準備離開礦堡了，而我也準備離開礦堡，如果你願意，我想用車送你到火車站去。

「不用麻煩你了，我自己會到火車站去。」

普桑子再次拒絕了關丁，她在這個時刻對男人沒有絲毫興趣，他放棄礦山也好，要離開礦堡也好，都引不起普桑子的注意。

太陽已經重新照耀著礦山，陶章已經埋葬在泥土中有八天時間了，普桑子將離開礦堡，這就是作者今天敘述的事情。

普桑子預感到的災難已經發生了，她回到了柳蘭家，她拎起了那只箱子。在頭一天晚上她已經跟柳蘭作了徹夜的長談，柳蘭告訴普桑子無論生活怎樣艱辛，她都要把孩子帶大。

普桑子拎起了那只箱子，離火車站有五里路程，普桑子想步行到火車站去。

她想再一次感受礦堡與她生命有聯繫的一切東西。她拎著那只箱子走在小路上，為了避開任何人她走上了這條小路。

普桑子一路走一路回頭，微風吹拂著她的旗袍，她拎著那只箱子，箱子不時地從右手換到左手，也許是那支被折斷了的拐杖使這只箱子突然變得沉重了。

第六部分　現實之六

戰爭

真正被戰爭包圍的一座城現在已陷入了誠惶誠恐之中，他們等待著戰爭的降臨，孩子、大人都預感到戰爭是真的離這座城已經很近了，這座面臨海的城市其實質是面臨著戰爭，多少年來，大海給他們帶來了許多戰爭的消息，但他們卻總是被潮汐聲打斷了顫慄，他們希望潮汐聲永遠把他們夢境中戰爭的顫慄打斷，他們也希望大海中的潮汐永遠阻止戰爭的到來。於是，果然像他們所期待的那樣：戰爭始終沒有到來。於是，生活在城中的人困惑而膽怯地做著逃離戰爭的夢，有很長時間他們認為戰爭不會到來了，他們似乎能夠憑藉著大海的潮聲入睡再進入夢鄉。

但戰爭始終沒有停止的時候，戰爭一直在各個地方進行著，唯獨這座城裡沒有發生過真正的戰爭，但已經有人預言戰爭在今年的某個季節肯定會席捲進城，預言者藏在角落，傳播聲卻置身於人群中，他們似乎想讓自己乾澀的嗓聲就此沙啞，普桑子就在這樣的傳播聲中乘船回家，她的腳剛踩在鬆柔的沙灘上，她就聽到了傳播者沙啞的聲音，那聲音在告訴她：戰爭就要到來了，戰爭確實要到來了。

「戰爭」，普桑子把那種異常沙啞的聲音一遍又一遍地咀嚼著，碼頭和海岸上發出死魚的腥味，她竭力想看到那個用沙啞的聲音傳播消息的人，但她沒有在人群中發現那個人，彷彿那聲音是從一陣死魚的腥味中傳來的，彷彿「戰爭」這個詞彙就是圍繞著這座城的碼頭和海岸上所發出來的死魚的腥味，普桑子拎著手中的箱子，由於不平衡，裡面的拐杖晃動了一下，一路上，她總是聽到那付被折斷的拐杖晃動的聲音，這就像是那個死者在喊她的名字：普桑子，普桑子。

普桑子終於重新歸回這座讓她魂牽夢繞的城，不管戰爭也好，不管那個沙啞的聲音怎樣從碼頭和海岸線上的腥味中上升也好，普桑子總算逃離了礦堡，她拎著箱子，碼頭上的漁民正拎著鮮魚在叫嚷著：「買新鮮的魚啦，戰爭要來了，快買新鮮的魚啦……」

普桑子好不容易搭上了一輛人力車，在這樣的時候，無論發生什麼事情，只有家是普桑子魂牽夢繞的地方，那些異常沙啞的聲音終於在人力車奔跑起來時消失在身後。

普桑子看到的第一個人

人力車到達市中心時，普桑子看到了一個熟悉的人，她似乎永遠穿著墨綠色的旗袍，但普桑子已經有很長時間沒有看見她了，普桑子連她的名字也不知道，她之所以對這個女人保持著深刻的印象是因為普桑子曾在郝仁醫生的診所中看見過她，她曾穿著墨綠色旗袍、穿著高跟鞋出現在郝仁醫生的診所裡，再後來郝仁醫生告訴過她，他給了那個女人一些錢，他讓她走了。走了的人總有回來的時候，就像普桑子一樣，一次又一次逃離這座城，卻又進入這座城。

只不過這個穿墨綠色旗袍的女人回來得與普桑子不一樣，普桑子有一種預感，這是一個容易嫉妒的女人，因為在普桑子的記憶中還保留著她在郝仁醫生診所中那些嫉妒的聲音，很顯然，如果她現在生活中沒有別的男人的話，她肯定會去重新尋找郝仁醫生，如果是這樣，她就會由此嫉妒郝仁醫生身邊的那個女人燕飛瓊。

重新看到了那座旅館

普桑子坐在人力車上還看到了那座旅館，其實，人力車夫本來要拉著普桑子從旅館經過，但就在人力車拐上這條街道時，普桑子突然神經質地仰起頭來告訴人力車夫從旁邊的那條街道走，人力車夫納悶地說走那條街要繞路的。繞路就繞路吧，普桑子自言自語地說。

在普桑子的記憶中，那座旅館仍然散發出地獄一般的氣息來，她的鼻翼有些微微翕動，她想起了王品，也許他還居住在那座地獄一樣的旅館裡面，普桑子想，也許他還在支助夏春花上女子學校，他們兩人的關係曖昧不清，也許，王品已經離開了那座旅館，遷徙到別的旅館中去了。

在經歷了礦堡的生活之後，尤其經歷了陶章的死亡之後，普桑子的內心深處升起了一種悲憫之感，不知什麼緣故，她也不知道是悲憫自己呢，還是悲憫別人，當她趴在坍塌的礦洞上伸出十指在尖銳的礫石中尋找著陶章時，她的絕望使她的十指變得鮮血淋淋，在經歷了坍塌的礦洞之後普桑子的悲憫之情跟隨著她的身體重新回到了這座城。

現在，她之所以繞離開那家旅館，是因為她的內心深處的悲憫之情正在上升，一方面她認為那座旅館就像一座地獄，另一方面那座旅館的存在就像那棵紫藤樹下的妓女們一樣讓她的悲憫之情繼續上升著，她害怕看見那座旅館，是因為她一方面把那座旅館當成一座地獄，另一方面那裡面居住著一個男人，如果沒有夏春花的存在，那個男人也許是點燃普桑子生命之花的一個男人……，她被這種矛盾中的悲憫之情包圍著，當她回到岸上的那一瞬間，她就知道自己已經回來了，她又要面對著那座旅館，從某種意義上來說她希望王品遠走高飛，最好帶著夏春花遠走高飛，然而，在另一天平處她又害怕接受這一事實，普桑子竭力恢復這一天平，但是她發現即使是躺在陶章身邊的那些日子裡，每天晚上她想得最多的男人卻是王品。

旅館毫無疑問存在於這座城市，從某一天開始，這座旅館成為普桑子的會晤之地，從某種時刻開始這座旅館已經被普桑子比喻為地獄，為了這座旅館，她逃離異鄉，也許同樣是為了這座旅館，她又重新歸回，從她開始與那男人會晤的那天開始，這座旅館已經成為普桑子心靈中一個巨大爭議和衝突的主題了。而現在那個聲稱愛她的男人，並用他的身體與她溶為一體的男人，也許仍居住在旅館裡，也許已經真正地遠走高飛。

普桑子悲憫地低下頭，也許她所有的悲憫都是圍繞著自己，從她從母親的子宮裡形成之前，她的存在意味著她在用一個女人天生柔弱的皮膚和神經抵抗著從子宮脫穎而出的那種陣痛。所以，也許她此刻的悲憫正圍繞著自己的身體，她的身體渴望著可以解除一個女人所面臨的所有麻煩，但普桑子作為女人，她的麻煩似乎越來越多。

普桑子抬起頭來，她在碼頭上聽到的那種沙啞的聲音現在正從黃昏中升起。

鸚鵡說：普桑子回來了

她從內心深處對自己家的門產生了一種依慰，在異鄉中遭受的悲慟使她久久無法用手中的鑰匙開門，她譴責自己在某種時刻簡直是一個不負責任的母親和女兒。她掏出鑰匙，她已經有很久沒有用自己家的鑰匙來開門了，就像一個紅色的球滾過去突然又滾了回來。她握著這把鑰匙，從礦堡到家門，從一把鑰匙到裡面家的氣氛，普桑子感到或者唯一感受到的就是她可以看到自己的母親和女兒了。

她聽到門被她所打開了的聲音，緊接著她迅速地聽到了另一個聲音：普桑子回來了，普桑子回來了，普桑子抬起頭來，樹架上的那隻鸚鵡歡鳴著，幾乎想撲在普桑子懷抱，可是鸚鵡的自由被一根繩子捆著。

最先撲向普桑子懷抱的是阿樂，普桑子驚訝地看著這種變化，阿樂已經會走路了，因此普桑子在驚訝之餘敞開手臂，她看到了這種讓她感動和驚喜的情景，她身上掉下來的那塊肉，她用子宮孕育了十個月的那塊胚胎如今已經確確實實地變成了一個生命，瞧瞧那個小生命吧，她已經會支配自己的腳，已經會支配自己的意識，已經會支配自己的感情，她要奔向的是母親的懷抱，她所要奔向的是母親那可親可愛的懷抱。

而那隻鸚鵡仍在架上不停地叫喚著：普桑子回來了，普桑子回來了。

普桑子敞開的懷抱終於撲進來一種生活，這是柔弱的一個生命，是女兒的身體，普桑子的雙眼潮濕了，就在她緊抱住阿樂時，普桑子看到了站在遠處的母親，普桑子嚅動著嘴唇表示著這種抱歉，母親對她說，她年輕時也總想離開這座城，但她一次也沒有離開過這座城，第一是因為缺少勇氣，第二是因為當時她懷裡有普桑子。

母親把她當年未出走的原因告訴了普桑子，這表明了母親對普桑子出走的態度。現在，普桑子擱下了箱子，她又和母親和小阿樂在一起了，她經歷的那座礦堡中的事情被全部深藏在那只箱子裡面，她不會輕易將這些告訴給別人，連母親也不會告訴。

普桑子重操舊業

為了新的生活，普桑子第二天一早就上班了。這是母親交給她經營的店鋪，在她離開的這些日子裡，店鋪只好關閉了。

現在普桑子已經站在店鋪裡嗅到了裡面潮濕的味道，因為雨季，有些地方已經有霉味了，普桑子舔了一下嘴唇，不知為什麼，從坍塌事件的那天開始，普桑子就覺得自己的嘴唇很乾燥，昨晚上她又夢到了坍塌中的那些碎片以及自己手指上的鮮血，她還夢到了白的、紫的、深藍色的蝴蝶盤旋在那片山坡上。她活在這個世上，夢著那些已死的人，而現在普桑子卻敞開了店鋪門，她心裡在呼喚著風，讓風吹來吧，讓風吹到這個角落把一切霉味蕩盡吧！

她看到了一個人，那個人正站在門口，普桑子已經有好久沒有嗅到他身上的乙醚味了，不錯，是乙醚味道，是他身上永遠攜帶的味道，普桑子不知道怎樣開口對郝仁醫生說第一句話，昨天晚上母親告訴她，郝仁醫生經常給母親送錢去，有時候他還把阿樂帶到公園中去玩。對此，普桑子很感謝郝仁醫生，在她離開的這些日子裡去看候母親和阿樂。

郝仁醫生說，普桑子看見你回來了，我很高興，在你走後的這些日子裡似乎發生了很多事情。普桑子抬起頭來，她看到郝仁醫生似乎被什麼東西所圍困著，他沒有問普桑子到哪裡去了，也許他知道普桑子到哪裡去了。

郝仁醫生說，楊玫回來了，我從未想到她回來得這麼快，但她還是回來了，她與你最大的區別就是你身上刻滿了善，而她身上刻滿了惡。

楊玫是誰？普桑子問郝仁醫生。

郝仁醫生說，普桑子，你見過楊玫，好像是你第二次到我診所去時，楊玫來了，她很嫉妒你，她嫉妒你的存在，後來我給了她一些數額不小的錢，她這個人沒有別的嗜好，唯一的嗜好就是喜歡金錢，現在她揮霍完了那筆錢後又回來了。

普桑子現在已經知道了，那個穿墨綠色旗袍的女人就是楊玫。

郝仁醫生說，楊玫現在除了嗜好錢之外，還喜歡上了另一種鬥爭，那就是與燕飛瓊的鬥爭，楊玫經常敲開我家的門，她一進去，我就出來，我不想參加兩個女人的戰爭，現在，我的診所成了我唯一的世界。普桑子，我看見你真的很高興……城裡的人正在傳說，戰爭就要到來了，普桑子，你不知道，每到夜晚，街上到處都站滿了酒鬼，他們醉生夢死，宣言戰爭到來後就沒有什麼好日子過了，宣言只有及時行樂者是活著的好方式……普桑子，我知道我很頹喪，有時候我就去看阿樂，看到她我會有一種希望……

普桑子看著郝仁醫生，他似乎也老了一些，也許是沒有剃鬍鬚的原因，普桑子身上的那種悲憫的感情隨同郝仁醫生的到來和離去在店鋪中的霉味中飄蕩。

就像這店鋪中的霉味一樣到處都是霉味、腥味，到處都有不測的音符在遊蕩。但普桑子終究是普桑子，只有她看見過坍塌，只有她看見過陶章被命運和死亡所折斷的拐杖，也只有她可以從死亡的灰燼中乘船回到這座城，她回來不是來哭泣來訴說死亡的，她回來是為了活著。整整一天，她清除了灰塵和霉跡，她還從郝仁醫生那裡要來了一瓶來蘇水噴灑在地上，她下定決心清除這屋裡的霉味，她要下定決心使自己變成一個活著的女人。

從街道上吹來的風蕩走了霉味也蕩走了郝仁醫生告訴她的一些消息，普桑子仰起頭來，她知道她不會被那些壞消息籠罩住，她知道在戰爭未到來之前她會坦然地生活，而戰爭到來之後，她也許會去參軍，也許會成為一個戰爭之外的局外人，總之，她與別人不相同的就是她現在已經不害怕戰爭這個詞彙了。

虛構者說

我看見普桑子……正在街上，她已經從那種令她悲憫的狀態之中走了出來，她想起了一個人來，她想自己無論如何也要去會見他，如果他還留在這座城市的話，如果他還居住在那座旅館裡的話，普桑子被一種力量推動著，她不知道這種力量是誰給予她的，也許是神，普桑子有一剎那曾想到了是不是神在給予自己力量，但是神到底在哪裡呢？普桑子的生活中有蝴蝶，即使沒有那些牆上的蝴蝶標本，普桑子的生活中也會有蝴蝶的翅翼在飛翔，多少年來，只要她閉上雙眼，蝴蝶就會飛來，而神，普桑子從未見到過神，普桑子想像神的時候，頓感世界空蕩，難道神正站在一個空蕩的宇宙世界裡給予普桑子以力量。

普桑子敢於去面對那座旅館，就是敢於去面對一座地獄，而且她要等到夜色上升的時候去面對那座旅館，因為王品住在裡面，那個令普桑子心動的男人，那個曾讓普桑子出走的男人住在一座被普桑子喻為地獄的旅館裡面，普桑子望著夜色上升，當她想像一個令她心動的男人的生活時也就是想像那個男人在她心目中的位置到底有多深。

夜幕降臨，普桑子來到紫藤樹下

夜風吹拂著普桑子的白色旗袍，普桑子睜大了眼睛，像過去一樣那群年輕的妓女仍然圍繞著那棵燦爛的紫藤樹，紫色的花瓣在夜色中像一朵朵紫色的玫瑰。她在遠處就聽到了那些妓女放蕩的笑聲，普桑子從她們身邊經過時嗅到了她們身上的劣質香水味道，突然普桑子聽到了妓女們正在叫一個女人的名字：夏春花，普桑子來到紫藤樹對面的角落，那確實是夏春花，不過，夏春花只向她們短促地點點頭就朝旅館走進去了。普桑子猶豫了一下，她現在知道了，王品仍居住在旅館，王品並沒有從這座旅館消失。

夏春花的突然到來使普桑子沒有去旅館會晤王品，一種東西再次困擾著她，她從紫藤樹下走了過去，她想晚些時候再去找王品，也許那時候夏春花已經走了。她很清楚，有夏春花在場，她與王品的會晤就會變得尷尬。

她開始在街道上沒有目的地行走，既不是在散步，也不是去會見什麼人。

正像郝仁醫生所告訴她的，只要黑暗降臨，街上到處都行走著醉生夢死的人，當普桑子的目光落在路上行走的酒鬼身上時，普桑子想，他們到底為了什麼，醉醺醺地走著，他們將走到哪裡去？普桑子對面急匆匆走來了一個酒鬼，他在與普桑子擦肩而過的剎那，普桑子叫出了他的名字：王品。

在潮濕的夏夜，王品並沒有呆在那家旅館而是孤零零地變成一個酒鬼，雖然在醉意之中他還是認出了普桑子。普桑子架著他的手臂，他支支吾吾地告訴普桑子他不想回旅館去，他用手指著隱沒在城市中的那座旅館對普桑子說：「旅館裡到處是妓女。」他還告訴普桑子：「我不喜歡那些妓女……但我無法找到你，我只好跟那些妓女們睡覺……」

普桑子彷彿在架著一具沒有靈魂的肉體，他們來到了一座公園，普桑子讓王品坐在一把椅子上，一路上王品像所有喝醉酒吐實言的人一樣將他內心十分蒼涼的秘密告訴給了普桑子，普桑子坐在對面漠然地看著這張面孔，她再一次被一個男人這真實的生活籠罩著，在幾個小時之前，好像是神給予了她力量，她以為她可以有勇氣繼續去面對一座被她喻為地獄的旅館……

在公園的深處有一陣又一陣聲音傳來了，普桑子宛如坐在一把被懸空似的椅子上，突然間月亮升了起來，普桑子坐在王品對面看著那張醉醺醺的臉，他似乎睡著了，靠在公園的椅座上睡著了，普桑子的心底一陣懸空，稀薄的空氣變得不純淨，普桑子失望地望著那張男人的臉龐，有嗜酒的人不停地在周圍走來走去，普桑子嗅到了那種酒精中難以接受的氣味，她夢的天平開始搖擺……

普桑子後來攙扶著王品將他送到了旅館門口，普桑子覺得自己又回到了原處，她仍然像從前那樣怯懦，面對那棵紫藤樹，面對越來越多的不可能在空氣中投擲、彌散的困惑，神曾給予過她的那種片刻之間的力量突然離她遠去了，普桑子就在將他送進旅館門口的那一瞬間轉過了身，她知道自己是不可能再走進那座旅館了，她知道無論發生什麼事情，自己都再也不可能走進那座旅館與王品去約會了。

燕飛瓊

她坐在普桑子的店鋪裡，她已不再像從前那樣將纖長的雙肘撐在櫃臺上，似乎她那美麗纖長的雙肘已經無力支撐她的身體和頭頸，她從走進來時就坐在那把椅子上，當初普桑子在櫃臺外面置放了一把椅子就知道它大有用場，郝仁醫生、王品、燕飛瓊等人就曾經坐在這把椅子上與普桑子聊天。

從燕飛瓊進屋來的那一瞬間，敏感的普桑子就已經從她那遭遇到仇恨的眼睛裡察覺到了她的不幸，燕飛瓊是哪一類女人，她是與普桑子完全不相同的女人，燕飛瓊平時沒多少事，她總是能分辨來自不同方向不同世界的新聞，而她是一個優雅的饒舌者，也是一個用視、聽、嗅、味、觸覺感受生活的觀察家，在過去的日子裡，普桑子已經領教過她那張薄如彈簧的饒舌的嘴是怎樣在逼近普桑子的生活，就是她將夏春花的名字第一次展現在普桑子面前，也是她用一種無法說清的語言將她看到的事情真相轉述給普桑子……

現在的燕飛瓊已經沒有以往的那種得意，從她進屋來的那一瞬間，普桑子就知道了燕飛瓊出現在店裡，意味著她來向她傾訴。普桑子分析得不錯，燕飛瓊確實是把普桑子當作自己傾訴的對象，從開始坐下來不久，她就大罵楊玫，她說她要與楊玫鬥到底，她將頭仰起來，似乎與楊玫鬥爭就是她此生最重大的事件，普桑子欲勸她，但燕飛瓊隨即將普桑子勸誡她的話語推到遠處去，她被她生活中的陰雲緊緊籠罩，她說：「普桑子，你不要說了，我知道，反正戰爭一到來，誰也不會活得太好，也許誰都不會活得太長久……」她的聲音暗示著她要與楊玫決戰的決心，普桑子望著燕飛瓊的那張面龐，她有著細膩的皮膚，而皮膚的光澤上閃爍著的不是流動的音符，而是一種看不到但確切地存在著的尖銳的沙礫。

普桑子不知道如何去告訴燕飛瓊，她想把自己對男人的感受告訴給別人，但在這個世界上她還沒有尋找到一個能夠聽她說話的人，好像在這個世界上，所有的人都生活得心煩意亂，她像在這座城中，除了在戰爭到來之前消耗無用的頹廢和激情之外就沒有別的生活方式了。

哦，而戰爭到底在哪裡呢？

普桑子欠起身子，普桑子除了沉浸在她自己的戰爭之中，她幾乎連眼淚也沒有，而自己與別的女人所不相同的是雙眼裡潮濕的，那也許是一種痛苦的潮濕，也許是一種怯懦的潮濕，也許是一種彷徨的潮濕，也許是一種絕望的潮濕……

也許是有那些蝴蝶陪伴著普桑子，只要有了那些蝴蝶，任何別的事情都可以放下，她可以不受人或事，不受到這個世界的干擾。

普桑子看見燕飛瓊站了起來，她似乎比原來瘦了，旗袍顯得空空蕩蕩。

普桑子想站起來再一次勸誡她，普桑子說：「聽我說，燕飛瓊，別與楊玫過不去，遠離她一些對你會有好處；聽我說，燕飛瓊，一定要會忍耐，讓開她，離她遠一些……」

可以想像，在燕飛瓊那些雄心勃勃的戰爭之中，普桑子的這些勸誡顯得是多麼地無足輕重，它就像一些輕盈的羽毛從燕飛瓊的耳邊擦過便飛上天去了，燕飛瓊看了普桑子一眼，從她這種目光中，普桑子隱隱約約感到燕飛瓊與楊玫的戰爭，兩個女人真正的戰爭將不可避免地開始。

虛構者說

又到了一九九七年十二月二十日，也就是說一九九七年很快就要結束了。我想讓人進入戰爭的不是人，而是欲望，人自從有了欲望之後，各種各樣的戰爭也就開始了。

在這些欲望中，普桑子顯然是一個弱者，我這樣說並不意味著普桑子是一個沒有欲望的女人，我這樣說並不是說在這些欲望的戰爭中，普桑子沒有戰爭，也許普桑子是另一類人，她有承擔戰爭的勇氣和耐心，有那麼一秒鐘的時間，我感到是那些蝴蝶給予了普桑子某種詭秘的形象，就是那些蝴蝶，不管它們是飛在空中的蝴蝶也好，還是已變成標本的蝴蝶也好，它們給普桑子帶來了一個另外的世界，就是在那座城裡的人在戰爭到來之前變成嗜酒者、妓女、殺戮者等的時候，普桑子仍然從容地用心靈去感受那些蝴蝶，有些東西的力量是無法言喻的，就像那些蝴蝶一樣，它到底帶給了普桑子多少聲音和信息，我們永遠無法知曉。

愛情

不管普桑子願不願意聽下去，那天在餐館裡，他們被四周的屏風圍在其中，不管普桑子怎樣用懷疑的目光看著王品，他仍然在屏風中表達了對普桑子的愛。

王品邀約普桑子在這家屏風餐廳時，普桑子與自己鬥爭了很長時間，就在那天夜晚普桑子將酩酊大醉的王品送到旅館門口時，普桑子曾對自己說：也許我永遠也不想再見到他了。

普桑子接到王品的邀請的那一天，一大束鮮花送到了普桑子手中，在普桑子的一生中，她似乎還從未收到過這麼多的鮮花，陌生的送花人只告訴普桑子是一位住在旅館裡的先生讓她把花送來的，送花人走了，普桑子在花叢中發現了一張紙條，那張紙條夾在那些花枝中間，普桑子將紙條抽出來，上面寫著王品的字，他委婉地告訴普桑子，如果他能夠活下去的話，那麼，普桑子是唯一的能夠讓他活下去的人，他希望今天晚上能與普桑子在屏風餐廳會晤。

普桑子收下了這束使她愜意的鮮花並不意味著普桑子就可以接受王品的邀約，那天晚上王品酒後的話語使普桑子很震驚，她除了對這個男人失望之外已沒有以往那些可以燃燒起來的火花了。

早上她收到了那束鮮花並把它插在花瓶中，然後她用了一天時間與自己的選擇作鬥爭，後來她還是決定最後一次去會晤王品。

王品說，他這一生中事實上從來沒有愛過任何別的女人，他愛的唯一的女人就是普桑子。普桑子一直沒有說話，這些男人的語言在顫抖中發出來，它有時候像悠遠的笛聲，有時候像低音弦聲，總之，它們是一種語言。普桑子看著王品，他是清醒的，他不會將他生活中另一種真實的內容再告訴普桑子，他現在確確實實是清醒的，他沒有迷路，他的方向感是準確的。

他真實地表達著對普桑子的愛，而屏風之外的那些人在大聲嘻笑，縱情飲酒，普桑子看著王品，這種愛情別的男人也向她表述過，她不是第一次與一個男人約會，所以她顯得很平靜。

王品說：「說吧，普桑子，你要讓我怎麼做，為了愛你，我可以做任何事情……」

普桑子端起酒杯，她不想醉，她討厭那些酒精，她端起酒杯只想告訴他：「你錯了，我支配不了你的生活。」

「不對，普桑子，我想逃離，想像你一樣逃離，但我沒有一點力量，你回來以後我想了幾個晚上，普桑子，我已經想離開那座旅館了，普桑子……」

普桑子用一種濕潤的目光看著對面的這個男人，也許她是愛他的，在一些另外的日子裡愛過他，也許她現在還是愛他的，然而，重要的也許不是愛，重要的是如果把那只酒瓶裡的所有酒喝下去，那些酒就會使人的身體變得噁心……

王品又用手抓住了普桑子的手，他沒有迷路，他的方向感是正確的，不過，他已經知道他再也不可能將普桑子帶到那座旅館裡去，也許他已經準備無誤地感受到了普桑子對那座旅館的噁心。

普桑子那天晚上與王品在屏風餐廳坐到十二點鐘，然後他們分手。普桑子感到在流逝的這幾個小時裡，王品並沒有使她厭惡，否則，她決不會陪同他在屏風餐廳裡呆上幾個小時。

小阿樂

那天下午普桑子在家休息，小阿樂第一次獨自一人跑到樓上來，她是獨自一個人爬上來的，用手和腳攀援完了樓梯然後站在普桑子面前，就是從那一刻開始，普桑子意識到她的女兒已經開始學會操縱自己的意志，普桑子彎下腰親吻著小阿樂的面頰，這是女孩的面頰，不是男孩的面頰，普桑子剛想問阿樂今天為什麼跑上樓來，阿樂就懇求道：「媽媽，我想到郝仁醫生的診所去玩，我想與郝仁醫生叔叔一塊玩，剛才我讓外婆帶我去找郝仁醫生叔叔，外婆躺在床上，她不帶我去……」普桑子帶著小阿樂來到了樓下，母親果然躺在床上，普桑子有些著急地問母親哪兒不舒服，普桑子的母親告訴她，人老了，頭有些昏眩，她就躺下了。普桑子問母親要不要去郝仁醫生的診所去看看，這下可好，提到郝仁醫生的名字，小阿樂似乎又樂了，她眨著那雙亮晶晶的眼睛再一次懇求道：「媽媽，媽媽，我要你帶我到郝仁醫生叔叔那裡去，我要找郝仁醫生叔叔……」母親便對普桑子說：「阿樂與郝仁醫生有感情，你就帶她去吧！」

普桑子便帶著小阿樂出了門，平常她很少帶小阿樂出門，儘管她很愛小阿樂，但她始終沒有像別的女人那樣結婚後再生孩子。幸好，多年來，別人並沒有問她孩子的父親是誰？也許是在那樣人心混亂的年代，人們已經顧不得去關心別的事情了。

普桑子牽著小阿樂的手，小阿樂很高興，眨著眼睛望著街上的每一個行人，她一會兒問普桑子郝仁醫生住在哪裡，一會兒又問普桑子郝仁醫生叔叔現在在幹什麼，對她那孩子般的提問，普桑子都一一做了回答，她告訴小阿樂，郝仁醫生住得很遠很遠，自己根本就不知道他住在哪裡，她還告訴阿樂郝仁醫生現在在診所，他是一個醫生，所以必須為病人治病。

隔著一條街道，小阿樂已經發現了郝仁醫生的診所，她揮動著小手嚷道：「媽媽，媽媽，你看見了嗎?那是郝仁醫生的診所。」穿過馬路已經來到了郝仁醫生的診所,小阿樂從普桑子的懷抱掙脫出去,她撲到郝仁醫生懷抱,嘴裡叫著:「郝仁醫生叔叔,你怎麼好久不去看我了?」

普桑子的心呼呼地跳動著,小阿樂對郝仁醫生的依戀使她感到總有一天她是一個解釋者,她所製造的一切必須由她來親自解釋。

小阿樂問郝仁醫生:「郝仁醫生叔叔,你身上有一種味道,這是什麼味道啊?」郝仁醫生就告訴她:「小阿樂,因為郝仁醫生是醫生,所以郝仁醫生叔叔身上就有做醫生的味道……」

小阿樂就像普桑子一樣敏感,她所感受到的味道就是普桑子拒之不去的乙醚味,那種獨有的氣味曾經強烈地迷惑過普桑子。普桑子沉浸在小阿樂與郝仁醫生的親熱中,他們愈是親熱,普桑子愈是焦慮重重。它將構成某種遙遠的謎,總有一天,他們幾個人將殊途同歸地得出一個明智的結論,並將這個結論告訴給世界,告訴給小阿樂。

愛的困難

王品一次又一次地給普桑子送來鮮花,在全城人驚恐地等待戰爭即將到來的日子裡,普桑子卻感受到了一生中得到鮮花最多的日子,每一次鮮花的到來都使普桑子的店鋪變得一片燦爛，每個女人都愛鮮花，看到鮮花並擁有鮮花的日子也許是那個女人最喜氣洋洋的日子，很顯然，普桑子明白，王品一次次地給她送鮮花是為了表示他對普桑子的那種持久的愛，普桑子在看到鮮花插在花瓶中時想起了這種愛，但她得到的另一種愛的結論卻是這樣含糊：愛是無法看清楚的，也許它是騙局罷了，也許它是一場遊戲也罷，愛就是讓人越來越糊塗，愛就是讓生活中容易的事變得更加困難起來。

有意思的是，普桑子並沒有拒絕那些鮮花，也就是說普桑子並沒有拒絕王品帶給她的依附在鮮花上的愛。

這樣的日子持續了很長時間，普桑子有一天在花枝中發現了王品的第二張紙條，他再一次邀約普桑子到屏風餐廳中去用餐。已經有好長時間了，自從上次與王品在屏風餐廳分手以後普桑子就沒有見到過王品，雖然他們相隔只有五分鐘的距離。普桑子也沒有去旅館門口的那條路上去散步，她已經做到了某一點，再也沒有去旅館與王品會晤。欲望需要克制，只要你能夠克制住三次欲望，那麼欲望也就消失了。

普桑子展開第二張邀請紙條的時候，那天下午下著細雨，街道上只有稀疏的人撐著雨傘漫不經心地行走，普桑子閱讀著紙條的兩行文字，在她的生活中除了這樣的文字可以給予她誘惑之外，似乎已經沒有別的事情可以繼續誘惑著普桑子了。她作好了赴約的準備，在這個過程中，她似乎忘記了令她畏懼和噁心的那座旅館，她想起了在吳港她第一次見到王品的情景，從第一眼見到他的那一時刻開始，普桑子就覺得這個穿灰布長衫的男人與消失的耿木秋很相似，從那以後這種深刻的印象總是彌漫在普桑子脆弱的記憶之中，普桑子還想起了在吳港居住的那段日子，他陪同她去學校的第一個早晨，在回憶中那些陳舊的街道突然變成了綠色盎然的街道，似乎空中飛翔著一些吉祥的鳥……普桑子區別於其他女人的就是她能夠保存記憶，最為顯著的區別也是普桑子最為致命的弱點，那就是普桑子可以回憶最難以忘記的場景，而且把這些場景塗上各種鮮艷的顏色。

去赴約的路上，普桑子看到了王品，她就走在他的後面，離她只有二十多米，但他並沒有意識到普桑子就在他的身後，普桑子看到了這個撐著黑布雨傘的男人。她就跟在他身後，是為了去與他赴約，她看到了他的影子，除此之外，她感到並問自己，她同意了他的邀約，是不是就已經接受了他的愛？當她來到屏風餐廳時，他告訴她的第一件事就是他已經從那家旅館搬出來了，從此以後他不再住旅館了，他搬到了一座房子，價錢很合適，父親每月匯寄給他的錢的三分之一可以用來租那套房子。他坐在普桑子的對面，噢，他終於開始了行動，終於搬離了被普桑子喻為是地獄的旅館。

不知道為什麼，當王品告訴普桑子這個消息時，普桑子又一次感受到了自己眼睛裡的潮濕，只是那些潮濕沒有形成淚水，也許她的淚水已經在礦堡的山上在那場坍塌的事件中流乾淨了。不過，這件事還是讓普桑子有些驚訝，這正是她很久以前等待和希求的東西，這正是她想一次次提醒王品而沒有提醒的話語。

只要搬出那家旅館，似乎普桑子就已經看到了王品逃離了那座地獄，而那座地獄在多少逝去的日子裡曾讓普桑子一而再、再而三地浮現出王品在麻醉狀態下與妓女擦肩而過的情景。普桑子坐在屏風下面，不管怎麼樣，王品對普桑子的那種愛使他終於離開了那座旅館，不管怎麼樣，在那天晚上悶熱的細雨裡，普桑子跟著王品離開屏風餐廳後又在細雨中開始了他們的散步。

虛構者說

男人和女人的關係是一種永遠無法說清楚的關係，普桑子就這樣原諒了王品以往的生活了嗎？那些酒後的話語難道她可以輕易遺忘嗎？王品搬出了那座地獄似的旅館，難道他的世界就變了嗎？普桑子曾經思考過這些東西，也曾經被這些東西糾纏著，當她重新走在王品身邊，跟隨著他一起走在悶熱的細雨中散步時，普桑子已經從這些思考和疑問中走出來，她需要的不是乏味的思考和從疑問中走出來，她需要的不是乏味的思考和透不過氣來的理性，因為她遇到的不是一個幻象，而是一個有血有肉的男人，而且在普桑子的記憶中仍對他保持著最深的印象，她忘不了耿木秋，她需要一個像耿木秋一樣的男人走在她身邊，她必須相信這一切事實的存在，以此證明他還活著。

夏春花

但是夏春花這個名字並沒有因為王品的搬遷就從普桑子的記憶中抹去了。事實上，她越是離他很近，這個名字就變得更加清晰，為了了解夏春花，普桑子來到了女子學校。

她想找到這個女人，然後面對面與她談談。來到夏春花所在的女子學校後她又猶豫了，她站在校園中的樹蔭下面，在沒有任何人能夠看到她的地方，普桑子思忖，我能夠與她談論什麼內容呢？我來找夏春花是為了王品，為了全部擁有王品今後的生活，然而，我不是爭風吃醋的楊玫，我不可能像楊玫一樣與燕飛瓊去鬥爭。普桑子正在動搖時卻在樹蔭下面看見了一個男人，他正是王品，他正匆匆忙忙地從校門口走進來，他站在樹蔭之外，也就是操場旁邊，女校的女學員正站在操場上練操，他一定看見了夏春花，否則他不會守在操場之外，很顯然，他來這裡的唯一目的就是會見夏春花。

夏春花啊夏春花，普桑子叫著這個名字，她明白了，王品即使是遷出了那座旅館，他也不會同他以往的生活告別，她明白了什麼呢？她無非只是窺視到了王品來找夏春花，他一直在支助夏春花上學，也許他是給她送學費來的，是的，無論如何，王品是不會將這件事中斷的，他要繼續支助夏春花念完女子中學，如果僅僅是這件事，普桑子的心靈就不會受到太大的衝擊，他要支助她上學就讓他支助她好了，這有什麼呢？從某種意義上來說王品也是在做一件他認為是有意義的事。

普桑子站在樹蔭中，她似乎在等待著他們的會晤，鐘聲響起來了，操場上的女學員們已像蝴蝶一樣飛散，那個身穿白色上衣，黑色短裙的女學生走了過來，她剪著短髮，普桑子透過樹梢可以看得見她的年輕，可以看得見她的羞澀。

夏春花像一朵雲一樣飄到了王品身邊，普桑子聽不到他們在說些什麼，只感到他們各自的嘴唇在動，王品從衣袋裡掏出一疊紙幣遞給了夏春花，事情出乎普桑子的意料之外，王品把那筆支助她上學的費用給她以後就離開了夏春花。

普桑子告訴自己，也許他們的關係就是如此地簡單，王品把夏春花從那棵紫藤樹下救了出來，他更改了夏春花昔日的位置，讓她由一個妓女變成了女子學校的學生。

就這樣普桑子打消了與夏春花談話的計畫，等女學生們進入教室之後普桑子便從樹蔭中走了出來，她在樹蔭中呆的時間太長了，所以，她的身體中好像有一種樹葉的味道。沒有人知道她是來女子中學幹什麼的，那個讓她不寐的名字——夏春花在此時此刻變得簡單輕盈了。

普桑子來到王品新租的房子裡

這是王品新租的一套樓房，房子雖然舊了些，但那些斑斑駁駁的油漆卻給人一種家的感覺，搬了新居的王品住在二樓，二樓有兩間房兼他的書房和臥室，普桑子敲門時，王品正拎著一把茶壺，他的模樣像個中學教師，而且先生的味道很足，普桑子就喜歡他這副模樣，從在吳港見到他時普桑子就銘記住了他身上的這種氣質。

王品開門後仍拎著那把茶壺，他沒有想到普桑子會突然降臨，他愣了一下，臉上突然洋溢著一種喜悅，後來他還是把那把茶壺放下了，普桑子的手被他捉住了，他把她從樓下帶往樓梯，這是一道很窄的樓梯，普桑子被他的手抓住，他們一擁一前的終於上完了那道樓梯。

這是兩間光線很好的房子，陽光恰到好處地照在屋子裡，如果是冬天，同樣能在屋子感受到陽光就在自己的身上暖洋洋地曬著，普桑子站在窗口，她看到四周布滿了同樣結構的二層樓的樓房，她可以在窗口看到那些斑斑駁駁的油彩，棗紅色的綠色的油彩，王品告訴普桑子，住在這些樓房中的全部都是些異鄉人。

普桑子聽到了拉窗帘的聲音，她身後的窗帘被拉上了，王品走過來正要將她面前的這道窗的窗帘拉上，普桑子感到陽光突然從這間屋裡消失了。她有些不知所措，面對王品的那雙眼睛，那雙眼睛正在使普桑子剛才的那種愜意消失，普桑子感覺到王品正在使自己置於他的包圍之中，一雙手伸了過來，那雙手開始時擁抱著普桑子的雙肩，後來那雙手突然觸到了普桑子的私處，普桑子發現自己的身體正在顫抖，這是一種驚恐地顫抖，彷彿王品從未與她的身體親熱過，但在不知不覺中，她的衣服已經像樹葉和花瓣一樣飄落而下，就在普桑子的身體被王品那令人窒息的吻包圍時，普桑子突然想起了王品那天喝醉後告訴她的話語：「我不喜歡那些妓女……但我無法找到你，我只好跟那些妓女們睡覺……」一個跟妓女睡過覺的男人正在親吻著她的身體，一個跟妓女睡過覺的男人已經使她變得一絲不掛，普桑子的身體彷彿在穿行冰川，彷彿是寒冷使她顫抖不堪，彷彿是令人悚然的那些真實的場景使普桑子開始掙脫出去，普桑子大聲說：「放開我，放開我……」因為她發現自己的力量是那樣單薄，她必須借助於語言才能使她的身體被騰空，她的喊叫確實起到了一定作用，王品終於放開了她，普桑子看著面前的那具裸體，她已經退到了牆下，她慢慢地在開始穿衣服，他十分溫存地走到普桑子身邊抱歉地說：「普桑子，原諒我，可我是愛你的……」

王品也開始了穿衣服，他穿好衣服後把窗帘拉開了，陽光重新照耀在這間小屋中，普桑子站在窗口，當她鎮定下來的時候，她終於意識到她是愛王品的，就像他愛自己一樣愛她，然而，為什麼她不可能就像從前一樣跟他的身體有切膚之愛呢？普桑子只是覺得自己的身體有障礙，自從她回來以後，確切地說自從她的身體長時間地感受到那座地獄似的旅館以後她的身體就開始充滿了障礙，她可以在夜裡想念他，她可以感受到自己對他的愛，然而，她的身體卻在拒絕著他的身體。

王品站在她身邊，他們一塊抬起頭來注視著同一畫面，一群鴿子正在那些斑斑駁駁的屋頂上飛翔著。普桑子突然轉過頭來告訴王品：「請給我點時間，我要你給予我時間好嗎？」王品的雙眼沉浸在普桑子的憂鬱裡，他咀嚼著時間這兩個字，他伸出手去理了理普桑子的長髮。

虛構者說

普桑子需要時間來恢復她對王品全部的愛，雖然她用自己的內心愛著王品，而她的肉體卻在拒絕他，就像在這種拒絕中她的身體正在感受那些愈來愈厚重的泡沫一樣，她的身體正被那些泡沫所包圍，她所發出的呻吟來自她的另一個地方，不過，那個地方到底在哪裡，普桑子卻看不到，她是正在呻吟著的一個女人，她需要王品給她以時間，只有時間可以將她對王品的全部愛情恢復起來。

普桑子的記憶中裝滿了那些泡沫般的記憶，那些記憶就是那座旅館和那群妓女，而這些泡沫似的記憶將怎樣影響她與王品的關係呢？一種新的生活已經開始了，王品已經遷出了旅館，然而對於普桑子來說，那些泡沫似的疼痛正在開始呈現在她的生活之中。

郝仁醫生的傾述

在郝仁醫生的傾訴之中，展現在普桑子面前的是發生在郝仁醫生家裡的戰爭昨天晚上又開始了，戰爭是在燕飛瓊與楊玫之間展開的，郝仁醫生昨晚剛從診所回家，在門口就碰到了楊玫，楊玫說我已無家可歸，所以，我就來到了你家的門口，她站在郝仁醫生家門口的臺階上大聲說：「我熟悉這臺階，多年前我就熟悉這臺階，就是你第一次帶著我從這臺階上了上去，那時候我還是一位涉世未深的姑娘，從這臺階上去以後我就把自己的身體給了你……」郝仁醫生為了制止她繼續說下去就把她帶到了家裡，窺視已久等待時機的燕飛瓊從臥室中走了出來，剛才她已經站在臥室中聽清楚了楊玫所說的每一句話，此時她出現在楊玫面前輕聲說：「我都聽見了，不過，我要告訴你，最後是郝仁醫生厭倦了你，你知道了嗎？你明白了嗎？現在他已經不要你了，你還站在這屋裡幹什麼？」

接下來是兩個女人在問郝仁醫生，楊玫問道：「你當初讓我離開是不是厭倦了我？」燕飛瓊問的也是同樣的問題：「郝仁醫生，你必須親自告訴她，你當初讓她走，是不是已經厭倦了她？」兩個女人各自為陣，拉著郝仁醫生的手開始了她們仇恨的糾纏和追問。

普桑子不知道再後來郝仁醫生是怎樣逃離了這種難堪的無法忍受的困境，他現在一動不動地坐在那把椅子上，他回憶道：「其實，我那時候讓楊玫離開主要是為了你，你第一次來診所時就意味著我的生活要發生變化……是的，要發生很大的變化……其實到現在你都不知道我是多麼愛你……」

他突然停住，但他仍然一動不動地坐在那把椅子上，他似乎決心在這種時刻忍受一切不幸並且把那種不幸咽到喉嚨裡面去，後來，他不再傾訴了，他似乎已經了解自己各種各樣的弱點，而就是他的這種弱點導致了這種錯誤，他對普桑子說：「現在，我唯一可以做到的事就是離開這兩個女人，我已經決定搬出來住，我診所的樓上一直空著，我已經把行李搬到上面去了。」他說完站了起來，普桑子欠起身來，目送他出門，普桑子看到他這種神態不知不覺地想起了陶章，那天晚上普桑子第一次將那付陶章用過的拐杖從那只已經密封的箱子裡取了出來，她打開箱子時，宛如在水的漪漣中看到了一些氣泡，她知道這是她一生中承擔的最為不幸的事件：一付折斷了的拐杖。

普桑子伸出雙手撫摸著這付拐杖，她任憑自己的意志在那付充滿了危險的拐杖中巡逡，她的身體有一瞬間就像一隻船一樣在大海的波浪中顛簸不已，再後來她試圖來到岸上，但是她突然聽到了一種坍塌的聲音，確確實實是坍塌的聲音，普桑子對自己說：只有死亡才會使男人結束他們的悲劇，這是她撫摸著那付折斷的拐杖時得出的唯一真理。

應該這樣說，普桑子把那句話想了又想，後來她又把那句話重新篡改了，詞彙是一種深深淺淺的水浪，被普桑子篡改以後的話變成了這樣的一句話：只有死亡，才會幫助人結束他們生命中的悲劇。

如果這付拐杖沒有折斷，那麼陶章的悲劇就仍然在延續著，那些礦山上黝黑的光澤會將陶章的銳氣全部耗盡。普桑子將拐杖放進了箱子，陶章的悲劇已經結束了，他用死亡換來了軀體和心靈的寧靜。

普桑子坐在鏡子前面，她已經有好久沒有面對自己的面孔了，鏡子雖然是鏡子但它可以讓普桑子看見自己的憂慮，她在鏡子中似乎也看到了一座城的喧囂，在這樣寧靜的夜裡，她又似乎聽到了那沙啞的聲音：戰爭快要到來了。普桑子屏住呼吸，在這種沙啞的嗓子後面，戰爭事實上早就已經到來了。

燕飛瓊和楊玫的戰爭

燕飛瓊和楊玫的戰爭已經在城裡傳播開去，在傳播中，不是燕飛瓊要將楊玫殺掉就是楊玫要將燕飛瓊的身體化為灰燼，而郝仁醫生在這場戰爭中卻成為一個逃離者，他所逃離的地方就是住在診所的樓上，普桑子每晚在街上就看到了郝仁醫生樓上的燈光，普桑子不知道郝仁醫生在燕飛瓊和楊玫在進行戰爭時還能呆在那燈光下幹些什麼？他將診所的門掩緊，每到晚上任何人也無法進入診所中去。他的目的本來是想逃避燕飛瓊和楊玫，但他事實上卻在逃避整個世界。

普桑子看著樓上的燈光，她很想把他從樓上拉下來，她要與他好好談一談，但他似乎拒絕會見所有人，包括普桑子在內。

找不到郝仁醫生，她只能與燕飛瓊會晤，那天晚上普桑子將燕飛瓊約到了一家隱蔽的餐廳，她這樣做的目的主要是想阻止兩個女人之間的戰爭，她不希望她們像傳說中的那樣誰殺死誰，因為無論是燕飛瓊把楊玫殺死還是楊玫將燕飛瓊殺死，都解決不了她們之間的問題，她們最為重要的問題是面對現實。

燕飛瓊顯得很疲憊，她告訴普桑子她已經很累了，她不想繼續與楊玫鬥下去，她想離開到別的城市去，普桑子沒有阻擋燕飛瓊，她認為這是眼下唯一的辦法，對此，燕飛瓊把她對郝仁醫生的感受歸結為對男人的感受，她告訴普桑子，無論是郝仁醫生也好，還是別的男人也好，他們已經傷透了她的心，已經讓她失望至極。

燕飛瓊垂下頭，她確實像一只疲憊不堪的氣球，已經飄不到空中去。

燕飛瓊的出走計畫讓普桑子想到了她過去的兩次出走，所以，她設法安慰她說：「你這樣做也許是對的，你這樣做就避免了與楊玫的正面衝突，你看上去有些疲倦，你可以到一個陌生的地方去，也許這樣做對你今後的生活會有好處。」

燕飛瓊決定今天晚上就走，她說今天晚上還有最後一趟火車，晚上十一點鐘還有最後一趟火車離開，普桑子問她到哪裡去，她苦澀而迷惘地搖搖頭告訴普桑子，她現在完全喪失了任何目的和方向，她乘火車的目的就是走得越遠越好，也許她會在火車的最後一個站下車……

看樣子，燕飛瓊是非走不可的了。普桑子陪她回去收拾了一下東西，她將鑰匙交給普桑子，請她轉交給郝仁醫生，普桑子接過鑰匙的時候又想到郝仁醫生最初把鑰匙放在她手心的時候……一切均在搖晃，一切均在變化中搖晃，普桑子將燕飛瓊送到了火車站。

她站在月臺上，她再一次設法安慰她說：火車開出後，你就會看到某種希望。她一邊說一邊在告訴自己，希望就是對生活的再一次冒險再一次想像，我當初離開時，總是有希望在前面，第一次出走時，我想到南方去尋找耿木秋，第二次出走時，同樣有希望在等待著我，雖然礦堡給我帶來了一個人的死亡，但我第二次出走時，礦堡給我帶來了希望。

隨同列車的轟鳴而去，普桑子向燕飛瓊揮動著告別的手臂，列車走了，普桑子知道從此以後，楊玫已經沒有對手了，兩個女人的戰爭就此將瓦解了，但它是通過另一個人的出走才瓦解的。

普桑子握著那把鑰匙，她曾熟悉上面的輪孔，但是那些時間已經流逝了。

當普桑子過了兩天後將鑰匙交給郝仁醫生時，郝仁醫生感到蹊蹺，普桑子說：「燕飛瓊已經走了，她讓我將這把鑰匙交還給你。」郝仁醫生接過了那把鑰匙，他的內心似乎受到了猛然一擊，他似乎想問普桑子燕飛瓊到底是什麼時候離開的，但他像箭一樣敏感地感到他害怕面對這個問題。普桑子說：「兩天前的那個晚上我將她送走了，現在你可以回家去住了，兩個女人的戰爭已經結束了。」

郝仁醫生聽到普桑子的話以後呈現出精疲力盡的神情。他的重壓體現在那雙眼睛之中，普桑子對自己說：我最初為什麼會被他迷住，她感到血液在流動，但她的血液再也不會為這個男人而流動了，她望著那張精疲力竭的面孔，她對自己說：「這個男人竟然是阿樂的父親，這是為什麼？」最後她知道自己這樣追問下去找不出任何意義。

那天晚上，普桑子……觀察了一下郝仁醫生的診所，樓上已經沒有燈光了，這就說明郝仁醫生已經搬回家去住了。普桑子感到一陣心痛，她開始同情那個出走的女人了，她用自己出走的代價使郝仁醫生的生活恢復原狀，但是普桑子發現，她對燕飛瓊的同情愈深，她對郝仁醫生的失望就愈大。

虛構者說

我在繼續敘述他們的日常生活，普桑子正深陷在這種日常生活中，城裡的人正用頹喪而銷魂入魔的狀態抵抗著戰爭的到來，普桑子卻開始變得理智起來。

愛的荒漠

在離開王品時，普桑子是那麼想念他，她想擁有他們之間的夜晚，她想在那種銷魂的時刻與王品有切膚之愛，她了解他：只要她願意，只要她什麼時候願意，他就會把她帶入到銷魂的夜裡去；她了解他：他正在等待，他已經給予了她時間，所以，他在用所有的耐心等待著她的身體；她了解他：他正在控制著自己的理性，控制著他對她的渴求。

普桑子今天晚上開始準備到王品那裡去，她用花露水擦了擦自己的脖頸，在之前，她還坐在浴盆中洗了一個澡，她讓自己的身體儘可能地芬芳、純淨，儘可能地充滿愛的欲望。

只有這樣她才會衝破心靈中的挫折，她才會接近王品的身體。肉體的交融是讓普桑子真正接受王品愛情的另一種道路，如果她的心靈想接受他，而她的肉體一直在抗拒的話，那麼她實際上並沒有接受他，她一直迷失在愛的荒漠之中，她想走出荒漠，走到那個男人的身邊，普桑子感到自己正在努力，她還感到只要多給她些時間用來遺忘，那麼她肯定會忘掉那些不愉快的記憶。

她又敲開了王品的門，很顯然王品正在等待她，傾盡全心地等待著普桑子的出現，他那被綠色窗帘覆蓋住的窗戶把世界與他們隔開，他樓下的水壺正冒著熱氣，一種家的氣氛使普桑子感到她今晚一定能走出那片荒漠。

王品給她沏了一杯咖啡，是來自巴西的果粒咖啡，王品告訴普桑子這咖啡已經煮了好久，他問普桑子有沒有嗅到香味，心不在焉的普桑子嗅了嗅杯裡咖啡的香味，她告訴王品咖啡的香味果然很濃。

王品盯著普桑子，他的目光使普桑子感到一陣眩暈，普桑子突然看到了桌上一張照片，那是一張放大了的照片，普桑子透過燈光看清楚了那是一幅女人的照片，王品告訴普桑子：

「夏春花剛來過。」「她是給你送照片來的，對嗎？」「普桑子，我支助夏春花上學後，她想感謝我，在她帶著這種感謝之情時她也就對我有了情感……」「哦，情感，夏春花對你有了情感，除此之外呢？……」「普桑子，你要相信我？」「是的，我相信你。」

普桑子挪動了一下身體試圖避開那張照片，她要衝破那片愛的荒漠，所以她所做的第一步是必須相信王品，因為他期待著普桑子相信他，普桑子再一次湧起一種愛的潮流，她站起來，她又看了看桌上那張照片，她自言自語地說道：「是的，我相信你，我要相信你……」她的眼裡射出愛的火花，她是愛他的，那是一種無限的愛，她突然之間把這種愛拉近了。

他擁抱著普桑子，在他們做著一切愛的準備工作時，當他們已經越過那片愛的荒漠，兩個人正在想用身體對身體的愛來越過最後的障礙時，普桑子突然輕柔地問道：「王品，如果你愛我的話你就告訴我一件事，我只想讓你告訴我一件事……」「好吧，我答應你，什麼事情都會告訴你……」「在我離開的那些日子裡，你跟夏春花睡過覺嗎？」「哦，普桑子，你一定要知道這件事嗎？」「是的，我想知道。」「那麼我告訴你，我跟她睡過一次覺，就一次，普桑子……」

普桑子的雙手正在撫摸著王品的身體，她閉上雙眼，告訴自己，噢，他已經說了，他就跟夏春花睡過一次覺，就一次，他把什麼都告訴我了，我應該理解他，原諒他，是的，我應該走出那片愛的荒漠，我應該把過去曾經發生了的事情全部遺忘。普桑子側過身來，有更多的問題糾纏著她，她再一次問道：「王品，你愛過夏春花嗎？你跟她在一起時愉快嗎？」她本來想問他：「你跟她做愛時愉快嗎？」但她沒有這樣問，噢，夏春花曾經是一個妓女，如果她不是一個妓女，而是一個別的女人，比如像雯露那樣的女人，普桑子也許會原諒他，普桑子不喜歡她所愛的男人與妓女做愛。

她還沒有等他回答，她已經重新返回了愛的荒漠，她撫摸他身體的雙手停止了，她扭過頭去，她告訴自己：他為什麼偏偏跟一個做過妓女的女人做愛？她在燈光下翻滾著身體，彷彿她的身體已經被貓抓破，後來，她站了起來，從他的床上爬了起來，她痛苦得要命，她知道在今晚她那沐浴過的散發出香氣的身體再也不可能給他了。

普桑子下了樓，她以為他會追上來，把她的雙肩緊緊抓住，像過去一樣告訴她：我愛的是你，普桑子，普桑子，我愛的是你。也許，他會使陷入危機之中的普桑子重新回頭。但她到樓下時，世界是那樣安靜，她既沒有聽到他下樓的聲音，也沒有聽到他在喊她，也許他還躺在他的床上，那張床是一張愛的荒漠。

普桑子拉開門走了出去，夜色是那麼涼，轉眼之間已經是深秋了，日子過得多麼快啊，普桑子抱著手臂，她的外衣留在王品的臥室了，她抬起頭來，看了看他屋子的燈光，後來那燈光突然熄了。普桑子有點傷感，她的出走並沒有使他難受，他竟然熄燈睡覺了，他躺在他的床上，普桑子想，就讓他躺在那片愛的荒漠中好了。

她孤寂地抱著雙手走下去，街上的人們正在匆匆行走，也有一部分人，他們聳著肩，搖搖擺擺地走著，普桑子想，戰爭也許確實要到來了，就讓戰爭早點到來好了。

楊　玫

普桑子看見楊玫坐在郝仁醫生的診所時，她突然覺得難以言喻，雖然這是她意料之中的事情，燕飛瓊已經走了，楊玫的目的達到了，那麼，郝仁醫生肯定會與楊玫重新生活在一起。然而，當她看到楊玫的身影時，她還是覺得太快了些，普桑子覺得難以言喻是因為郝仁醫生明明看透了楊玫，卻又這麼快地與她重歸於好，楊玫身穿墨綠色旗袍和墨綠色大衣，置身在郝仁醫生的診所，她的目光是那樣怡然，脖頸高仰，彷彿在宣布她與一個女人的戰爭結束了，她是勝利者，因而她要保持著一個勝利者的姿態。普桑子還發現，楊玫坐在診所，她的目光像是在盯著自己的店鋪，而她盯著自己的店鋪不如說是在盯著自己。女人的那種敏感使她感到了那雙目光的寒氣，終有一天，普桑子的店鋪中走進來一個女人，她帶來普桑子所熟悉的墨綠色，同時也把她目光中的寒氣帶了進來。

她對普桑子笑笑，普桑子不知道她為什麼要那樣笑，她似乎想喚回普桑子的回憶，穿著高跟鞋來回在店鋪裡走了幾圈，似乎想說：我認識你，幾年前你就坐在郝仁醫生的診所裡……

普桑子想，也許她已經知道了我和郝仁醫生從前的關係，那就讓她知道好了，總之，那些事情早已過去了。於是，她就轉移開目光，取來算盤，打開帳本，她表面上是在算帳，實際上只是告訴楊玫她正在忙著啦，請她別打擾她。

她撥弄算盤的聲音並沒有使她離開，相反，她坐在了那把椅子上，她仍然微笑著看著普桑子，當普桑子停止了聲音抬起頭來問她到底有什麼事時，她低聲說：「我知道你是一個有魅力的女人，我告訴你吧，郝仁醫生既不愛燕飛瓊，也不愛我，他愛的是你……所以，我想知道你到底用什麼樣的魅力來吸引郝仁醫生……」

普桑子看著她心平氣和地告訴她：「你已經成功了，燕飛瓊已經被你逼走了……我想，你應該收場了……」

普桑子看到的是一種讓她感到恐怖的微笑，她就用那樣的微笑看著普桑子：「我來這裡的目的是想看看你，普桑子，除此之外，我不會傷害你，你知道燕飛瓊雖然走了，郝仁醫生又重新跟我生活在一起，但是每到晚上到來時，他就把自己鎖在另一間房子裡，看上去，他對我根本不感興趣，無論我怎樣取悅他都無濟於事……我想到了你，普桑子，你是念過書的女人，你跟我不一樣，告訴我，我怎樣做才能讓郝仁醫生對我有興趣……」她的微笑漸漸地消失了，彷彿被一種陰雲擋住了。

普桑子看著她臉上疲倦的痕跡以及失眠的痕跡，看得出來，楊玫剛才所說的是一番真心話，這確是普桑子沒有意料到的事情，她原來只以為燕飛瓊走了，郝仁醫生只能與楊玫重歸於好，他確實與她「重歸於好」了，但那只是表面的現象，正像楊玫所說，他每天晚上把自己鎖到一間屋裡去，他用這種方式拒絕著楊玫，也用這種方式折磨著楊玫。

在楊玫沒有告訴她這番話之前，她對這個女人充滿了厭惡，就是她使她在多年以前感受到了她高跟鞋下令人驚恐的聲音，也就是她因此使燕飛瓊離家出走，這樣一個沒有同情心和愛的女人正像郝仁醫生所說的一樣，她只有一種嗜好，就是愛錢如命，而這樣一個女人，此時此刻卻期待著郝仁醫生對她的愛，普桑子的那種同情心又開始燃燒，她想告訴楊玫，一個女人必須具備最本質的東西，那就是善良；她也想告訴楊玫，一個女人如果想讓一個男人真正愛你的話，首先你必須去真正愛他；她也想告訴楊玫，你愛一個男人時，並不意味著他就愛你；她還想告訴楊玫，愛就像一片荒漠，男人和女人都不停地在這片荒漠中行走，除了行走之外，你別無去處；她還想告訴楊玫，也許有一天兩個人都會走到荒漠之外去，那是最幸運的事了，也許，更多的男人和女人，卻無法走出愛的荒漠，他們只有在荒漠中焦渴地死去。

但是她什麼話也沒有告訴楊玫，那些語言就像雲朵一樣在她身邊飄蕩，更像孤單的石頭不知由她的手勢擲在何方。但不管怎麼樣，她同情楊玫的同時，事實上是在同情自己，她把那些話想告訴楊玫時，事實上也在說給自己聽，她也許是世界上那些唯一地能與自己的迷惘戰爭的女人之一，儘管她走在愛的荒漠，但是她一直想通過時間來戰勝自己，使自己從愛的荒漠之中真正地走出去。

與郝仁醫生在海邊散步

普桑子離郝仁醫生是那樣近，他們竟然在散步時相遇，這時，暮色在上升，普桑子看到郝仁醫生時感受到了他也正在愛的荒漠中行走。普桑子已經有好久沒有見到郝仁醫生了，自從見到楊玫不久，他的診所突然關閉了。普桑子即使在暮色中也能看到郝仁醫生的頹喪情緒，他對普桑子說：「戰爭將降臨，我不想再開那家診所了。」「那你準備怎麼辦？」郝仁醫生說不知道。

他們不知不覺地已走在一起開始散步，郝仁醫生說我們到海邊去好嗎？普桑子知道他到海邊散步的唯一目的就是想避開別人的目光。普桑子同意了，她想在散步的這一階段安慰一下郝仁醫生，讓他從那種頹廢狀態解脫出來。

然而，令普桑子感到費解的是郝仁醫生似乎極不願意同普桑子談論楊玫的事情，後來，他終於忍不住了，他站在海邊大聲對普桑子說：「普桑子，我根本無法再跟她上床睡覺，我對她的身體充滿了真正的厭惡，我之所以讓她住在我家裡，是為了讓她停止她的叫嚷……」

海水沖上岸來，郝仁醫生的上半身和面孔都被夜色遮住，他告訴普桑子，他是一個醫生，他曾經治癒過別人的病，但他卻無法治癒自己的病，他的雙腳陷在潮汐中，他的聲音有些斷斷續續，他還告訴普桑子，這個世上唯一讓他感到美好的事情就是阿樂和普桑子，然而，他卻沒有能力可以掌握自己的生活。

普桑子想再次讓他面對現實，她想告訴郝仁醫生，應該給楊玫一點時間，也許她會變成另一個女人……郝仁醫生再次拒絕談論這個話題，他似乎真的已經對楊玫產生了厭惡，然而他又無法擺脫她，他的最大痛苦就是他從來也無法去操縱自己的命運，普桑子想到自己曾經想永遠撲在他懷抱，有一段時間普桑子是那麼需要他，然而，他卻把普桑子推開了，等到他需要普桑子時，普桑子已對他沒有愛情，她現在只是一個安慰者，她不願意看到他與楊玫的關係變得那樣糟糕，她支持燕飛瓊出走，也就是希望幾個人的戰爭由此停止下來，但她沒有想到，燕飛瓊離開之後，郝仁醫生卻陷入了頹廢狀態。

郝仁醫生突然抬起了頭，他懇求地望著普桑子，這種懇求的目光普桑子曾經從陶章的眼睛裡發現過，她知道郝仁醫生一定有什麼重要決定想告訴自己。

「普桑子，你肯跟我走嗎？我們帶上阿樂到另外一個地方重開診所，只要你肯答應我，我們馬上回去準備，儘可能走得愈遠愈好，不要看見任何熟悉的人，不要讓任何人干擾我們的生活……」這並不是普桑子願意聽到的話，因為她從來也沒有想到她要帶上阿樂與郝仁醫生出走，自從上次歸來之後，普桑子就變得成熟了，她對自己說：我再也不會離開這座城市了。

重要的也許不是這些，重要的是普桑子在歲月的流逝之中已經不再愛郝仁醫生，也許自從他表現出他對生活的手足無措的逃避，自從他表現出他對生活的手足無措的萎敗之後，普桑子就對他沒有了一種信心，當一個女人對一個男人喪失信心時，愛也就不存在了。

通過歲月的流逝，普桑子現在變成了一個安慰者，她告訴郝仁醫生，她永遠也不可能跟他出走，她重述著現實中的一切，重述著作為醫生的他的重要性，然而，普桑子沒有想到，這樣的談話卻使郝仁醫生變得更加頹廢，他的腳在潮汐中走來走去，他大聲告訴普桑子：「不要對我指手劃腳，不要勸誡我怎麼做……」普桑子的心抽搐著，她問自己：難道我傷害了他了嗎？難道他就那麼脆弱不堪一擊嗎？

無論如何，這次談話失敗了，普桑子作為一個安慰者很明顯地也就失敗了。普桑子站在黑暗中看著在潮汐中走來走去的郝仁醫生，這又是一個與王品和陶章截然不同的男人，他在潮汐中走來走去，彷彿不知道是應該走到岸上去呢？還是走到大海的浪尖上去？

普桑子看著這種情景，她感受到的只有失望，對這個在潮汐中走來走去的男人的失望，後來，他還是上岸了，普桑子說我們回去吧！他們便離開了海灘，郝仁醫生和普桑子通過今晚在海灘的散步之後清楚了兩件事情：普桑子永遠也不會跟著他實現自己出走的計畫，今天晚上，郝仁醫生注定要回到楊玫身邊去。

虛構者說

普桑子一次又一次地對男人失望，在失望中她看到了男人萎頓不堪的精神面貌，她摒棄男人們在生活中墮落的嘴臉，但是她看到的是萎頓、頹廢、自暴自棄……

普桑子怎麼會跟著郝仁醫生這樣的男人出走呢？也許任何女人在那樣的時刻都會拒絕郝仁醫生的懇求，也許只有一個人會跟隨郝仁醫生出走，這就是世界上那個最愛郝仁醫生的女人，然而，郝仁醫生身邊並沒有站著那個女人，站在郝仁醫生身邊的是普桑子，普桑子到底是郝仁醫生的一個什麼女人呢？也就是簡言之，普桑子到底是郝仁醫生的誰？

普桑子盯著他在黑暗中浮沉不定的面孔，男人們口口聲聲請求一個女人去愛他，可是男人們犯下的同一毛病就是，他們從來也沒有為那個女人設身處地想一想，那個女人為什麼要愛他，他身上有什麼東西讓那個女人去愛他。

在時光的流逝中，郝仁醫生身上迷人的光彩已經從普桑子心靈中喪失，他現在變成了一個在潮汐中走來走去的男人，稍有風浪撲來就會把他淹死。普桑子就是在這樣的境狀中，慢慢地喪失了全部熱情，她甚至忘記了在一個夜晚與她共同創造了他們的女兒阿樂這件事情，她甚至忘記了曾經被她迷戀過的那個穿著西裝的郝仁醫生。

戰爭也許真的要到來了，普桑子在戰爭降臨前夕感到的這座城市就在她的窗外，她在人們狂歡混亂之中保持著她的靈魂，靈魂有時候是不存在的，它只有在人回歸到自己精神的幻象之中時靈魂才會出現，普桑子在剩下自己一個人時感受到了自己的靈魂，她還感受到了自己的激情，她在黑暗中走出去，那隻可愛的鸚鵡已經睡著了，不再叫嚷著普桑子的名字，母親和阿樂也睡著了，在戰爭到來之前一切都是靜悄悄地。

普桑子突然異常地想念一個人，為了證實自己對他的想念有多深，普桑子決定到他身邊去，她輕輕地把門拉開，先讓自己的身體出去，再把門掩上，她的激情正在彌漫著，普桑子對自己說：沒有一個人知道我是多麼愛他，就像現在這樣，所以，過了這個時刻我也許會變成另外一個人，所以我要盡快回到他身邊去。

不

已經是夜裡三點鐘了，普桑子並不知道夜已經這麼深了。她任憑自己的意志將她帶到王品的門口，她把手伸出去，王品沒有給過她鑰匙，她也沒有跟王品要過鑰匙，她將手伸在黑暗中，在敲門之前她的手在顫抖著，一路上她聽著自己的腳步聲，那是一種愛情的腳步聲，天啊，愛情，為了害怕自己將在天亮之前完全改變的信心，普桑子多麼希望盡快到達王品身邊，她想到並享受到他那曖昧的令人目眩的親切目光，那目光就此讓她昏眩，讓他們的肉體交溶在一切，她把手伸在了空中。

她用右手，那顫抖的右手拍擊著門，這是從未有過的敲門方式，普桑子只在遙遠的孩提時代才會如此地敲門，因此要敲開一個被普桑子所愛著的男人的門，這正是普桑子想扭轉心靈的障礙的一個好時機，因為在過去的日日夜夜裡，她與王品的關係似乎一直沒有前途，而最為關鍵的原因來自普桑子，時間把記憶塗改得輕盈了，一種愛的過程確實需要時間，普桑子已經確認自己是愛王品的，她等待著門突然地打開，隨著她的呼吸聲變得急促，愛情會帶著她的軀體在黑暗中尋找他的另一個形體，愛情會給予她一種更加明確了的力量，那就是真正地撲到他的懷中去。

普桑子的右手在空中沒有放下來，她已經聽到了聲音，聽到了樓上的腳步聲，那腳步聲清晰地傳來了，普桑子清醒地知道王品就要下樓了，再過幾秒鐘，他就會打開門，他知道她會突然出現嗎？他了解她對他熱烈的愛情嗎？他的臉上會出現驚喜的神情嗎？普桑子覺得王品在今天晚上已經成為她真正的戀人了，她側耳傾聽著腳步聲，那腳步聲起初是混亂的，好像他在不停地移動腳步，在原地移動腳步，後來他突然下樓來了，一陣熱血再一次湧上普桑子的面頰，她想起等他打開門時，她一定會撲進他懷裡。

腳步聲正在向著門移動，也就是向著普桑子移動，腳步聲到達門口後突然停止了，普桑子聽到了他的呼吸聲，那呼吸聲似乎順著門板飄忽過來，門打開了，又一陣熱血湧上了普桑子的面頰，然而她並沒有像她自己所想像的那樣迅速地撲在王品的懷抱中去。「哦，普桑子怎麼會是你？」她聽到了王品驚訝的聲音，一陣難以言喻的，滾燙的呼吸飄到普桑子的面前，普桑子仍然站在門外，她看到了王品的目光，他的目光在黑暗中閃動了一下，普桑子告訴自己，他一定沒有想到我會突然出現，因而看上去他似乎處於一種警戒狀態，或者他剛才已經進入睡眠了，我把他的夢打斷了，他不知道出現在是夢呢還是現實，普桑子在黑暗中把他輕輕地拉進了裡屋，就在她把門關上的那一瞬間，他突然大聲說：「不，普桑子，不……」

普桑子走過去依偎著他的懷抱，但是他依然說著不，普桑子並沒有感到困惑，在這個夜晚，普桑子已經變成一個愛情中的女人，王品雖然不停止地在說著不，但普桑子並沒有感到他正在阻止她再向前跨一步……

普桑子拉開了燈，她看到他在哆嗦，雖然那是一種輕微的哆嗦，普桑子感到也許他感冒了，而且他只穿著一件薄薄的睡衣。

普桑子上了樓梯，她想給王品去拿一件外衣，她把他身體的哆嗦歸為受到了寒冷的刺激，就在普桑子上樓梯的那一瞬間，他大聲說：「普桑子，不……普桑子……」普桑子回過頭看了他一眼，他正站在樓下，他的身體似乎比原來更加哆嗦了，普桑子心裡在說：「他病了，他感到寒冷……」她上了第二級臺階，在這當中，她每一級臺階都要聽到王品那驚恐而哆嗦的聲音：「不，普桑子……」

普桑子已經上完了最後一級臺階，她衝進了臥室，裡面沒燈光，彷彿臥室比樓下更加漆黑，普桑子在房間裡停留了半秒鐘，她辨別不清方向，也許是她被他剛才的聲音弄糊塗了。

但是她想起來了開關的位置，它就在他的床邊，那裡吊著一盞小小的臺燈，有一根淡藍色的繩子吊在空中，有一次普桑子在暮色中坐在床頭，為了掩飾自己忐忑不安的心情，她伸出手去一會兒把燈拉亮，一會兒又將燈熄滅，哦，必須找到那根淡藍色的繩子。

她抓住了那根繩子，就在她晃動了繩子的那一瞬間，燈突然亮了，她聽到了一個女人的叫聲，一陣熱浪沖上臉頰，她看到了一個女人，她驚恐地躺在床上，用被子的一角覆蓋了她那無遮無蓋的面頰，夏春花，普桑子叫出了她的名字。

就在她叫出夏春花名字的那一瞬間，她突然聽到了樓下那哆嗦的喊叫聲：「普桑子，不，普桑子，不，不，不……」

普桑子平靜地下了樓梯，湧上她面頰和身體中的那些潮汐就在她看見夏春花的那一瞬間突然地消失了。

王品站在樓下，他仍然在說著剛才的話語，仍然在不斷地重複著那個不字，普桑子站在他面前，她過去從來沒有看見過他會如此地哆嗦，她相信：已經沒有障礙需要她來突破了，在這個晚上，從她的熱血突然消失的時候，她已經看到了一個渾身哆嗦的男人的形象，她相信，從此以後，她一直在時間中等待的那種和諧的愛情結束了。普桑子平靜地看了他一眼，她不知道自己為什麼會變得那樣平靜，啊，肉體，連肉體中的那些障礙也都徹底地消失了，剩下的只是更清醒的東西，普桑子走出了王品的房間。

她在時間中前行

沒有人知道普桑子在那天晚上受挫的情景，沒有人看見她走出那座小樓以後又回到了家，第二天早晨，普桑子家的鸚鵡很早就叫嚷開了：普桑子，你早，普桑子，你好，而普桑子久久地站在鸚鵡下面，她開始喜歡上這隻鸚鵡了。從那天早晨開始，普桑子清醒地知道另一種生活已經結束了，她站在院子裡，小阿樂聽到鸚鵡的叫聲後也跑出來了，她撲進了普桑子懷抱，普桑子撫摸著她的面頰，她隱隱約約地感到這個女孩子會盡快長大。她在不久之後將代替自己，阿樂，這個渾身散發著乳味的女孩，普桑子清醒地知道，等到阿樂長大以後，自己也就老了。

普桑子把阿樂交給了母親，連母親也沒有看出來普桑子昨晚經歷了受挫，經歷了失眠，經歷了生活和時間給予她的遭遇，早晨的陽光照在普桑子面頰上，在戰爭到來之前，普桑子已經經歷了人的戰爭，她是那樣平靜，從今以後，似乎世界上任何事情都不可以把她傷害了。

她打開店鋪的門，迎來的第一個人就是王品。

王品的懺悔

事實上，普桑子已經平靜了，從她看見夏春花在王品的床上的那一瞬間，她的愛情已經遭受到前所未有的致命的一擊，她變了，她知道自己永遠也不會像從前一樣了。所以，當她看到王品的那一瞬間，她就像看見一個陌生人一樣，確實如此，在王品開始站在櫃臺前作懺悔時普桑子感到的只是一種話語，彷彿這種懺悔與她自己沒有關係。

在王品的懺悔中，王品為自己找到了兩種原因。

其一，由於普桑子拒絕王品，使王品久而久之感覺不到普桑子對自己的愛，他開始沮喪，在漫長的異鄉生活中，他感受到了孤獨，在普桑子反覆無常的態度之中夏春花卻一次一次表示對他的愛情。

其二，王品告訴普桑子，在與普桑子交往的整個過程中，他總共與夏春花發生過兩次肉體關係，第一次是普桑子出走的日子，是在一個異常寂寞的夜晚，第二次是昨天晚上，他已經有好長時間沒有見過普桑子，就在這樣的時候夏春花來了，她說戰爭快要來了，真可怕，我們就這樣開始擁抱在一起。

講完了這兩種原因之後，王品就開始懺悔，他仍然告訴普桑子，他在世界上最愛的女人就是普桑子，他希望普桑子能夠再一次原諒他。普桑子坐在店鋪中，在這片愛的荒漠之中，她的心已經變得堅定了，她的沉默無語意味著她已經沒有什麼話可告訴王品的了，從那天開始，普桑子再也沒有為這個男人迷惑過，也沒有為這個男人而痛苦過。

王品的懺悔只是讓普桑子聽到了男人的另一些語言，他們的藉口是一個極好的庇護所，在這個庇護所裡普桑子看到了一個渾身哆嗦不堪的男人形象。普桑子的沉默似乎也在告訴王品，他是有希望的，她並沒有拒絕他，王品告別時對普桑子說：「我會等你，並且一直等下去。」普桑子看著他的背影，她感覺到他已經走遠了以後才喘了一口氣，她知道一個故事已經徹底結束了。

蝴蝶博物館

自從普桑子從心靈中結束了她與王品的故事以後，她在空隙的時間裡經常陪伴著那些蝴蝶，一個大膽的想法誕生了，她想開一家小型的蝴蝶博物館，她把這個想法告訴了母親，母親對普桑子說：「你想去做的事情就盡早去做吧，母親已經老了。」有了母親的支持以後，她就開始了為這個夢想而做的一切準備工作。

普桑子做的第一件事就是尋找一家鋪面，租下來——使其變成博物館。普桑子開始在城裡尋找一間房子的時候，她似乎是在尋找著耿木秋，從某種意義上講，是耿木秋給她留下了那些蝴蝶，時間總是在不知不覺中度過，耿木秋再沒有露面，但普桑子似乎從來也沒有把他忘記，而且，當她對現實愈來愈失望時，她對耿木秋的懷戀之情就更加深。

鋪面最終出現在普桑子眼前，當普桑子看到郝仁醫生關閉已久的診所時，她突然驚訝地感覺到如果郝仁醫生不想再開診所的話，那麼，那間鋪面無疑是最好的蝴蝶博物館。

普桑子等候了兩天，期待在街頭或者診所裡能夠看到郝仁醫生，但是在這兩天裡，她連郝仁醫生的影子也沒有見到過。他一定呆在家裡，他把自己藏在屋子裡，他用這種方法來延續他頹廢的夢想，普桑子對自己這樣說。

普桑子來到了郝仁醫生家，她敲門之前有些猶豫，她知道楊玫如果看到她的話無疑又會找郝仁醫生和她的麻煩，但儘管如此，她還是很坦然地敲了門，因為她清楚，她來找郝仁醫生的唯一目的確實是為了與他商量那間鋪面的事情。

開門的是郝仁醫生，見到普桑子後他的臉上閃過不可思議的一種神情，他對普桑子說：「我剛想去找你呢？普桑子。」「哦，你找我有事嗎？郝仁醫生？」普桑子坐在客廳裡的那把木沙發上側過身來問郝仁醫生。

郝仁醫生急切地告訴普桑子，他已經不可能在這屋子裡呆下去了，他之所以遲遲沒有離開，是他心存期待，希望普桑子肯與他一起離開，而且是帶著他們共同的女兒阿樂一塊離開。他蹲在普桑子膝頭，普桑子看了看四周說：「楊玫到哪裡去了？」郝仁醫生說：「別在我面前再提她的名字，這個充滿欲望的女人幾乎將我置於死地……她不知道我對她已厭惡至極，她現在肯定又到夜總會去了……普桑子，我的現實生活確實糟透了，要有多糟就有多糟，我如果再呆下去，我會在戰爭到來之前死去……普桑子……」普桑子站了起來，她想著那些乙醚味，一個醫生身上散發出來的獨特的氣味，可現在她再也嗅不到這種氣味了。她不喜歡郝仁醫生蹲在她身邊，將雙手放在她膝頭上，而且，他的聲音不會喚起她的任何同情，她記得自己在海邊曾經堅決地告訴過郝仁醫生，她永遠也不會跟他走的，她這樣說已經宣布了她與郝仁醫生過去的那段情緣的結束，但是他好像沒有聽見過那些話語，當時他站在潮汐中走來走去。

普桑子決定第二次宣布她在海邊說過的那些話語，就在她剛想說話時，她聽到了鑰匙的轉動，屋子裡靜極了，普桑子清理了一下喉嚨，她知道是楊玫回來了。

楊玫把門打開後便呼地關上，她的身體似乎全都倚在那道門上，後來她來到郝仁醫生旁邊，她將一根指頭抬起來舉在空中大聲對郝仁醫生說：「你剛才說的話我都已經聽到了，你想帶著普桑子離開……」

普桑子覺得事情再次被弄糟了，她不想參加郝仁醫生和楊玫的戰爭，她忘記了自己到底是來幹什麼的，總之，有一點很明瞭，她不是來參加郝仁醫生和楊玫的戰爭，她拉開門然後呼地關上，她不屑於這樣無聊至極的戰爭，她要從他們之間走出去。

夜風已將她那繃緊的神經吹涼，她走遍了一條又一條街道，多少年來她一直是這樣獨自在夜風吹拂之下散步，夜風吹涼了她的身體，她終於想起來她之所以到郝仁醫生家裡去，是想問問郝仁醫生，如果他不再想開那家診所了，那麼她想租過來，但是這件事還沒有來得及開始談，另一種糟透了的事情卻已經發生了。

蝴蝶博物館，再也沒有比這樣的夢想更讓普桑子感到震驚喜悅的事情了，她突然想到了自己的那間店鋪，為什麼不可以把它變為蝴蝶博物館呢？她終於恍然大悟，自己守候的那間店鋪也許是整座城最好的鋪面之一，如果把它變成博物館，那麼肯定會有不少人走進博物館，那些在戰爭到來之前過著游移不定的生活狀態的人們，如果他們看到這些美麗斑斕的蝴蝶標本，那麼，他們一定會問這些蝴蝶到底是從哪裡來的。普桑子回到家後想把這個想法告訴母親，但母親和阿樂都已經睡了。她回想起母親告訴她的話，相信母親在這件事上會支持自己，只是她還得另租一間店鋪，因為三個人的生活得靠那家首飾店微薄的盈利來支撐。

普桑子來到了那些蝴蝶中間，她坐下來，她彷彿與耿木秋在南方捕捉蝴蝶時坐在山坡上，那個給她帶來過初戀的男人，似乎永遠是普桑子在生命旅程中最為重要的伴侶，他消失了，但他卻給普桑子留下了蝴蝶。

「我把她殺死了，普桑子。」

普桑子剛把店鋪門打開，就看見郝仁醫生走了進來，他渾身顫抖著告訴普桑子的第一句話就是：「我把她殺死了，普桑子。」

普桑子退到牆角，她不知道發生了什麼事情，但是這句話卻聽得很清楚，他渾身顫抖告訴給普桑子的確實是這句話：「我把她殺死了，普桑子。」普桑子慢慢地從牆角走到櫃臺前面，她對自己後來的鎮定感到驚訝，她低聲說：「郝仁醫生，到底發生什麼事了，你把誰殺死了？」

郝仁醫生好像是剛從地獄之門走出來的一個囚徒，他滿臉的疲憊，滿臉的灰塵，滿臉的驚恐，他告訴普桑子，昨天晚上普桑子走後，楊玫就像一個瘋子一樣逼問郝仁醫生到底什麼時候帶著普桑子出走，郝仁醫生就在這樣的情況下砸碎了牆上的掛鐘，砸碎了一切可以砸碎的東西，後來他拎著箱子就要離家出走，就在這時，楊玫跑上來抱住了他的腿，郝仁醫生彎下腰去掐死了她。「我把她掐死了，普桑子，我終於把她掐死了，多年來，她一直干擾我真正的生活，這個沒有廉恥的女人，這個充滿欲望的女人，我終於把她掐死了……普桑子，你肯跟著我逃走嗎？普桑子，我現在怕得要命，我把她掐死後一直在等待天亮，因為我知道只有天亮以後我才會見到你……普桑子，你肯跟著我走嗎？」

普桑子鎮靜地聽著這一切，她驚異於自己竟然從容不迫地聽著這件殺人案件，她驚異於自己在第二天早晨醒來之後，一件真正的悲劇正在等待著她，她驚奇地咽下去了快要湧出來的淚水，這件使店鋪黯淡無光的悲劇在驟然之間徹底把普桑子籠罩住了。

普桑子突然意識到郝仁醫生正在等待著她的回答，也許是等待著普桑子的選擇。他把所有的賭注全部押在了普桑子身上，似乎只要普桑子說一個不字，他就會倒下去，他把所有的驚恐和希望都為此交給了普桑子，似乎生活中再沒有另外的選擇；他把一個男人最虛弱的一面展現在普桑子面前並且強硬地讓普桑子扮演一個拯救者；他把一個男人全部的職守忘記得乾乾淨淨，在普桑子面前再次扮演了一個可憐者的形象……

普桑子給他倒了一杯水，她的聲音仍然是那樣親切、溫柔，她說：「喝口水吧，郝仁醫生……」她本來應該告訴他，你把事情弄得多麼糟，你為什麼把她掐死了……她本來想告訴他，你知道殺人是要抵命的嗎？你知道你現在面臨的危機嗎？

郝仁醫生接過那只杯子，呼的一聲，普桑子聽到了呼的一聲，那只瓷杯摔在地上，白色的瓷碎片就在普桑子腳下。「普桑子，跟我走吧，我們可以到一個很遠的地方去，到一個別人無法看見我們的地方去生活……」普桑子咀嚼著「生活」這個詞彙，一縷陽光射進來，照在她那盤起的髮髻上，她的頭髮烏黑、厚密，當她的臉轉過來時，陽光恰好照在她的鼻梁上，「生活」，普桑子咀嚼著這個詞彙，她突然想起了自己的夢想，要讓這間店鋪辦成蝴蝶博物館，她抬起頭來，她收藏好那些蝴蝶不久之後將鑲嵌在玻璃罩子下，很多人將看見那些蝴蝶。「普桑子，跟我走吧……」郝仁醫生的手伸了過來，普桑子往後退了兩步，普桑子突然用不高不低的聲音說：「你走吧，你快走吧，我是不會跟你走的，我是永遠也不會跟你走的……」「永遠，你在說永遠……」「是的，永遠。」

普桑子面對著牆壁，說完了「永遠」這個詞後便感到身後的那個影子消失了，許久以後她轉過身來，店中就她一個人，她來到了門後，郝仁醫生的影子已經看不到了，也許永遠也看不到了，普桑子突然意識到一件事無論如何都已經發生了：郝仁醫生已經在昨天晚上掐死了楊玫。普桑子告訴自己，郝仁醫生應該去自首，他已經殺死了人，她後悔自己沒有把這個道理告訴他。

尋找郝仁醫生

普桑子還是放下了手裡的活計去尋找郝仁醫生，她曾經去過郝仁醫生家的門口，她伸出手去敲了敲門，但屋裡沒有一點聲音，普桑子後來再不敢繼續敲門，因為她想到了死者，想到了被郝仁醫生掐死了的楊玫，那是一種可怕的場景，楊玫躺在地上，一個被掐死的人是不會閉上雙眼的，因而，楊玫的雙眼睜大著望著天花板……普桑子感到一陣悚然，她的腳步開始錯亂，她慌亂地跑下臺階。

普桑子現在明白了，郝仁醫生已經沒有家了，只要楊玫躺在裡面，郝仁醫生就再也回不去了。那麼，他會到哪裡去呢？普桑子想起了旅館，他會不會住進旅館中去呢？

普桑子終於開始由路邊的那家小旅館開始尋找郝仁醫生，她的身子閃進去又走出來，旅館的服務人員詫異地看著普桑子，普桑子已經來到了那座熟悉的旅館，這是王品曾經住過的旅館，門口的那棵紫藤樹上的花瓣已經全部凋零，普桑子在樹下遲疑了一會兒還是走進了旅館的大廳，她再一次撲空了，服務人員告訴她：他們認識郝仁醫生，但已經好久沒有看見他的影子了。

普桑子奔波了一天後感到很疲倦，她走進了一家茶館，她問自己，我找郝仁醫生到底是為了什麼呢？後來她終於慢慢明白了，她找郝仁醫生是為了勸郝仁醫生去自首。

普桑子告訴自己，總有一天會有人發現郝仁醫生家裡的屍體，總有一天，會有人發現。

「普桑子。」突然聽到有人在叫自己的名字，普桑子抬起頭來，一個身穿灰色長衫的男人已經站在她身邊了。「普桑子，發生了什麼事情，你的臉色這麼難看？」

普桑子已經有好長時間沒有看到王品了，她幾乎已經將他忘了，忘記一個人的方式有時候是異常簡單的，而普桑子忘記王品的方式是王品造成的，王品讓普桑子看到了更真實的場景，在上述場景裡，語言早已消失，普桑子在真實的場景中看到了王品，因為她過去一直在想像中與王品接觸，而真實才是最重要的，普桑子在真實中看到了自己想像的失敗，所以，她中斷了對王品的想像，也就中斷了對王品的記憶和愛。

一個昔日的戀人現在變得如此陌生，他的話語不再對她有親切的感染力，他的氣質不再對她有吸引力，她不再用想像的目光去看他時，他變得實際了，普桑子看到了他的倦容，他告訴普桑子，他的書已經寫完了，他問普桑子想不想看他寫的書，普桑子搖搖頭，她的目光開始變得渙散，她想到了那些蝴蝶，她告訴王品：「我沒有時間去讀你寫的書，我想做一件我自己的事情。」王品問普桑子，她到底在做什麼事情，那件事情能不能告訴他，普桑子抬起了頭。

她看著他，他的面容困倦，他似乎沒有睡好覺，所以，他的眼睛中沒有力量，對普桑子而言，他眼神中缺少她所期盼的那種力量，所以，她不信任他，他已不是她傾訴夢想的人，他已不再是幫助她輕托起蝴蝶之翼的那個男人，簡而概之，他已不再是她幻想中的一個男人。她不信任他，是因為她深信他不了解她的夢，他不會像她自己一樣痴迷地去愛蝴蝶，他也不會把蝴蝶當作他的生命……這個世界上還沒有一個人會像她一樣去愛蝴蝶，除了耿木秋之外，普桑子的心變得漠然了。

王品說：「既然你不想告訴我，那就算了，我想告訴你的是，我要離開了，普桑子，我想……我已經沒有必要留在你身邊了……」普桑子看著他，他怎麼可以把他自己的生活與我連在一起，他留在這座城市並不是為了我，而是為了他自己。

王品起身走了，普桑子捧著那只茶杯，她喝了一口又一口，裡面的綠茶使她開始清醒，她告訴自己，郝仁醫生一定離開這座城了，所以我在這座城市裡去尋找他，真是荒唐至極。

死者身上的異味

半個多月後的一個早晨，郝仁醫生家的一個鄰居在窗口嗅到了一種異味，由於這種異味難以忍受，他就開始搜尋異味的來源之地，他順從於異味在風中飄來的方向尋找時，終於發現異味是從郝仁醫生家半敞開的窗戶中傳來的。於是他開始敲門，但他終於意識到他已經有半個多月沒有看見郝仁醫生了。為了消除這種難以忍受的異味，他在另一鄰居的配合之下打開了郝仁醫生的窗戶，兩個人猶豫了一下決定還是先到屋裡去清除這種異味，後來，他們來到了屋裡，他們的喊叫聲幾乎將一座城市的耳朵從午休中喊醒。聽他們兩人說，楊玫的身體上已經爬滿了蛆……除了死者身上的異味和爬滿的蛆震撼著一座城市的耳朵之外，城裡的警察局開始出動了大批人馬，普桑子聞訊趕來時，郝仁醫生住的那幢住宅已經被警察包圍。身著黑色制服的警察使普桑子感到郝仁醫生掐死楊玫的罪惡已經顯示在陽光下面了。

陽光，這是十二月底的陽光，普桑子站在陽光下面，她已經嗅到了那種異味，那是一種從腐爛的皮膚中散發出來的異味。普桑子感到想嘔吐，她便離開了。

警察局在到處尋找著郝仁醫生，凡是與郝仁醫生熟悉的人都被傳訊到警察局，普桑子也是其中的一個。

問：郝仁醫生到哪裡去了

普桑子第一次坐在警察局的傳訊室裡，兩個穿黑色制服的警察正在提問記錄。

問：他們說你是郝仁醫生的密友，請問你這個傳說屬實嗎？

普桑子說：不錯，我是郝仁醫生的朋友之一。

問：聽說你曾經與郝仁醫生談過戀愛。

普桑子說：不錯，有這回事。

問：後來呢？好像不久之後就分開了，你們是為什麼分開的？

普桑子說：我記不清了，時間似乎已經很久了……

問：你慢慢回憶一下，不著急，你要回憶……

普桑子說：我真的記不起來了……

問：聽說你後來仍與郝仁醫生繼續來往？

普桑子說：也許他是醫生，病人生病時總是要找醫生的。

問：你知道郝仁醫生將楊玫殺死這件事嗎？

普桑子說：是郝仁醫生把楊玫殺死了，不過，他會回來的，用不了多久他就會回來，我了解郝仁醫生，他不會長久地在恐怖中過日子，他一定會回來的。

問：這就是說你知道是郝仁醫生殺死了楊玫，你還知道郝仁醫生跑了……那麼你為什麼不來報案？

普桑子說：我一生中從來沒有碰到過類似的事情，除了感到恐懼之外仍然是恐懼，沒有人告訴我應該怎樣去做。

問：好了，那麼我們現在就告訴你如果你知道郝仁醫生回來了，一定要報告我們。

普桑子說：我想我會這樣做的。

蝴蝶博物館

普桑子的蝴蝶博物館開業那天，是普桑子一生中最幸福的日子，那些被戰爭的陰雲籠罩住的人紛紛投入到這鞭炮的聲音中，孩子們在鞭炮中穿來穿去。大人們則用好奇的目光盯著普桑子門楣上那隻仿做的粉紅色大蝴蝶。

普桑子的願望終於實現了，她身穿白色的旗袍站在門口向著人們頻頻微笑，她的微笑中洋溢著幸福，這種幸福也許是她一生中所追求的幸福之一，在這種幸福中她看到了一個女人，她就是夏春花，她站在前來觀看蝴蝶的人群之外，普桑子很奇怪，王品怎麼沒有把夏春花帶走，是的，王品為什麼沒有把夏春花帶走，普桑子的目光渙散了幾秒鐘以後回到了蝴蝶博物館。

普桑子送走了一批又一批觀賞者後已經很累了，她剛想把店門關上，夏春花來到了她門口，她已經不再穿女子學校的校服，她穿上了旗袍，淡藍色的旗袍把她的身體裹在一種藍光之中，普桑子看了她一眼，問她是不是有什麼事，夏春花來到了普桑子的博物館內，她沒有說什麼話，只是觀賞著那些蝴蝶標本，她告訴普桑子如果可能的話，她可以做普桑子博物館的講解員。普桑子驚訝地看著夏春花，這個被一層藍光所包圍的紅塵女子怎麼可以講解那些透明的蝴蝶，她怎麼可以把她從南方帶來的蝴蝶標本講解清楚呢？普桑子又是漠然地搖搖頭，夏春花告訴普桑子她出生在南方，整個少女時代她都在南方度過，小時候她就在蝴蝶的天空下奔跑，她的家鄉就是一個生長蝴蝶的天國，一個飛滿了蝴蝶的巨大王國，她一邊回憶一邊指著那些鑲嵌在玻璃框裡的蝴蝶對普桑子說：「喏，這叫紅翅粉蝶，這種蝴蝶生長在南方熱帶的林區，雄蝶經常棲息在溪流邊，灌木旁……喏，這隻蝴蝶叫紫斑環蝶，我的故鄉潮濕多雨，蝴蝶就飛翔在河流的岸上……喏，這種蝶叫白蜆蝶，小時候在故鄉潮濕的山溝裡，我們經常看見可愛的翅白色的蝴蝶……喏，這叫君主絹蝶，這叫多尾鳳蝶……這叫三尾鳳蝶……」普桑子第一次聽見一個人給蝴蝶命名，在那些收藏蝴蝶標本的日子裡，她雖然用自己的生命與蝴蝶親近，但她並不知道這些蝴蝶的名字，是夏春花她為蝴蝶標本重新命名，使普桑子感到驚訝的是世界上還有另一個女人像她一樣熱愛這些蝴蝶，與她不同的是夏春花比她自己更了解這些蝴蝶，夏春花從此以後就這樣成了普桑子蝴蝶博物館的一名講解員。

女人：夏春花和普桑子

夏春花身著藍色的旗袍變成了蝴蝶博物館的一名講解員之後，常有人私下對普桑子說起夏春花的過去的那段歷史，並問普桑子為什麼讓這樣的風塵女子做普桑子的講解員，普桑子笑了笑，她似乎已經對夏春花的那段歷史淡漠了，也許是她已經忘記了與王品的那段在旅館中的會晤的日子，也許經過時間流逝很多事情都變得平淡和不重要了，普桑子對夏春花的接納是因為兩個女人有著共同之處，對那些蝴蝶的熱愛。有一些東西也曾干擾過普桑子的內心，比如，夏春花那麼愛王品，她為什麼不跟著他遷移到別的地方去生活呢？從夏春花那雙眼睛裡，普桑子有時候也感受到了一種淡淡的哀愁，有一天，普桑子請夏春花到茶樓去喝茶，兩個女人在一起坐在茶樓的某一角隅，她們終於開始談起那段往事。

普桑子說：「春花，據我所知，你很愛王品，你為什麼不跟他走呢？」

夏春花眼裡的那種淡淡的哀愁終於像流水一樣流動起來，她告訴普桑子，是王品將她從泥淖中拉出來並扶持她念完女子中學，在她感恩的過程中她慢慢地愛上了王品，她確實想跟著王品走遍天涯，哪怕死也跟著他，但她慢慢感覺到了王品並不愛她，夏春花告訴普桑子：「王品愛的是你，王品是真的愛你……」普桑子搖搖頭，愛或不愛對她已經不太重要了，想一想當初為了與王品會晤，她的激情曾像春水一樣流動，想一想在那些日子裡，她曾把那座旅館當做一座活生生的地獄，她曾多少次走進那座地獄與王品約會，想一想肉體在震顫，在分裂，在痛苦中的全部語言，現在都已變為煙塵，普桑子的愛在煙塵中飄散，時間的流逝可以讓過去的事變成回憶，時間的流逝也可以把過去的痛苦洗濯得乾乾淨淨。

普桑子能夠讓夏春花做她蝴蝶博物館的講解員就意味著一些洞穴已經被填滿，那些洞穴在另外的時間裡可以讓虛弱的肉體承擔著罪惡和痛苦和恨，而被填滿的洞穴上可以跳舞；普桑子今天能夠與她昔日的情敵夏春花坐在茶館裡喝茶就意味著，她們能夠走在一起就已經不再是情敵，她們不再為昔日的男人而生活，她們已經共同從情網中走了出來，那些折磨著她們的情網已經被她們穿越。

郝仁醫生回來的那一天，戰爭到來了

普桑子一生中從來沒有看見過當她醒來時來到街上看見的那些士兵，母親告訴普桑子，這是國民黨士兵，我們的安寧生活將要被破壞，普桑子。母親抱著阿樂站在普桑子身邊，母親似乎想阻止普桑子不要再出門了，戰爭已經到來了，士兵已經占領城市，但普桑子似乎並不害怕那些士兵手中的槍，她告訴母親她要到蝴蝶博物館去看看，母親抓住普桑子的雙手對

她說：「都到什麼時候了，你還要你的蝴蝶博物館。」普桑子沒有等母親的話說完就告別了母親，在這座城市，除了母親和小阿樂對她最重要之外，還有那座蝴蝶博物館，她身著旗袍穿行在那些大街上走來走去的國民黨官兵之間，她似乎無視他們端著的槍，也無視於他們的目的，在她心目中只有那座裝滿蝴蝶的博物館，她一路走著，一路在想著那些蝴蝶的名字，她一路走著，一路在想著蝴蝶是怎樣被她從南方帶到這座城市的，她的耳前飄盪著風，那是來自南方的風，風是被她從南方帶到這座城市的，那是蝴蝶的翅翼下的透明的風，是可以負載著她生命將她輕托於塵世的風。

一個人已經來到普桑子的蝴蝶博物館門口，他滿身風塵，重新回到了這座城市，正像普桑子深信不疑的那樣，他總會回來的，他決不會帶著罪孽浪跡四方，他就是郝仁醫生。

普桑子來到他面前，郝仁醫生望著普桑子，普桑子從他的目光中已經感到他回來是為了承述自己的罪惡，把一個人殺死的罪惡。他沒有向普桑子講述他到哪裡去了，他也沒有講述奔逃中跨越的柵欄。他只是希望普桑子鼓勵他並且幫助他到他應該去的地方去。

普桑子帶著郝仁醫生來到警察局，郝仁醫生對普桑子說：「回去吧，普桑子，現在我要自己走進去了。」普桑子目送著他的背影，她對自己說，在郝仁醫生未被處於死刑之前——我會去探監的。普桑子走出了警察局漆黑的大門，她穿著白色旗袍，不顧一切地走在大街上，她的勇氣和她的美麗使街上的那些穿制服的官兵都把視線集中在她身上。

普桑子想著她的蝴蝶博物館，也許只有那個地方才是戰爭席捲而來之後她必須用生命守候的那些蝴蝶，一絲微笑掛在她嘴角，她終於打開門置身在蝴蝶中間了。

她對自己說：現在，無論什麼樣的戰爭也休想讓我離開這些蝴蝶；她對自己說：現在，我將日夜生活在這些蝴蝶中間，直到我自己蛻變成一隻蝴蝶，直到有一天我自己變成了一隻蝴蝶標本，我可以體驗蝴蝶是怎樣變為標本的。

虛構者說

一九九七年十二月二十八日下午，我的小說就這樣結束了。普桑子以後的故事我沒有繼續講下去，至於她到底會不會在有一天使自己變成一隻蝴蝶，而且會不會變成一隻蝴蝶標本，那是我在別的文字中講述的故事了。

我要說的是普桑子的那些蝴蝶，曾經某天夜裡飛滿了我的夢鄉。

寫完這篇小說，我感到我的身體似乎也在慢慢地蛻變成一隻蝴蝶，這對於我來說無論如何都是一樁幸福的事情，一隻蝴蝶在空中飛翔總比一個人在地行走著要美麗得多，也會輕盈得多。總而言之，我也希望變成一隻標本，我會將這個過程記下來，讓它們化成文字，就像蝴蝶的翅翼在顫動，每顫動一次——我都會感受到離死亡越來越近。

一九九七年冬天昆明嚴家地

三民叢刊書目

①邁向已開發國家　孫　震著
②經濟發展啟示錄　于宗先著
③中國文學講話　王更生著
④紅樓夢新解　潘重規著
⑤紅樓夢新辨　潘重規著
⑥自由與權威　周陽山著
⑦勇往直前
・傳播經營札記　石永貴著
⑧細微的一炷香　劉紹銘著
⑨文與情　琦　君著
⑩在我們的時代　周志文著
⑪中央社的故事（上）
・民國二十一年至六十一年　周培敬著
⑫中央社的故事（下）
・民國二十一年至六十一年　周培敬著
⑬梭羅與中國　陳長房著
⑭時代邊緣之聲　龔鵬程著

⑮紅學六十年　潘重規著
⑯解咒與立法　勞思光著
⑰對不起，借過一下　水　晶著
⑱解體分裂的年代　楊　渡著
⑲德國在那裏？（政治、經濟）
・聯邦德國四十年　郭恆鈺、許琳菲等著
⑳德國在那裏？（文化、統一）
・聯邦德國四十年　郭恆鈺、許琳菲等著
㉑浮生九四
・雪林回憶錄　蘇雪林著
㉒海天集　莊信正著
㉓日本式心靈
・文化與社會散論　李永熾著
㉔臺灣文學風貌　李瑞騰著
㉕干儛集　黃翰荻著

㉖作家與作品　謝冰瑩著
㉗冰瑩書信　謝冰瑩著
㉘冰瑩遊記　謝冰瑩著
㉙冰瑩憶往　謝冰瑩著
㉚冰瑩懷舊　謝冰瑩著
㉛與世界文壇對話　鄭樹森著
㉜捉狂下的興嘆　南方朔著
㉝猶記風吹水上鱗
·錢穆與現代中國學術　余英時著
㉞形象與言語
·西方現代藝術評論文集　李明明著
㉟紅學論集　潘重規著
㊱憂鬱與狂熱　孫瑋芒著
㊲黃昏過客　沙　究著
㊳帶詩蹺課去　徐望雲著
㊴走出銅像國　龔鵬程著
㊵伴我半世紀的那把琴　鄧昌國著
㊶深層思考與思考深層
·轉型期國際政治的觀察　劉必榮著
㊷瞬　間　周志文著
㊸兩岸迷宮遊戲　楊　渡著
㊹德國問題與歐洲秩序　彭滂沱著
㊺文學關懷　李瑞騰著
㊻未能忘情　劉紹銘著
㊼發展路上艱難多　孫　震著
㊽胡適叢論　周質平著
㊾水與水神
·中國的民俗與人文　王孝廉著
㊿由英雄的人到人的泯滅
·法國當代文學論集　金恆杰著
51 重商主義的窘境　賴建誠著
52 中國文化與現代變遷　余英時著
53 橡溪雜拾　思　果著
54 統一後的德國　郭恆鈺主編
55 愛廬談文學　黃永武著
56 南十字星座　呂大明著
57 重疊的足跡　韓　秀著
58 書鄉長短調　黃碧端著
59 愛情·仇恨·政治
·漢姆雷特專論及其他　朱立民著

⑥⓪蝴蝶球傳奇
・真實與虛構　顏匯增著
⑥①文化啓示錄　南方朔著
⑥②日本這個國家　章陸著
⑥③在沉寂與鼎沸之間　黃碧端著
⑥④民主與兩岸動向　余英時著
⑥⑤靈魂的按摩　劉紹銘著
⑥⑥迎向眾聲
・八〇年代臺灣文化情境觀察　向陽著
⑥⑦蛻變中的臺灣經濟　于宗先著
⑥⑧從現代到當代　鄭樹森著
⑥⑨嚴肅的遊戲
・當代文藝訪談錄　楊錦郁著
⑦⓪甜鹹酸梅　向明著
⑦①楓香　黃國彬著
⑦②日本深層　齊濤著
⑦③美麗的負荷　封德屏著
⑦④現代文明的隱者　周陽山著
⑦⑤煙火與噴泉　白靈著
⑦⑥七十浮跡
・生活體驗與思考　項退結著
⑦⑦永恆的彩虹　小民著
⑦⑧情繫一環　梁錫華著
⑦⑨遠山一抹　思果著
⑧⓪尋找希望的星空　呂大明著
⑧①領養一株雲杉　黃文範著
⑧②浮世情懷　劉安諾著
⑧③天涯長青　趙淑俠著
⑧④文學札記　黃國彬著
⑧⑤訪草（第一卷）　陳冠學著
⑧⑥藍色的斷想
・孤獨者隨想錄　陳冠學著
⑧⑦追不回的永恆
A・B・C全卷　彭歌著
⑧⑧紫水晶戒指　小民著
⑧⑨心路的嬉逐　劉延湘著
⑨⓪情書外一章　韓秀著
⑨①情到深處　簡宛著
⑨②父女對話　陳冠學著

93	陳冲前傳	嚴歌苓著
94	面壁笑人類	祖　慰著
95	不老的詩心	夏鐵肩著
96	雲霧之國	合山　究著
97	北京城不是一天造成的	喜　樂著
98	兩城憶往	楊孔鑫著
99	詩情與俠骨	莊　因著
100	文化脈動	張　錯著
101	桑樹下	繆天華著
102	牛頓來訪	石家興著
103	深情回眸	鮑曉暉著
104	新詩補給站	渡　也著
105	鳳凰遊	李元洛著
106	文學人語	高大鵬著
107	養狗政治學	鄭赤琰著
108	烟　塵	姜　穆著
109	河　宴	鍾怡雯著
110	滬上春秋	章念馳著
111	愛廬談心事	黃永武著
112	吹不散的人影	高大鵬著
113	草鞋權貴	嚴歌苓著
114	是我們改變了世界	張　放著
115	夢裡有隻小小船	夏小舟著
116	狂歡與破碎	林幸謙著
117	哲學思考漫步	劉述先著
118	說　涼	水　晶著
119	紅樓鐘聲	王熙元著
120	寒冬聽天方夜譚	保　真著
121	儒林新誌	周質平著
122	流水無歸程	白　樺著
123	偷窺天國	劉紹銘著
124	倒淌河	嚴歌苓著
125	尋覓畫家步履	陳其茂著
126	古典與現實之間	杜正勝著
127	釣魚臺畔過客	彭　歌著
128	古典到現代	張　健著
129	帶鞍的鹿	虹　影著
130	人文之旅	葉海煙著

131 生肖與童年　小民著・喜樂圖
132 京都一年　林文月著
133 山水與古典　林文月著
134 冬天黃昏的風笛　呂大明著
135 心靈的花朵　戚宜君著
136 親戚　韓秀著
137 清詞選講　葉嘉瑩著
138 迦陵談詞　葉嘉瑩著
139 神樹　鄭義著
140 琦君說童年　琦君著
141 域外知音　張堂錡著
142 遠方的戰爭　鄭寶娟著
143 留著記憶・留著光　陳其茂著
144 滾滾遼河　紀剛著
145 王禎和的小說世界　高全之著
146 永恆與現在　劉述先著
147 東方・西方　夏小舟著
148 嗚咽海　程明琤著
149 沙發椅的聯想　梅新著
150 資訊爆炸的落塵　徐佳士著
151 沙漠裡的狼　白樺著
152 風信子女郎　虹影著
153 塵沙掠影　馬遜著
154 飄泊的雲　莊因著
155 和泉式部日記　林文月譯・圖
156 愛的美麗與哀愁　夏小舟著
157 黑月　樊小玉著
158 流香溪　季仲著
159 史記評賞　賴漢屏著
160 文學靈魂的閱讀　張堂錡著
161 抒情時代　鄭寶娟著
162 九十九朵曇花　何修仁著
163 說故事的人　彭歌著
164 日本原形　齊濤著
165 從張愛玲到林懷民　高全之著
166 莎士比亞識字不多？　陳冠學著
167 情思・情絲　龔華著

⑯⑧說吧，房間　林　白著
⑯⑨自由鳥　鄭　義著
⑰⓪魚川讀詩　梅　新著
⑰①好詩共欣賞　葉嘉瑩著
⑰②永不磨滅的愛　楊秋生著
⑰③晴空星月　馬　遜著
⑰④風　景　韓　秀著
⑰⑤談歷史　話教學　張　元著
⑰⑥兩極紀實　位夢華著
⑰⑦遙遠的歌　夏小舟著
⑰⑧時間的通道　簡　宛著
⑰⑨燃燒的眼睛　簡　宛著
⑱⓪月兒彎彎照美洲　李靜平著
⑱①愛廬談諺詩　黃永武著
⑱②劉真傳　黃守誠著

(183) 天涯縱橫

位夢華 著

以兩極生態氣候的研究為基礎，作者建構了此書的論理與想像世界。內容從極地景致、開拓艱辛及天文物理觀念，引申至有關宇宙天人及環保的許多想法，包容科學與文學，兼具知性與感性。讓您在詼諧而深切的筆調中，激發對地球的關懷與熱愛。

(184) 新詩論

許世旭 著

中國詩歌，無論新舊，是一座甘泉，若不掬飲，口渴神焦，……。作者係韓國人士，長年沈浸在中國文學之中，對於在中國新詩的源起及兩岸新詩風格的異同，均有獨到而精闢的見解。是讀者拓寬視野，更深入了解中國新詩之發展所必備的好書。

(185) 天　譴

張　放 著

「一不埋怨天，二不埋怨地，只是咱家命不濟，生長在這亂世裡。」于祥生，一位山東流亡學生，民國三十八年隨政府搭乘濟和輪來到澎湖，卻萬萬沒料到會遭逢一場史無前例的政治騙局，他的人生、情愛就在這時代悲劇與宿命的安排下，無奈地上演。

(186) 綠野仙蹤與中國

賴建誠 著

一本融和理性與感性的著作，以經濟分析的專業素養，將關懷的筆觸，延著供需曲線帶進閱讀的天空。那一篇篇翔實的數據，是驗證生活的另一種形式；那一篇篇雋詠的小品，則是理性思維的靠墊。不管你來自士農工商，本書都能提供一場知性洗禮。

⑱⑦ 標題飆題

馬西屏 著

一個出色的報紙標題不僅要精簡準確地傳達新聞訊息，更要能表現文字的優美和趣味，這可是一門藝術。近年來報紙解禁，各種充滿巧思創意的標題紛紛跳上版面，等著要攫取你的注意。小心！一場報刊標題的革命正在編輯枱上悄悄進行……

⑱⑧ 詩與情

黃永武 著

詩以情為主，作者長期浸淫於古典情詩，擷採珠玉，編綴出男女的愛情、家人的親情、入世的世情與出世的忘情種種世態人情。文中所引，首首如新摘茶筍，簇新可喜，且解說精要，切緊詩旨，能帶給您全新的視野與怡然的感受。

⑱⑨ 鹿 夢

康正果 著

從大陸西安到新大陸東岸的小鎮，不同的國度有著不同的風土民情，但在作者細膩的心思與敏銳的觀察力之下，它們之間起了微妙的關聯。長期旅居海外的作者，將他生活中的點點滴滴，轉化成一篇篇清雅的散文精品，將讓您領會閱讀的雋永與甘美。

⑲⓪ 蝴蝶涅槃

海 男 著

「一個生活在舊時代的女人，她生活在男人之中不如說是生活在戰爭之中，她生活在戰爭之中不如說是生活在蝴蝶之中。一個生活在蝴蝶之中的穿中國旗袍的女人，其靈魂終究會像蝴蝶一樣四處飛翔。」而她的歸宿，竟在何方？

⑲ 半洋隨筆

林培瑞 著

本書是林培瑞教授一篇篇關於他對中國的研究、感想、社論、訪問等合集。作者熱愛中國文化，對當代中國的社會、政治、文學、藝術等無不關心；綠眼黃髮，是位十足的「洋人」，但他對中國的關懷，無不流露在字裡行間，值得我們細細品味與深思。

⑲ 沈從文的文學世界

王繼志
陳龍 著

沈從文，一個身處於三〇年代的作家，如何在這動盪的中國社會環境中，發揮自己創作及人格上的獨特性，以享有「中國的大仲馬」的美譽呢？作者由政治學、社會學、美學等多種不同角度切入，帶領我們逐步探索沈從文謎一般的文學世界。

⑲ 送一朵花給您

簡宛 著

本書作者自離臺赴美留學後，便長期旅居美國，迄今已逾二十年。書中有著許多海外生活的點滴，又有往來中國大陸、美國、臺灣所觀察到的各種社會現狀，有針砭亦有從關懷出發的諄諄叮嚀，使得全書層次豐富，文趣盎然。

⑲ 波西米亞樓

嚴歌苓 著

作者為生於上海、旅居海外的優秀作家。本書除蒐羅其在美生活點滴、寫作歷程及心得，更有對書作、電影之所感所懷。洗鍊的文筆、豐華的文采，加之發自心靈深處的感動，這一篇篇雋永、情摯的佳作，縮短了作者與讀者間的距離。

⑲5 化妝時代

陳家橋 著

陳，在一次陌生人闖入的情形下，成為一個殺人的疑犯，他必須找尋凶手，找尋這個和他打扮一樣的陌生人；就在他從化妝師那尋找線索時，他落入一個如真似幻的情境，在無法自拔時，他被指為瘋子，被控謀殺，他要如何去面對這一切的問題……。

⑲6 寶島曼波

李靜平 著

年少時天真得令自己淪為笑柄的悲慘遭遇，事過境遷後往往反為記憶中開心的片段。本書中收錄著作者兒時的種種突發奇想，那屬於孩提時代的天真、忘我，有的令人噴飯，有些令人莞爾。在兒時距我們越來越遠的當兒，本書絕對讓你返老還童。

⑲7 只要我和你

夏小舟 著

本書作者早年負笈日本，而後旅居美國。儘管足跡從保守的東方跨入開放的西方，但作者對兩性情感世界的關注卻不曾稍減。書中所收一篇篇帶著遺憾的真實故事，不甚完美的結局，恰能提供你我一個正視情感與人性的機會。

⑲8 銀色的玻璃人

海男 著

「林玉媚走進了花園深處，她想看看吹奏薩克斯風的這個人是誰？……」是什麼樣一段不為人知的記憶，輕輕撩撥這即將邁入三十的女醫生心絃？循著四月天的癌症病房，她慢慢鋪陳出一段段似有若無的感情軌跡，讓心隨著它一同飛翔。

⑲⑨ 小歷史——歷史的邊陲

林富士 著

想窺視求符籙、作法事、占夢等流傳已久的巫覡傳統嗎？想了解中元普渡傳統祭典的現代性格嗎？屎尿、頭髮與人肉又有哪些有趣的象徵意義呢？處於多元化的社會，這些「邊緣」文化所表現出民眾對鬼神及自然界不可知力量的敬畏，值得您深入探討。

國家圖書館出版品預行編目資料

蝴蝶涅槃／海男著. --初版. --臺北市
：三民，民88
面；　公分. --(三民叢刊；190)
ISBN 957-14-2934-1 (平裝)

857.7　　87017489

網際網路位址 http://www.sanmin.com.tw

著作人 海 男
發行人 劉振强
著作財產權人 三民書局股份有限公司
臺北市復興北路三八六號
發行所 三民書局股份有限公司
地 址／臺北市復興北路三八六號
電 話／二五〇〇六六〇〇
郵 撥／〇〇〇九九九八——五號
印刷所 三民書局股份有限公司
門市部 復北店／臺北市復興北路三八六號
重南店／臺北市重慶南路一段六十一號
初 版 中華民國八十八年四月
編 號 S 85447
基本定價 肆元陸角
行政院新聞局登記證局版臺業字第〇二〇〇號

ISBN 957-14-2934-1 (平裝)